ELEMENTS OF LOVE

ELEMENTS OF LOVE

12 Kurzgeschichten
über die große Liebe

Mit Schwarz-Weiß-Abbildungen

everlove
by PIPER

Mehr über unsere Autorinnen, Autoren und Bücher:
www.everlove-verlag.de

Wenn dir dieser Roman gefallen hat, schreib uns unter Nennung
des Titels »Elements of Love« an empfehlungen@piper.de, und wir
empfehlen dir gerne vergleichbare Bücher.

Mit Beiträgen von folgenden Autor:innen:
Kathinka Engel • Marie Graßhoff • Christian Handel •
Stefanie Hasse • Lea Kaib • Laura Labas • Kim Leopold •
D. C. Odesza • Carina Schnell • Rose Snow •
Andreas Suchanek • Nena Tramountani • Marie Weis

Inhalte fremder Webseiten, auf die in diesem Buch (etwa durch
Links) hingewiesen wird, macht sich der Verlag nicht zu eigen.
Eine Haftung dafür übernimmt der Verlag nicht.
Wir behalten uns eine Nutzung des Werks für Text und
Data Mining im Sinne von § 44b UrhG vor.

ISBN 978-3-492-06500-9
© everlove, ein Imprint der Piper Verlag GmbH, München 2024
Illustrationen: Stefanie Jung
Satz: Nadine Clemens, München
Gesetzt aus der Filosofia
Druck und Bindung: CPI Books GmbH, Leck
Printed in the EU

Inhalt

ERDE

Ich weiß noch, wie ich dich zum
ersten Mal sah, dein verschmitztes
Lachen und deine Hände voller
Blumenerde. Wie ich seitdem jeden Tag
im Garten war und meine Eltern
sich gefragt haben, ob ich doch
noch ein Naturkind werde.

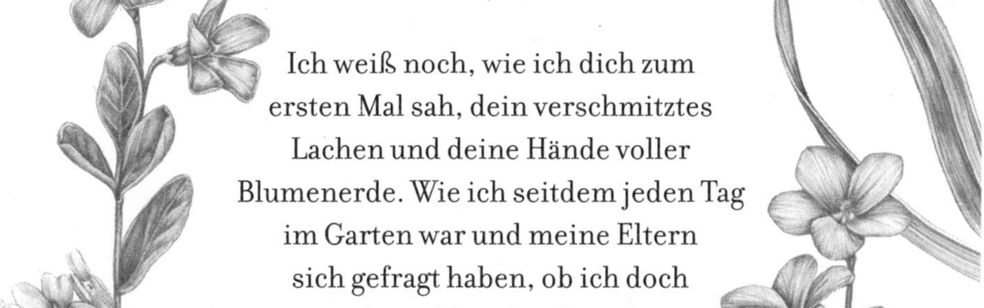

Kathinka Engel kennt die Buchwelt aus verschiedensten Perspektiven: Als leidenschaftliche Leserin studierte sie Allgemeine und Vergleichende Literaturwissenschaft, arbeitete für eine Literaturagentur, ein Literaturmagazin und als Redakteurin, Übersetzerin und Lektorin für verschiedene Verlage. Wenn sie nicht gerade schreibt oder liest, trifft man sie in Craftbeer-Kneipen, im Fußballstadion oder als Backpackerin auf der Suche nach dem nächsten Abenteuer. Mit ihrem Debüt *Finde mich. Jetzt* schaffte Kathinka Engel es aus dem Stand auf die SPIEGEL-Bestsellerliste.

Bei Instagram teilt sie unter @kathinka.engel ihre Begeisterung für Bücher.

Kathinka Engel

Des Zufalls Schicksal

Jeden Morgen wache ich mit dem Sonnenaufgang auf. Hier draußen im Sequoia National Park, wo Rio und ich seit zwei Monaten leben und endlich, endlich nur für uns sein können, passt man sich automatisch der Natur an. Sobald die Vögel anfangen zu zwitschern, regt sich Rio neben mir. Ich öffne die Augen und sehe ihn an. Sehe seine entspannten Gesichtszüge, sein glückliches Lächeln, und weiß, das hier war die richtige Entscheidung.

»Guten Morgen«, sagt er auch heute mit seiner kratzigen Morgenstimme, robbt auf meine Bettseite und küsst mich.

»Guten Morgen«, antworte ich und erwidere sein Lächeln.

Er setzt sich auf, streckt sich. Ich betrachte seinen wunderschönen Rücken. Anfangs fiel es mir schwer, meinen Blick loszureißen. Aber inzwischen hat mein Kopf verstanden, dass diese Momente kein Ablaufdatum haben.

Rio geht wie jeden Morgen laufen, und auch ich schäle mich aus dem Bett, stapfe die knarzenden Stufen unserer Blockhütte nach unten und stelle die Espressokanne auf den Herd. Kurz darauf setze ich mich mit einem dampfenden Kaffee in der einen und meinem Laptop in der anderen Hand auf die Veranda hinter dem Haus. Von dort aus hat man einen wunderbaren Ausblick auf den kleinen Teich und den Wald um uns herum.

Hier, inmitten der lebendigen Geräusche der Natur, inmitten des Dufts nach Harz und Erde, schreibe ich das Drehbuch über die Liebesgeschichte meiner Urgroßeltern Josip und Dunja. Wie sie kurz vor dem Zweiten Weltkrieg aus dem ehemaligen Jugoslawien in die USA emigrierten und sich auf der langen Überfahrt kennenlernten. Wie sie sich bei ihrer Ankunft in New York aus den Augen verloren und Jahre später wiederfanden. Jeden Tag wächst mein Drehbuch, das gleichzeitig die Abschlussarbeit für mein Drehbuchstudium an der UCLA ist.

Ich nehme einen Schluck von meinem Kaffee, schließe für einen Moment die Augen. Dann öffne ich das Dokument und tauche ein.

Das Schiff schaukelte. Seit zwei Tagen nun hatte Josip keinen festen Erdboden mehr unter den Füßen, und er hatte sich immer noch nicht entschieden, was das kleinere Übel war: sich an Deck an die Reling zu klammern, salzige Seeluft zu atmen und dem Meer bei seiner schlechten Laune zuzusehen, oder in der Kajüte zu bleiben, wo er sich hinlegen und auf Schlaf hoffen konnte.

Doch die Kajüte war ihm heute zu eng, die Luft zu stickig. Seine Familie war nicht wohlhabend wie andere an Bord der Odyssey. *Es war schwierig gewesen, die Überfahrt zu organisieren. Ihre gesamten Ersparnisse – die der Eltern, die der Schwester und seine eigenen – waren in die Passagen geflossen. Selbst der zehnjährige Petar hatte sein Sparschwein plündern wollen, doch am Ende waren nur vier Münzen und ein Knopf zusammengekommen.*

Josip betrat breitbeinig das Deck, um das Schwanken auszuglei-

chen, und sog gierig die Luft ein. *Seit zwei Tagen war ihm mulmig, und seit zwei Tagen hatte er nichts gegessen. Seine Mutter machte sich deswegen bereits Sorgen, aber immerhin hatte er sich – im Gegensatz zu Petar und Ana – auch seit zwei Tagen nicht übergeben.* Er sah sich um. *An der Reling standen Menschen paarweise oder in kleinen Gruppen. Für niemanden an Bord war der Aufbruch von zu Hause eine leichte Entscheidung gewesen, das Land zu verlassen, ihre Heimat, ihre Freunde und Familie, doch für alle von ihnen war sie alternativlos gewesen. Josip erkannte die Rosenthals, eine deutsche Familie, deren Sohn Petar ein Kartenspiel beigebracht hatte. Ein frisch verheiratetes Paar aus Belgien stand ein paar Meter weiter. Sie hielt sich ihren Bauch, weil ihr schlecht und weil sie schwanger war. Josip beneidete sie nicht um ihren Zustand.*

Am Heck des Schiffs stand eine Frau. Sie war allein. Er hatte sie schon ein paarmal gesehen. Sie musste in Anas Alter sein, vielleicht achtzehn oder neunzehn. Ihr Kleid bauschte sich im Wind, und sie war die Einzige hier oben – soweit Josip es aus der Ferne beurteilen konnte –, die einigermaßen entspannt wirkte.

Er ging auf sie zu. Zu Hause war er nicht unbedingt dafür berühmt gewesen, Unterhaltungen mit Fremden anzufangen, aber auf dem Schiff war es leicht, gemeinsame Themen zu finden, sofern man die gleiche Sprache sprach. Es war ein Vorteil, dass er bereits ein wenig Englisch konnte. So hatte er Petar sagen können, dass der deutsche Junge mit dem Kartenspiel Max hieß und aus München stammte. Er hatte Ana weitergegeben, dass eine junge Londonerin ihre Frisur mochte. Und er hatte einen der Offiziere gefragt, ob sich das Wetter denn bald bessern würde. Das Lachen des jungen Mannes hatte jeder verstanden, und es stellte sich heraus, dass dies gutes Wetter war. Er hatte es »leichtes Schaukeln« genannt, und Josip war rot geworden.

Doch mit der Frau an der Reling hatte Josip noch nicht gespro-

chen. Und genau das würde er jetzt ändern. Denn sie war ihm auf-
gefallen. Ihr leises Lachen neulich Abend. Ihr schlanker Hals, den
sich feine Locken entlangkräuselten. Ihre Statur – aufrecht, ele-
gant. Sie hätte ihn definitiv eingeschüchtert, wären sie sich zu
Hause begegnet, obwohl Josip bei den jungen Frauen durchaus gut
ankam. Aber es gab eben welche, denen fühlte er sich gewachsen.
Und es gab Frauen wie sie.

Josip räusperte sich. »Good day«, sagte er und war sich seines
starken Akzents überaus bewusst.

Sie nickte, drehte sich jedoch nicht zu ihm um. Josip stellte sich
neben sie und bemerkte, dass sie lächelte. Also war seine Gesell-
schaft wohl nicht unerwünscht.

»My name is Josip«, sagte er.

Immer noch sah sie ihn nicht an, aber das Lächeln wurde
breiter.

»Do you speak English?«, fragte er.

»Little bit«, gab sie zurück, und ihre Stimme machte, dass er
eine Gänsehaut bekam. Nicht nur ihre Stimme, sondern auch ihr
Akzent, der seinem eigenen so ähnlich war.

»Woher kommst du?« Er sagte es in seiner Sprache und hoffte,
sie würde ihn verstehen. Wie schön wäre es, Serbisch sprechen zu
können mit jemandem, mit dem er nicht verwandt war!

Sie lachte leise. Dann sagte sie: »Mala Draga.«

»Nein!«, entfuhr es Josip. Denn das war doch nicht möglich.
»Mala Draga in Šumadija?«

»Ja.«

Josip war ein Träumer. Sein Vater machte sich oft darüber lustig,
dass er in seinen eigenen Welten mehr zu Hause war als in der ech-
ten Welt. Dass er das Leben romantisierte und dem Schicksal und
all den kleinen Momenten, die sich schlussendlich zum Schicksal
zusammenfügten, zu viel Aufmerksamkeit schenkte. Seine größte
Angst war, dass Josip in Amerika seinem Traum nachrennen wür-

de: Drehbücher für diese amerikanischen Filme zu schreiben, über die man im Dorf sprach. Aber in diesem Augenblick wäre selbst Josips Vater still gewesen.

»Meine Familie ist aus Jaruga«, sagte Josip leise, dennoch wusste er, dass sie ihn verstand.

Eine Weile standen sie schweigend nebeneinander. Josip wollte sie so viel fragen, dass die Worte sich gegenseitig blockierten. Er wollte über das Schicksal sprechen, wissen, wie sie hieß, wer sie war, wie es kam, dass sie ausgerechnet hier war, auf diesem wackelnden Schiff. Warum sie im Gegensatz zu allen anderen eine gesunde Gesichtsfarbe hatte. Doch er sagte nichts. Stand nur da, spürte sein Herz pochen und war sich ihrer Anwesenheit bewusst.

»Ich bin Dunja«, sagte sie nach einer Weile.

Dunja. Josip hätte den Namen gern laut ausgesprochen. Seine Zunge fand ganz automatisch seinen Gaumen, dort, wo das D war. Dann tippte sie weiter vorne das N an und rollte zurück, um das J zu schmecken. Aber kein Laut kam aus seinem Mund.

»Und du siehst aus, als würdest du dich gleich übergeben.« Sie lachte, und Josip fragte sich, woher sie das wusste, wo sie ihn doch die gesamte Zeit über nicht angeschaut hatte. »Du musst dir einen Punkt suchen und ihn mit den Augen festhalten. Dann macht dir das Schwanken nicht mehr so viel aus.«

»Deswegen hast du mich nicht angesehen!« Josip biss sich auf die Zunge, denn so viel Erleichterung hatte er eigentlich nicht preisgeben wollen.

Sie nickte.

»Woher weißt du dann, dass ich aussehe, als ...«

»Ich habe dich vorgestern gesehen. Und gestern. Und heute Morgen. Und ich gehe mal davon aus, dass du immer noch grün im Gesicht bist.«

Sie hatte ihn gesehen. Sie hatte ihn wahrgenommen. Es war Josip völlig egal, dass er grün im Gesicht war.

»Na komm«, sagte sie. Dann streckte sie den Finger aus. »Siehst du die Wolke da vorne? Die schauen wir an.«

Sie standen nebeneinander und betrachteten die Wolke. Es dauerte ungefähr eine halbe Stunde, dann ging es Josip besser. Doch er war sich nicht sicher, ob es wirklich daran lag, dass sie immer neue Wolken fanden, an denen sich ihre Blicke festklammern konnten. Viel eher glaubte er, dass es an Dunjas Gegenwart lag. Sie schien ihm Halt zu geben auf diesem wackligen Schiff fern von jedem sicheren Hafen, vom festen Erdboden. Denn sie waren zwischen der dritten und vierten Wolke näher zusammengerutscht, und sein Arm berührte nun ihren Arm. Ihre Wärme drang durch sein Hemd und machte, dass er an nichts anderes mehr denken konnte.

Ich höre Rios Schritte, bevor ich ihn sehen kann. Dann materialisiert sich seine Gestalt zwischen den Bäumen. Er läuft jeden Tag zehn Meilen durch den Wald, an den meisten Tagen hängt er noch ein Work-out dran, damit er in Form bleibt. Aber was in L. A. Pflicht und Verzicht für ihn bedeutete, gibt seinem Tag hier Struktur und fühlt sich für ihn an wie Entspannung und Freiheit in einem.

Er winkt mir vom Pfad zu. »Ich habe einen Schwarzbären gesehen«, ruft er.

»Was? Wo?« Schwarzbären sind nicht ungefährlich. Meistens gehen sie Menschen aus dem Weg, aber man muss trotzdem auf der Hut sein.

»Auf der Lichtung«, sagt Rio und schwingt sich über das Geländer der Veranda. Er ist verschwitzt, dennoch suchen meine Lippen seine, als er sich zu mir beugt. Wenn man sich so sehr liebt, stört man sich offenbar auch nicht mehr am Schweiß des anderen.

»Hat er dich gesehen? War es gefährlich? Ich meine …«

»Keine Sorge«, sagt Rio mit einem amüsierten Grinsen.

»Den Vortrag über den richtigen Umgang mit Schwarzbären bei Professor Ferne Resnik habe ich ungefähr siebzehn Mal gehört. Ich habe ihn aus einiger Entfernung gesehen und dann sofort langsam und leise den Rückzug angetreten. Er hat nicht mal gemerkt, dass ich da war.«

»Okay, gut.« Vielleicht bin ich übervorsichtig, aber Rio und ich sind beide Stadtmenschen. Wir haben nicht viel Erfahrung im Umgang mit Wildtieren. Da ist es besser, man passt auf.

»Und du?« Wieder beugt sich Rio zu mir hinab, doch diesmal, um auf mein Skript zu schielen.

»Nicht«, sage ich und halte die Hände vor meinen Bildschirm. Rio wird es zu lesen kriegen, sobald es fertig ist. Aber während ich noch daran arbeite, fühle ich mich unwohl dabei, es ihm zu zeigen. Beinahe, als wäre es zu intim, obwohl es zwischen uns eigentlich keinerlei Grenzen mehr gibt. Wenn man über Wochen auf engstem Raum in der Wildnis lebt, verschwindet jede Peinlichkeit, jedes Geheimnis, jede Scham. Vielleicht ist es auch gerade deswegen so wichtig, dass er seinen Sport hat und ich mein Manuskript für mich.

Rio lacht, küsst mich auf den Hinterkopf und verabschiedet sich dann unter die Außendusche.

Josip war ein schöner Mann. Schlank, hochgewachsen, die vollen schwarzen Locken fielen ihm in die Stirn. Er war Dunja bereits aufgefallen, als er mit seiner Familie an Bord gegangen war. Sie hatte an der Reling gestanden, den Hafengeräuschen gelauscht – Männerrufe, summende Maschinen, Möwengeschrei – und tief, tief eingeatmet.

Für ihre Eltern war der Aufbruch in diese neue, unbekannte Welt hart. Sie wussten nicht, was sie erwartete, und ließen dennoch die Annehmlichkeiten, die sie zu Hause gehabt hatten, hinter sich. Die finanzielle Sicherheit, das Ansehen, das sie im Dorf genossen hatten. Und auch Dunja ließ all das hinter sich. Besonders aber bedeutete der Abschied von zu Hause, dass sie Ivan loswurde. Ivan, der Sohn des Bürgermeisters, dem sie versprochen gewesen war. Ivan war Dunja auch aufgefallen, aber vor allem, weil er laut war und gerne derbe Witze auf Kosten anderer machte.

Josip war anders. Er sprach nur so laut, wie es nötig war, um ihn gegen den Wind zu verstehen. Er machte auch Witze, aber sie waren wohlüberlegt und hatten nie den Zweck, sich über andere zu erheben, sondern sie, Dunja, zum Lachen zu bringen. Und wenn er damit Erfolg hatte, lächelte er so breit, dass Dunjas Herz ganz weit wurde.

Zu Anfang taten sie beide noch so, als wären ihre Treffen auf dem Deck der Odyssey zufällig. Doch schon bald wurden sie zur Gewohnheit. Eine kribbelige, schöne, zweisame Gewohnheit als Kontrast zum fremden Alltag auf dem Schiff. Sie trafen sich immer an derselben Stelle, ob es regnete oder die Sonne auf sie niederbrannte. Es spielte keine Rolle, solange sie nebeneinanderstehen und auf den Horizont blicken konnten.

Josips Gesichtsfarbe war längst nicht mehr so grünlich wie bei ihrer ersten Begegnung, im Gegenteil, seine Wangen färbten sich jedes Mal tiefrot, wenn er sie nur erblickte. Und das war beinahe noch schöner als sein Haar oder sein Humor.

Doch das Allerschönste war Josips Fähigkeit, Geschichten zu erzählen. Geschichten aus der Heimat, Geschichten von seiner Familie, Geschichten, die er sich ausdachte, nur um Dunja zu unterhalten. Während er erzählte, rückte Dunja ganz aus Versehen näher an ihn heran, bis sie sich berührten. Und diese Berührung machte, dass Dunja nachts wach lag und an Josip dachte. Sie stellte sich vor, wie es wäre, seine lockigen Haare zu berühren. Seine roten Wangen, die sicher vor zauberhafter Verlegenheit ganz warm waren. Wie es wäre, von ihm umarmt zu werden. Vielleicht hochge-

hoben zu werden, weil auch er so voller Sehnsucht war. Wie es wohl
wäre, ihm näher zu sein als das. Mit ihren Lippen beispielsweise.
Eines Tages fragte Josip sie, ob sie nicht genug Schlaf bekäme,
denn Dunja rieb sich die Augen und gähnte zum wiederholten Mal.
Nun war Dunja diejenige, die rot wurde. Sie fühlte sich ertappt,
obwohl Josip unmöglich wissen konnte, dass er der Grund für ihre
Schlaflosigkeit war. »*Das Einschlafen fällt mir schwer*«*, gab sie zu*
und musste den Blick abwenden.
»Frische Luft vor dem Zubettgehen soll helfen«, sagte Josip. Und
so verabredeten sie sich zu einem nächtlichen Rendezvous an ihrem
gewohnten Treffpunkt.

In den letzten Tagen haben Rio und ich viel über die Zukunft
gesprochen. Wir werden nicht für immer hierbleiben können. Wir *wollen* nicht für immer hierbleiben. Meine Familie,
meine Freunde sind in L. A., ebenso wie Rios Job und auch
meine berufliche Zukunft. Bis gestern haben wir einen Bogen
um das Thema einer möglichen neuen Rolle für Rio gemacht.
Aber auf einmal ist es aus ihm rausgeplatzt. Wie viel Lust er
auf die Verfilmung von *The Gentle Art of Losing Your Mind* hat.
Die Figur des Carl sei genau der Charakter, den er spielen
wolle. Verletzlich, gebrochen und dennoch stark. Und obwohl
ich mich auf mein Skript konzentrieren sollte, kann ich nicht
anders, als Gesprächsfetzen von Rios Telefonat mit Keanu
mitzuhören, der den Film produzieren wird.
»Wenn Cy mich kennenlernen will, natürlich. Wäre mir
eine Ehre.« Cy Bellamy, der Autor des Romans. »… in drei
Wochen ohnehin in L. A.« Denn in drei Wochen muss ich
mein Drehbuch abgeben. »Ich freu mich auch, Mann.«
Kurz darauf lehnt sich Rio in den Türstock und grinst mich
an.
»Und?«

»Ich habe Keanu Reeves gerade sehr glücklich gemacht«, sagt er.

»Also war das eine Zusage?«

»Eine vorläufige.«

»Herzlichen Glückwunsch.« Ich freue mich unheimlich, dass Rio ein Projekt gefunden hat, das ihn begeistert. Nach *This is our Time* und dem Drama um seinen ehemaligen Manager Steve, der versuchte, ihn in Rollen zu drängen, die Rio nicht spielen wollte, ist dieses Independent-Projekt genau das, was er braucht.

»Keanu hat außerdem gefragt, wann er dein Drehbuch lesen darf.«

»Wenn du weiter so in der Tür lehnst, dauert es jedenfalls länger«, sage ich grinsend, weil diese Pose einfach verboten gut aussieht.

»Wenn ich weiter *wie* in der Tür lehne?« Er hebt eine Augenbraue. »Scherz, ich muss eh noch eine Runde Holz hacken.«

»Das macht es nicht einfacher«, rufe ich ihm noch nach, widme mich jedoch brav wieder meinem Skript.

Josip war in den letzten Tagen weniger nervös gewesen, wenn er sich mit Dunja getroffen hatte. Obwohl sie immer noch die schönste Frau war, die er je gesehen hatte. Obwohl alles, was sie sagte, beängstigend klug war. Obwohl sie ihn anblickte, als würde sie direkt in ihn hineinsehen. Denn während ihrer Gespräche und flüchtigen Berührungen war er zu der Gewissheit gelangt, dass sie ihn auch mochte. Und wenn jemand wie er jemanden wie sie für sich gewinnen konnte, machte er wohl etwas richtig.

Doch nun war er nervös. Deswegen wartete er auch deutlich zu früh an ihrem vereinbarten Ort. Die Nacht war sternenklar, der Mond stand hell am Himmel. Die See war angenehm ruhig, und eine kühle Brise wehte durch Josips Haare. Er lehnte mit dem Rücken an der Reling, weil er sie sehen wollte, wenn sie auf ihn zukam. Sein Herz pochte ihm bis zum Hals, obwohl abgesehen von der Uhrzeit, zu der sie sich trafen, nichts anders war als sonst. Und doch fühlte es sich anders an. Ernsthafter. Intimer.

Und dann kam sie. Und auch sie sah ernsthafter aus. Sie hob die Hand zum Gruß, blickte sich unsicher um, denn sie waren zum ersten Mal allein an Deck. Zu zweit allein. Das hatte Josip nicht bedacht. Zumindest hatte er nicht bedacht, dass es Dunja unangenehm sein könnte. Dass sie vielleicht sogar Angst haben könnte mit einem Mann, der eigentlich ein Fremder war, auch wenn er ihr während der letzten zehn Tage alles über sich erzählt hatte, was es zu erzählen gab. Alles und noch mehr.

»Ich wusste nicht, dass es so ausgestorben sein würde«, sagte er, als Dunja in Hörweite war. »Vielleicht sollten wir ...«

Doch da zuckte ihr Mundwinkel. »Ein schöner Abend«, sagte sie, und der Anflug von Unsicherheit, den er wahrgenommen hatte, war verschwunden.

»Ein sehr schöner Abend.« Seine Stimme war ganz rau, und als sein Blick auf Dunjas Arm fiel, sah er, dass sie eine Gänsehaut hatte. »Ist dir kalt?« Er machte Anstalten, ihr sein abgetragenes Jackett zu geben.

»Nein.« Sie lächelte ihn an, und nun bekam auch Josip eine Gänsehaut. »Wie wäre es mit einer Gutenachtgeschichte?«, fragte sie.

»Damit du schlafen kannst?« Josips Mund fühlte sich auf einmal ganz trocken an, denn Dunja hatte sich neben ihn gestellt. So dicht, dass sich ihre Hüften, ihre Arme, ihre Schultern berührten.

»Ja.«

Josip schluckte. Etwas war anders. Kribbeliger und gleichzeitig voller Gewissheit. »Habe ich dir schon mal erzählt, wie mein Freund ...«, er zögerte, weil ihm auf die Schnelle kein Name einfiel,

»... Milan sich in ein Mädchen verliebt hat, das zu gut für ihn war?« Er wusste, dass er die Geschichte nicht erzählt hatte. Schließlich hatte er keinen Freund namens Milan.

Sie schüttelte den Kopf. »Geht die Geschichte gut aus?«, fragte sie.

Er sah in ihre großen, dunklen Augen. Schluckte. Schluckte erneut. »Ich hoffe es«, sagte er.

»Dann will ich sie hören.«

Josip räusperte sich und begann. »Milan hatte sie schon ein paarmal gesehen. Nur von Ferne, weil er sich nicht getraut hatte, sie anzusprechen. Er wusste, dass sie zu gut für ihn war.« Josip erzählte, wie der Zufall Milan und das Mädchen zusammenbrachte. Wie sie sich unterhielten. Wie sie feststellten, dass die Zeit schneller verging, wenn sie zusammen waren, obwohl sich beide genau das Gegenteil wünschten. Wie sie sich jedoch nicht näherkommen konnten, weil sie nie allein waren.

»Und dann?«, fragte Dunja leise und streifte sachte mit ihrer Hand Josips Hand. Er wusste nicht, ob absichtlich oder aus Versehen, aber die Berührung machte ihn mutig.

»Dann ...«, er fuhr mit seinem Fingerknöchel über ihren Handrücken, »... erzählte sie ihm, dass sie Schwierigkeiten hatte, einzuschlafen.« War er verrückt? Er fühlte sich verrückt. Es war riskant, er konnte mit seiner Forschheit alles ruinieren, was sich zwischen ihnen entsponnen hatte. Aber auf eine seltsame Weise, die seinen Kopf ganz leicht machte, fühlte er sich sicher.

»Und er schlug vor, dass sie sich am Abend treffen sollten, weil frische Luft helfen würde?«, fragte Dunja leise.

Josip nickte. »Er hatte keine Hintergedanken. Erst als sie seine Hand berührte ...«

Dunja strich über Josips Finger, und Josip blieb die Luft weg, sodass er einen Moment nicht weitersprechen konnte.

»Was ist passiert, als sie seine Hand berührt hat?«

»Da haben sich andere Gedanken vorgedrängelt.«

»Was für Gedanken?« Josip hatte das Gefühl, Dunja war atemlos von keinerlei Anstrengung.

»Dass er ihr gerne näher wäre als das.« Er blickte auf ihre Hände, und als hätten sie ein Eigenleben, verwoben sich ihre Finger miteinander.

»So?«, fragte Dunja, und Josip nickte, weil er nicht mehr sprechen konnte. »So auch?«, fragte sie und legte ihre andere Hand sanft an seine Wange. Wieder nickte er und schloss die Augen.

»Und so?« Sie fuhr ihm mit der Hand durch die Haare, und er atmete zitternd aus.

»Ja.«

»Und ... so?«

Josips Augen waren immer noch geschlossen, aber er spürte, wie Dunja sich auf Zehenspitzen stellte, wie ihr Körper sich ganz leicht gegen seinen drängte. Und dann spürte er ihre Lippen auf seinen Lippen.

Es war nur ein kurzer, flüchtiger Kuss, aber er hielt seine Welt an.

»Ja«, sagte Josip, aber es war nur noch ein Hauchen.

»Und war sie auch in ihn verliebt?«, fragte Dunja, und Josip öffnete seine Augen wieder, weil er sie ansehen musste.

»Du wolltest, dass die Geschichte gut ausgeht ...«, sagte er, und das Herz schlug ihm bis zum Hals, während sein gesamter Körper vor Verlangen und Aufregung taub wurde.

Dunjas leises Lachen erfüllte die Luft, und Josip atmete es ein. Dieses Lachen. »Ich glaube, sie war in ihn verliebt. Aber sie hatte ein bisschen Angst, weil sie keinerlei Erfahrung auf dem Gebiet hatte und er aussah wie ein Filmstar.«

Jetzt musste Josip lachen. »Es war nicht so, dass er unbedingt wusste, was er tat«, gab er zu.

»Nicht?« Sie machte große Augen.

»Na ja, er war schon ein paarmal mit Mädchen ausgegangen. Aber nichts hatte sich je so angefühlt.«

»Hat er die anderen Mädchen geküsst?«, fragte sie.

Josip nickte. Es war ihm ein bisschen unangenehm, aber Dunja sah nicht aus, als würde sie ihn dafür verurteilen.

»Na, dann hätte er ihr doch zeigen können, wie man es macht.«

Sie sahen sich an. Dunjas Augen funkelten frech und voller Erwartung. Josip hatte das Gefühl, er wurde schon wieder seekrank, aber auf eine andere Art diesmal. Auf eine Art, die sein gesamtes Inneres durcheinanderrüttelte. Dann überbrückte er die Distanz zwischen ihnen und presste seine Lippen auf ihre. Fest und ein bisschen gierig, weil er nichts dagegen machen konnte, dass er sie wollte. Von Kopf bis Fuß, mit Haut und Haar, seit dem Moment, in dem er sie das erste Mal wahrgenommen hatte, bis in alle Ewigkeit.

Mein Skript wächst. Es gibt Tage, an denen ich nicht schreibe, sondern nur überarbeite. Manchmal gibt es Tage, an denen ich nur lösche. Aber dann gibt es wieder die richtig guten Tage, an denen ich im absoluten Flow bin. Da sprudeln die Worte nur so aus mir heraus. Da weiß ich ganz genau, dass ich Josips und Dunjas Ton treffe. Da schreibe ich so, dass die Dialoge ans Herz gehen, wie ich es mir immer vorgestellt habe.

Kreativ arbeiten bedeutet nicht, jeden Tag von der Muse geküsst zu werden. Aber es bedeutet, es wenigstens jeden Tag zu versuchen. Appetit kommt beim Essen, sagt man. Und Ideen kommen beim Kreativsein, ob man nun Lust hat oder nicht.

Heute läuft es zäh, weil ich mir selbst Druck mache. Ich will das Wochenende frei haben, um meinem Kopf eine Pause zu gönnen, aber die Deadline sitzt mir im Nacken. Deswegen besteht mein kreativer Prozess heute aus einer Mischung aus Seufzen und Fluchen.

»Läuft es nicht?«, fragt Rio aus der Küche, wo er sich an einer Lasagne versucht. Sein Essen schmeckt inzwischen richtig gut, auch wenn es nicht immer so aussieht.

»Wörter sind blöd«, gebe ich zurück. »Sie machen nicht, was sie sollen. Und außerdem kenne ich nur noch ungefähr dreihundert. Schreib mal ein Drehbuch aus nur dreihundert Wörtern.«

»Wenn du willst, bringe ich dir ein paar bei«, sagt Rio.

»Was hältst du von *ephemeral*?«

»Was bedeutet das?«

»Kurzlebig. Vergänglich.«

»Meine Kreativität ist ephemeral«, sage ich, und Rio lacht.

»Blöde Muse mit ihrem blöden Liebesentzug.«

»Wenn du willst, küsse ich dich stattdessen. Dann wird sie vielleicht eifersüchtig und kommt angerauscht.«

Im nächsten Moment tut er genau das. Küsst mich. Seine weichen, vollen Lippen liegen auf meinen, seine Zunge bahnt sich den Weg in meinen Mund. Ich seufze, doch diesmal ist es ein genussvolles Seufzen. Ich presse mich an ihn, denn wenn ich mich ohnehin nicht auf mein Skript konzentrieren kann, könnten wir den Nachmittag vielleicht auch anders verbringen, doch Rio löst sich von mir.

»Wenn du nicht willst, dass die Lasagne ephemeral ist, müssen wir das leider auf später verschieben.« Er grinst und verschwindet wieder in der Küche.

Zu Anfang waren Dunja die einundzwanzig Tage auf der Odyssey *wie eine Ewigkeit vorgekommen. Die normale Route dauerte nur knapp zwei Wochen, aber aufgrund der angespannten politischen Situation nahmen sie eine südlichere und damit längere Route über die karibischen Inseln nach New York. Doch jetzt, wo sie und Josip sich so oft wie möglich wegstahlen, um einander nah zu sein* und immer näher, hätte die Überfahrt ruhig noch länger dauern können. Sie kamen sich so nah, wie sie nur konnten ohne wirkliche Privatsphäre. Aber obwohl sich Dunjas gesamtes Inneres danach sehnte, auch diese Grenze zu überschreiten, würde das warten müssen, bis sie verheiratet waren.

Sie erschrak bei diesem Gedanken. Hatten sie sich nicht eben erst kennengelernt? Andererseits kannte sie Josip schon jetzt deutlich besser als Ivan, und den hätte sie schließlich auch heiraten sollen. Außerdem wollte sie sich ein Leben ohne Josip nicht mehr vorstellen, auch wenn sie, sobald sie endlich wieder festen Boden unter den Füßen hatten, erst einmal ihre Eltern von der Liaison überzeugen mussten. Denn Dunja und Josip wussten beide, dass er nicht unbedingt der war, den Dunjas Eltern sich für ihre Tochter vorgestellt hatten. Aber Amerika war eine neue Welt. Dort galten andere Regeln. Man war freier. Und Josip und sie würden einen Weg finden, zusammen zu sein, das stand außer Frage.

Am letzten Abend blickten sie wieder einmal von der Reling aufs Meer hinaus. Dunja meinte, in der Ferne bereits die Lichter New Yorks zu erkennen. Der Ort, der von nun an ihre Heimat sein sollte. Ihre und Josips.

»Habt ihr schon einen Plan, wo ihr unterkommt?«, fragte Dunja, denn sie musste wissen, wo sie Josip finden konnte.

»Ich habe dir alles aufgeschrieben. Meinen vollen Namen, die Namen meiner Eltern, die Adresse des Großonkels, bei dem wir erst einmal wohnen, bis wir Arbeit gefunden haben.« Er fasste in seine Hosentasche, in die Innentasche seines Jacketts. »Ich Esel. Er ist in meiner anderen Hose.« Er lachte. »Ich gebe ihn dir morgen, wenn wir von Bord gehen.«

Sie schmiegte sich an ihn. Schmiegte sich in Gedanken noch immer an ihn, als sie wenig später zum letzten Mal in ihr leicht schwankendes Bett kroch. Träumte von ihm, von ihrem Leben in diesem neuen Land, auf diesem fremden Fleckchen Erde.

Am nächsten Morgen herrschte bereits früh reges Treiben. Passagiere drängten sich an Deck, Koffer und Taschen stapelten sich in den engen Gängen. Auch Dunjas Familie hatte so viel mitgenommen, wie sie nur konnte. Während sie sich nun voll bepackt Richtung Ausgang aufmachten, blickte Dunja sich immer wieder nach Josip oder seiner Familie um. Er würde sie finden. Er hatte es versprochen.

»Wir müssen zusammenbleiben, Dunja«, sagte ihre Mutter mit leichter Panik in der Stimme. Denn die Menschen rempelten sie von allen Seiten an.

Und dann gingen sie von Bord. Langsam wie zähflüssiger Sirup ergossen sich die Passagiere der Odyssey aufs amerikanische Festland. Menschen riefen, brüllten. Sie sollten hier langgehen. Dort lang. Nicht stehen bleiben. Weiter, weiter. Dunja übersetzte für ihre Eltern, obwohl auch ihre Englischkenntnisse bestenfalls rudimentär waren.

Von hinten drängelten weitere Passagiere. Und das nicht nur von der Odyssey. Es schien, als seien sie inmitten von Tausenden von Leuten, die alle in dieselbe Richtung gedrängt wurden. Richtung einer großen Halle, wo ihre Dokumente überprüft wurden.

Dunja blickte sich um. Wo war Josip? Sie hätte am liebsten nach ihm gerufen, aber sie traute sich nicht. Nicht vor ihren Eltern, nicht in einer Situation, in der ihr Verhalten über die Zukunft ihrer Familie in Amerika entscheiden konnte.

Doch in diesem Moment sah sie ihn. Sah ihn winken. Sah, wie er sich durch die Menge schob, um zu ihr zu gelangen. Ihr Herz hüpfte. Er tauchte ab und im nächsten Moment einen halben Meter weiter vorne wieder auf. Dann war er wieder verschwunden, und sie hatte schon Sorge, ihn aus den Augen verloren zu haben, doch er kämpfte sich weiter und immer weiter. Und dann spürte sie eine Hand an ihrer Hand und einen Zettel.

Das war der Moment, in dem sie von einem Mann grob an der

*Schulter gepackt und gemeinsam mit ihren Eltern in die volle, sti-
ckige Halle geschoben wurde.*

*»Ich finde dich«, rief Dunja, der es jetzt egal war, was die Eltern
von ihr dachten. Das Letzte, was sie von Josip sah, war eine Kuss-
hand, die er ihr über alle Köpfe hinweg zuwarf.*

*»Weiter!«, blökte ein uniformierter Mann, und von hinten
drängten sich immer mehr Menschen nach drinnen.*

*Ihre Mutter kam ins Straucheln, und Dunja bekam gerade noch
ihren Arm zu fassen. Dabei fiel ihr Josips Zettel aus der Hand. Sie
half ihrer Mutter hoch und wollte sich nach dem Papier bücken,
doch man ließ sie nicht. Sie wurde einfach vorangeschoben.*

*»Stopp!«, rief sie. »Ich habe was verloren!« Doch niemand
nahm Notiz von ihr. »Ein Papier, bitte!« Verzweifelt versuchte sie,
sich einen Weg zurück zu bahnen, doch ihr Vater hielt sie auf.*

*»Was tust du?« Er nahm sie fest am Arm. Natürlich, sie durften
auf keinen Fall getrennt werden. Aber wie sollte sie Josip jemals
finden, wenn sie nicht wusste, wo sie suchen musste?*

*»Aber ...«, sagte sie, die Kehle eng. »Aber ...« Doch es gab
nichts, was sie hätte tun können. Hunderte von schmutzigen Stie-
felpaaren waren bereits über die Notiz getrampelt.*

»Möchtest du es lesen?« Ich halte einen Stapel Papier in der
Hand, den ich im Nachbarort in einem Copyshop habe aus-
drucken lassen.

»Bist du etwa fertig?« Rio reißt die Augen auf. Diese schönen grauen Augen mit den blauen Sprenkeln und dem goldenen Rand um die Pupille.

»Es stehen noch ein paar Kommentare am Rand, die kannst
du einfach ignorieren. Oder selbst welche dazuschreiben,
wenn dir was auffällt. Oder ...«

»Her damit!« Er springt auf und reißt mir so überenthusi-
astisch mein Drehbuch aus der Hand, dass ich lachen muss.

»Es ist sicher noch nicht perfekt. Aber ich habe noch zwei Wochen bis zur Abgabe, also …«

»Schhhhh«, macht Rio und legt sich den Zeigefinger auf die Lippen. »Ich lese.«

Wieder muss ich lachen, obwohl es mich kolossal nervös macht, dass er nun der Erste ist, der Josips und Dunjas Geschichte lesen wird. Die Geschichte, die ich schreiben wollte, seit ich ein Teenager war. Vielleicht schon länger.

»Falls du es nicht magst, denkst du, du könntest es mir schonend beibringen?«

»Ferne?«

»Hm?«

»Ich will in Ruhe lesen.« Er grinst, als er von der ersten Seite aufsieht. »Und ich werde es mögen, weil du es geschrieben hast.«

»Ja, aber …«

»Du solltest einen Spaziergang machen. Den hast du dir verdient nach den letzten Wochen. Einfach mal den Kopf ausschalten, den Wald und die Natur genießen.«

»Sich der Tatsache bewusst werden, dass das Leben ephemeral ist, weil man jeden Moment von einem Schwarzbären vermöbelt werden kann.«

»Genau das.«

Und das tue ich, während Rio mein erstes vollständiges Drehbuch liest.

Es hatte ihn drei Jahre gekostet. Drei Jahre, in denen er seine Eltern weichgeklopft hatte. In denen Ana und Petar seine Drehbücher gelesen, kritisiert, gelobt, gefeiert hatten. Drei Jahre, in denen er sich und seine Familie zunächst mit Gelegenheitsjobs auf Baustellen und in Lagerhallen und dann mit einer einigermaßen ordentlich bezahlten Stelle als Kellner in einem feinen Restaurant auf der

Upper East Side über Wasser gehalten hatte. Drei Jahre, in denen er seine Englischkenntnisse nicht nur verbessert, sondern perfektioniert hatte. Das letzte Skript hatte er sogar komplett auf Englisch geschrieben. Er hatte extra Geld gespart, um es Korrektur lesen zu lassen. Doch die Schwester seines Kollegen Sid, die als Hauslehrerin arbeitete, hatte ein blütenweißes Manuskript und die fünfzehn Dollar, die er als Bezahlung beigelegt hatte, zurückgeschickt. Sie schrieb, es sei sprachlich perfekt und inhaltlich so spannend, dass es keine Arbeit, sondern reinstes Vergnügen gewesen sei.

Josip war versucht gewesen, Sid zu fragen, ob seine Schwester liiert sei. Ob er sie vielleicht als Dankeschön — oder auch mehr, aber das würde er Sid nicht unter die Nase reiben — mal zu einem Abendessen einladen könne. Doch das musste warten, bis er aus Los Angeles zurück war. Denn endlich, endlich hatte er seine Eltern so mürbe gemacht, dass sie ihn — unter Protest zwar, denn wie sollten sie zwei volle Monate ohne ihn auskommen? — gehen ließen.

Drei Jahre hatte es ihn gekostet, seine Eltern davon zu überzeugen, ihn sein Glück versuchen zu lassen. Und drei Jahre hatte es ihn gekostet, Dunja zu vergessen. Er war ein paarmal mit Mädchen ausgegangen und hatte schnell verstanden, dass er in New York als überdurchschnittlich attraktiv galt. Aber immer hatte er ihr Bild vor Augen gehabt. Wie sie an der Reling stand, eine Wolke mit ihrem Blick fixierend.

Er hatte sich lange gefragt, warum sie ihn nicht gesucht hatte. Öfter noch, warum sie ihn nicht gefunden hatte. Und jetzt, da er etwas aus sich machen würde, hatte er das Gefühl, endlich loslassen zu können. Er wollte in die Zukunft sehen. Wollte Menschen mit seinen Geschichten erreichen. Wollte sich verlieben und das Leben leben. Und als er nach Los Angeles aufbrach, wusste er, dass es jetzt losging.

Los Angeles war heißer als New York. Los Angeles war langsamer als New York. Aber in New York war Josip mittlerweile zu Hause. Er kannte sich aus. Er wurde erkannt. Hier nahmen die Menschen keine Notiz von ihm. Seit sechs Wochen lebte er in einem kleinen, miefigen Zimmer. Klapperte Filmstudio um Filmstudio, Agentur um Agentur ab. Er hatte die Geschichte seines Drehbuchs so viele Male erzählt, dass er inzwischen selbst verstand, warum sich niemand für eine derart langweilige Geschichte begeistern konnte. Er dachte an Sids Schwester, die es geliebt hatte, und schämte sich.

Er hatte gedacht, er hätte der Welt etwas zu sagen. Er hatte seine Familie im Stich gelassen, auch wenn es nur für zwei Monate war. Hatte sie gelockt mit einem besseren Leben.

»Vielen Dank, Mr Resnik«, sagte der Mann Mitte fünfzig, der einen grauen Anzug trug und in einem fort Zigarre rauchte. »Es ist nicht das, was wir momentan suchen, aber ich wünsche Ihnen alles Gute.«

»Was suchen Sie denn?«, fragte Josip, denn vielleicht konnte er es mit einem anderen Stoff noch mal versuchen.

»Romanzen und Krimis«, antwortete der Mann. »Das geht immer.«

Josip nickte, schüttelte seine Hand und verließ das Büro.

Die Sonne brannte heiß auf ihn nieder, während er den Sunset Boulevard entlangging. Er war durstig. Hungrig obendrein. Aber er hatte kaum genug Geld in der Tasche, um die Zimmermiete für die nächsten zwei Wochen zu bezahlen.

Er bog nach rechts in eine Seitenstraße ab, ohne ein wirkliches Ziel vor Augen. Er wollte nur einen Moment im Schatten stehen, seine Wunden lecken und die paar Münzen, die in seiner Hosentasche klimperten, zählen. Da fiel sein Blick auf den Namen eines Restaurants. Nataša's. Das Háček auf dem s entlockte ihm ein Lächeln. Er konnte die Ćevapčići beinahe schon auf der Zunge schmecken.

Als hätten seine Beine auf einmal ein Eigenleben, trugen sie ihn auf das Restaurant zu. Na und? Dann würde er eben sein letztes Geld für ein jugoslawisches Essen ausgeben. Er war so einsam, so frustriert, so ganz und gar auf Kriegsfuß mit der Welt, dass es ihn nicht mehr kümmerte, wenn er dafür zwei Wochen würde hungern müssen.

Er trat durch einen klappernden Vorhang aus Plastikperlen ins kühle Innere. Ventilatoren summten, aus einem Radio spielte Musik. Musik aus seiner Heimat. Zwei alte Männer besetzten den Tisch am Fenster, sodass er sich direkt neben die Tür setzte.

»Ich bin gleich da«, schallte eine Stimme aus der Küche, und der starke Akzent machte, dass Josips Herz vor Einsamkeit schmerzte.

Er blickte auf die Speisekarte, die auf der klebrigen Plastiktischdecke lag, doch er wusste bereits, was er bestellen würde.

»Was darf ich Ihnen bringen?«, fragte in diesem Moment die Stimme mit dem wundervollen Akzent.

»Einen Eistee und die Ćevap...« Josip blickte auf und erstarrte.

Und sie erstarrte ebenso. Ihre Augen wurden größer und größer, während er sich sicher war, dass er nun den Verstand verloren hatte. Denn das konnte nicht sein. Früher hätte er es Schicksal genannt, aber als Dunja nicht gekommen war – drei Jahre lang –, hatte er den Glauben an das Schicksal begraben. In seiner Erinnerung war die Begegnung mit Dunja immer weiter zu einem Zufall zusammengeschrumpft. Zu einem flüchtigen, ephemeralen Moment. Aber hier und jetzt wurde das Ephemerale, der Zufall zu Schicksal. Oder das Schicksal zu Zufall, man konnte es nicht mehr auseinanderhalten.

Stift und Block rutschten ihr aus der Hand und fielen zu Boden. Doch sie machte keine Anstalten, sie aufzuheben, sondern sah ihn einfach nur immer weiter an. Und er sie.

Nach einer gefühlten Ewigkeit zog sie den Stuhl an Josips Tisch zurück und ließ sich zitternd darauf sinken. Und als ihre Hand auf

der klebrigen Tischdecke zu liegen kam, nahm Josip sie in seine –
vor allem, weil er wissen wollte, ob sie echt war.

»Du!«, sagte sie irgendwann, und eine Träne tropfte mit einem
leisen Plopp auf den Tisch.

»Und du«, sagte Josip. Dann fragte er: »Was ist passiert?«
Dunja erzählte ihm die ganze tragische Geschichte. Danach die
ganzen tragischen drei Jahre, die seither vergangen waren. Sie
blickte ihn an, und er wusste, dass seine Gefühle wieder da waren – vielleicht nie wirklich weg, sondern immer in den Tiefen seines Herzens verwurzelt gewesen waren.

»Sind deine Eltern da?«, fragte Josip.

Dunja nickte und deutete auf die Küche.

Josip hatte immer noch nichts getrunken. Der Eistee war vollkommen in Vergessenheit geraten. Aber gegen die Trockenheit in
seiner Kehle hätte kein Eistee der Welt etwas ausrichten können. Er
marschierte in die Küche, wo Töpfe dampften und Pfannen zisch-
ten.

»Was machen Sie hier?«, fragte Dunjas Vater auf Serbisch.

»Ich bin hier, um Sie um die Hand Ihrer Tochter zu bitten«, sagte
Josip.

»Na hören Sie mal. Ich kenne Sie doch gar nicht!« Dunjas Vater
schwang drohend eine Kelle in Josips Richtung.

»Ich bin Josip Resnik. Ich habe Ihre Tochter auf der Überfahrt
nach New York kennengelernt. Ich habe nicht viel, aber ich werde
mehr daraus machen.«

»Und wie, wenn ich fragen darf?«

»Als Drehbuchautor.«

»Haben Sie schon ein Buch verkauft?«

»Noch nicht, aber das werde ich.« Auf einmal war Josip sich
sicher.

»Dann kommen Sie wieder, wenn Sie es geschafft haben, aber
verschwenden Sie nicht meine Zeit«, sagte Dunjas Vater.

Während der nächsten zwei Wochen kam Josip jeden Tag ins Restaurant von Dunjas Eltern. Er setzte sich an den Platz, auf dem er am ersten Tag gesessen hatte, sah Dunja an, trank Eistee und schrieb an einem neuen Drehbuch. Des Zufalls Schicksal *nannte er es, und es erzählte die Geschichte einer gefundenen, verlorenen, wiedergefundenen Liebe. Eine Romanze, wie der Mann in Grau es gesagt hatte. Nach Feierabend gingen Dunja und er durch die Straßen spazieren. Nun schauten sie bei ihren Treffen auf Berge und Palmen, statt wie früher auf die vorbeiziehenden Wolken und das weite Meer. Sie liefen Hand in Hand. Gern wären sie ins Kino gegangen oder in eins der Restaurants, aber Josip hatte kein Geld mehr.*

Doch eines Tages kam er ins Nataša's *und setzte sich nicht. Stattdessen lief er schnurstracks auf Dunja zu, nahm ihre Hand und sagte:* »Dunja Bojana Jovanović.« *Seine Stimme zitterte. Und dann ging er vor ihr auf die Knie. Denn Josip hatte sein Drehbuch verkauft.*

Er kniete vor ihr, vor der Frau, die er seit dem ersten Moment, da er sie gesehen hatte, geliebt hatte. Die Frau, die er geglaubt hatte, verloren zu haben. Die Frau, die die Mutter seiner Kinder sein würde. Die Frau, mit der er sein Leben verbringen wollte. Er kniete auf der Erde vor ihr, wie er es sein Leben lang tun wollte. Er kniete nicht auf der Erde, die ihr Zuhause gewesen war, doch es war die Erde, die ihr gemeinsames Zuhause werden würde. Als Mann und Frau.

Aus dem Augenwinkel sah er, dass Dunjas Eltern aus der Küche gekommen waren. Ihr Vater — sicher nicht Josips größter Fan — hatte die Arme vor der Brust verschränkt.

»Dunja Bojana Jovanović, willst du mir die Ehre erweisen und meine Frau werden?«, fragte er.

Und Dunja sagte einfach nur: »Ja.« *Und dann küssten sie sich mitten im Restaurant, wie sie sich noch nie geküsst hatten.*

»Bitte versprich mir, dass ich Josip spielen darf«, sagt Rio. Er steht in der Schlafzimmertür und reibt sich einmal über die Augen.

»Bist du fertig?« Ich bin bereits im Bett und habe die ersten Kapitel von *The Gentle Art of Losing Your Mind* gelesen, um mich von dem Gedanken abzulenken, dass Rio den ganzen Abend lang mein Drehbuch gelesen hat.

»Ich bin fertig. Fix und fertig«, sagt er. »Und ich will Josip spielen.«

Ich lache. »Ich weiß nicht, ob du jugoslawisch genug aussiehst.«

»Dann produziere ich den Film.«

»Keanu hat irgendwie zuerst gefragt«, sage ich gespielt schuldbewusst, auch wenn ich weiß, dass ich noch meilenweit von einer solchen Chance entfernt bin.

»Du bist eine echt harte Nuss.«

»Also hat's dir gefallen?«

»Gefallen? *Gefallen??* Ich verneige mich in Ehrfurcht vor dir.«

Und dann tut er genau das. Er verneigt sich. Geht wie Josip vor Dunja auf die Knie. Er, Rio McQuoid, vor mir.

Nena Tramountani, geboren 1995 in Stuttgart, ist mit Büchern aufgewachsen und schreibt seit ihrer Jugend eigene Geschichten. Nach dem Studium der Linguistik und Englischen Literaturwissenschaft arbeitete sie als Journalistin, bevor sie nach Wien zog und zu kellnern begann, um sich aufs Schreiben zu konzentrieren. Inzwischen lebt sie als freie Autorin wieder in Stuttgart, wenn sie gerade nicht auf Inspirationsreisen ist.

Nena Tramountani

Altlasten

JANUAR

Du hast alles versucht. Du bist jede einzelne Trauerphase durchgegangen. Du hast geweint, geschrien, in die Luft gestarrt. Du hast dir therapeutische Hilfe gesucht. Du warst in Selbsthilfegruppen. Du hast neue Menschen kennengelernt. Du hast sie nach einem zweiten Treffen gefragt, auch wenn das erste schon ein Reinfall war. Du hast dich bemüht, die richtigen Fragen zu stellen. Du hast nicht bloß von dir erzählt. Du hast darauf geachtet, nicht zu traurig zu wirken. (Es ist nicht deine Schuld, dass sie sich irgendwann alle nicht mehr gemeldet haben.) Du hast deinen Beruf gewechselt, obwohl dir die Arbeit in der Gärtnerei immer Freude bereitet hat. Du bist zu Kochkursen gegangen, zu Töpferkursen, zu Meditationskursen, du hast dir eine neue Sprache beigebracht, eine Weile lang hast du sogar Religion eine Chance gegeben. Du hast es auf die gesunde Art versucht. (Wirklich.)

Die Definition von Wahnsinn? Immer wieder das Gleiche tun und andere Ergebnisse erwarten.

Also hast du etwas Neues probiert. Du willst nicht wahnsinnig sein.

Es ist einfach, nachts in einen Friedhof einzubrechen, wenn man Totengräberin ist. Vielleicht zählt es nicht einmal als Einbruch, da du deinen Schlüssel verwendet hast, um eins der riesigen Tore aufzusperren. Du weißt genau, wann der Nachtwächter seine Runden dreht. Du bist vorbereitet. Du hattest eine Menge Zeit. Und du weißt, dass heute deine einzige Chance ist.

Der Friedhof ist gigantisch. Knapp drei Millionen Verstorbene liegen hier begraben. Dich interessiert nur eine. Das Grab befindet sich ziemlich genau in der Mitte, was praktisch ist, weil man von den umliegenden Straßen so nichts hören wird. Du hast sowieso nicht vor, viel Lärm zu machen. Wie gesagt, du bist vorbereitet. Das meiste Equipment musstest du nicht mal mitnehmen, es steht dir im Schuppen zur Verfügung. Du musstest nur für ein geeignetes Transportmittel sorgen, für danach, wenn du die Leiche aus dem Sarg gehoben hast. Dein Auto steht draußen bereit. Du musst daran denken, das Grab wieder zuzuschütten, niemand soll etwas bemerken. Du willst deinen Job behalten. (Deine Kollegen reden nicht viel, aber sie merken sich, wie du deinen Kaffee magst.)

Das Bettlaken muss reichen. Du hast keine Ahnung, in welchem Zustand ihr Körper sein wird. Natürlich hast du Vermutungen angestellt, sie muss einbalsamiert worden sein, so etwas hat man damals häufig gemacht, wenn die Leiche einen langen Flugzeugweg hinter sich legen muss. Aber selbst wenn es nur noch Knochen sind, wird es funktionieren. Du hast extra mehrmals nachgefragt.

Dir ist schon klar, dass es Risiken gibt, wenn man eine Tote wieder zum Leben erweckt. Sie könnte nicht ganz lebendig sein, sozusagen mit einem Bein noch im Grab stehen. Sie könnte versuchen, dich umzubringen, sobald sie versteht, was du getan hast. Vielleicht mochte sie es tatsächlich, tot zu sein. Vielleicht war es keine Kurzschlussreaktion. Sie könnte den Tod mit sich bringen, alles, was sie anfasst, könnte verwesen. Es könnte nur temporär sein. Eine Stunde, ein Tag, ein Jahr. Danach wäre sie wieder tot. Und würdest du es überleben, sie ein zweites Mal zu verlieren? Sei ehrlich. Würdest du es verkraften, jede Sekunde darum zu bangen? Du hast dir diese Fragen schon sehr oft gestellt. Deine Antwort hat sich nie geändert: *egal*. Es ist egal. Du hast alles versucht. Dies ist der einzige Weg.

Es ist kurz nach Mitternacht, als du beim Grab ankommst. Nur ein paar Wildblumen wachsen darauf. So wie bei allen Gräbern daneben.

Der Wetterbericht hat keinen Regen angekündigt, aber jetzt scheint die Sintflut nah. Für einen Moment spürst du die Panik in dir. Nein, auch das ist egal. Ein bisschen Wasser wird dir nicht in die Quere kommen.

Dir bleibt eine Stunde. Du brauchst nicht mal eine halbe.

Der Boden ist nicht so vereist, wie du dachtest. Du legst die Taschenlampe vor dir ab, lehnst sie gegen den Grabstein, der sich hinter *ihrem* Grab befindet. (*Mit Freuden hindurch* ist die Inschrift, das kannst du in der Dunkelheit zwar nicht erkennen, aber du hast die Worte so oft gelesen, denn du kommst jeden Tag an diesem Grabstein vorbei.) Du stößt die Schaufel in die Erde. Die Anstrengung bedeutet nichts. Der Regen läuft dir in Schlieren übers Gesicht. Du ziehst dir deine Kapuze tief ins Gesicht, doch sie wird vom Wind nach hinten gewirbelt. Deine Haare lösen sich aus dem Zopf. Ein paar Würmer winden sich in der Erde vor dir. Ein Käfer krabbelt über deine Stiefel.

Der Regen wird stärker.

Ein dumpfes Geräusch erklingt. Die Schaufel trifft auf etwas

Hartes. Als du den Sarg siehst, schluchzt du auf. Dir fällt nicht auf, dass es Mahagoniholz ist, kein Kiefernholz. Es ist dunkel. Du bist ziemlich emotional. Das könnte jedem passieren. »Ich würde dich überall auf der Welt wiederfinden«, hast du damals zu ihr gesagt, als sie sich im Museum kichernd vor dir versteckt hat.

Du wusstest nicht, wie schwer es ist, menschliche Überreste voneinander zu unterscheiden.

FEBRUAR

Ich liege in einer Badewanne voller feuchter Erde, und auf den geblümten Fliesen vor der Wanne liegt eine Frau. Im Gegensatz zu mir ist sie nicht nackt. Ich kenne sie, auch wenn ich sie noch nie gesehen habe. Die letzten zehn, zwanzig Tage hat sie immer wieder nach mir gesehen. Irgendwann habe ich zu zählen aufgehört. Ich habe ihre Anwesenheit gespürt, selbst als ich meinen Körper noch nicht gespürt habe. Heute ist das erste Mal, dass ich es schaffe, meine Augen zu öffnen und mich aufzurichten. Es fühlt sich seltsam an, wie sich meine Finger um den Wannenrand schließen. Wie lange ist es her, dass ich meine Hände benutzt habe?

Die Frau schläft. Ihr Brustkorb senkt und hebt sich regelmäßig. Die schwarzen Haare verdecken ihr halbes Gesicht. Sie trägt abgenutzte Kleidung, die ihr zu klein ist, unter ihren Fingernägeln befindet sich Dreck. Ihr Körper sieht rund und weich aus. Warm.

Alles hier ist grün. Im ganzen Bad befinden sich Pflanzen. Efeu klettert von den Regalen herunter, streichelt die Wände. Ich möchte auch gestreichelt werden.

Ich stütze mich an der Wanne ab und erhebe mich. Meine

Gliedmaßen ächzen. Knochen knacksen. Überall an meinem Körper klebt Erde. Mir ist kalt.

Ich habe keine Ahnung, wo ich mich befinde. Geschweige denn, wer sie ist. Ich weiß nur, dass ich eine ganze Weile in dieser Wanne gelegen habe statt unter der Erde.

»Hey«, rufe ich.

Sie fährt hoch. Reißt die Augen auf. Eine Hand schreckt zu ihrem Herz. Sie hat tiefe Schatten unter ihren Augen. Wie lang hat sie auf den Fliesen geschlafen?

Ein Krächzen entweicht ihren zerkauten Lippen. Es klingt nicht menschlich.

»Fuck«, stößt sie nach einer halben Ewigkeit hervor. »Fuck, fuck, fuck, ich dachte … Ich wollte … Ich …«

»Mir ist kalt.«

Statt einer Antwort würgt sie. Ihr Oberkörper krümmt sich. Sekundenlang versucht sie, zu Atem zu kommen.

Ein Stöhnen entweicht mir. Ich beuge mich aus der Wanne, lege ihr eine Hand auf die Schulter, drücke leicht zu.

»Mitzählen«, befehle ich. »Eins, zwei, drei, vier, fünf. Und noch mal. Langsam.«

Sie gehorcht für eine Weile, dann geht plötzlich ein Ruck durch ihren Körper, sie schüttelt meine Hand ab und richtet sich auf. Mit beiden Händen streicht sie ihr Haar aus dem Gesicht. Sie ist schön. Rote Äderchen unter ihrer Haut. Blut und Knochen. Versengender Schmerz.

Ihr wilder Blick trifft mich. »Wer bist du?«

»Sollte nicht ich dich das fragen?«

Dieser Sarkasmus in meiner Stimme. Ich habe ihn vermisst. Er fühlt sich so lebendig an.

»Ich habe einen Fehler gemacht«, wispert sie, steckt sich ihre Faust in den Mund, ist wieder drauf und dran, zu hyperventilieren. Nicht mit mir.

Diesmal erhebe ich mich, klettere aus der Wanne und lasse mich neben sie sinken. Ist mir egal, dass ich nackt bin. Mein Körper war noch nie das Problem. Ich packe ihre Schultern, grabe meine Finger in ihre Haut, zwinge sie, mich anzusehen.

»Sprich«, weise ich sie an.

»Du ... Du ... Du bist falsch.«

»*Ich*? Du hast meine Leiche ausgegraben und was weiß ich damit angestellt, und mit mir ist etwas falsch?«

Ihr Schock hat einen neuen Ursprung.

»Du erinnerst dich?«, krächzt sie.

»Ich war tot. Jetzt bin ich es nicht mehr. Braucht kein Genie, um eins und eins zusammenzuzählen.«

»Ich wollte nicht ...« Sie schluckt hart. Ihr Blick zuckt gehetzt durch den Raum. »Ich wollte nicht ...«

Und da dämmert es mir. Ruckartig lasse ich sie los. Mein Lachen lässt uns beide zusammenzucken.

»Du hast die falsche Leiche ausgegraben?«

Sie nickt. Tränen quellen aus ihren dunklen Augen hervor, spritzen auf die Fliesen.

Ich kann trotzdem nicht aufhören, zu lachen. »Wen wolltest du eigentlich?«

Erneut erhalte ich keine Antwort.

»Jemand, der dir wichtig war?«, probiere ich es etwas sanfter.

Sie heult nur noch heftiger.

Ich stehe auf und verlasse das Bad. Die Wohnung ist dunkel, was daran liegt, dass alle Vorhänge zugezogen sind. Und auch hier sind überall Pflanzen zu sehen. Pflanzen und gerahmte Bilder, die immer dasselbe Motiv zeigen: eine Frau, Anfang zwanzig. Als ich das Schlafzimmer betrete, dringt ein Sonnenstrahl durch die Gardinen, und meine Augen brennen.

Ich trete zurück in die Dunkelheit, öffne den hölzernen Schrank und greife nach der erstbesten Kleidung. Der Pullover ist zu klein, doch Slip und Hose passen. Eigentlich sollte ich meinen Körper waschen, aber darum werde ich mich später kümmern. Erst muss ich die Kälte vertreiben.

Als ich vollständig bekleidet wieder in den Flur trete, steht sie plötzlich vor mir und versperrt mir den Weg.

»Wer bist du?«

Die Frage klingt diesmal fast wütend.

Ich hebe eine Augenbraue. Strecke ihr eine Hand hin.

»Eleni. Und du?«

Sie ignoriert meine Hand. Die Tränenspuren auf ihren Wangen glitzern. Ihre Haut ist gerötet. »Mariza.«

»Hast du was zu essen da? Ich sterbe vor Hunger. Und gegen einen Tee hätte ich auch nichts.«

Ohne eine Reaktion abzuwarten, drücke ich mich an ihr vorbei, suche die Wohnung nach der Küche ab und werde schon im Nebenraum fündig. Auf dem Herd steht ein dampfender Topf.

Ihre Schritte hinter mir klingen hektisch. Sie stolpert an mir vorbei, eilt zum Fenster und zieht die Vorhänge zu.

Mein Blick ist Frage genug.

»Es dauert, bis du dich wieder an Tageslicht gewöhnt hast«, murmelt sie und dann, härter: »Du kannst nicht hierbleiben.«

Ungerührt laufe ich zum Herd, strecke mein Gesicht in den Dampf, inhaliere. Mein Magen zieht sich zusammen. Es riecht nach Tiefkühlfraß, aber ich kann mir gerade nicht leisten, wählerisch zu sein.

»Und wo soll ich sonst hingehen?«

Sie wendet mir den Rücken zu, hantiert mit dem Wasserkocher, nimmt zwei Tassen aus einem Regal. »Ich kenne dich nicht.«

»Beruht auf Gegenseitigkeit.«

»Wenn du dich erinnerst, dann bedeutet das, du hast Menschen, die dich vermissen. Ein anderes Leben.«

Blut schießt mir in den Kopf, während ich vom Herd zurücktrete. »Ich erinnere mich nicht.«

»Du weißt, dass du tot warst. Und deinen Namen.«

»Das ist alles.«

Sie wirbelt herum. »Erzähl mir keinen Scheiß.«

»Ich erzähl keinen Scheiß.«

Wenn ich es oft genug sage, glaube ich mir selbst vielleicht auch.

»*Du kannst nicht hier …*«

»Nicht mein Problem«, brülle ich, »wenn du zu dumm bist, das richtige Grab zu finden! Du hast mich ausgegraben, jetzt musst du mit den Konsequenzen leben!«

Ihr Gesicht verzieht sich. Ich erwarte, dass sie mich auch anbrüllt. Sie kommt einen Schritt auf mich zu, dann noch einen. Wird sie mich schlagen?

Adrenalin jagt durch meine Adern. Ich will, dass sie mich schlägt, denn jedes Gefühl ist willkommen.

Das Blubbern des Wasserkochers erfüllt den ganzen Raum.

Und dann beginnt sie wieder zu weinen. Eine Träne nach der anderen, immer mehr und mehr, so viel Wasser, so viel Leid, so viel Liebe.

Ich war bis vor Kurzem tot, aber ich bin kein Monster, also nehme ich sie in den Arm. Sie wehrt sich mit Zeitverzögerung, wie jemand, der glaubt, sich wehren zu müssen, und sich insgeheim danach sehnt, gezwungen zu werden. So fest ich kann, umklammere ich sie. Drücke meine Nase in ihr ungewaschenes Haar. Koste von ihrer Einsamkeit. Berausche mich daran. Ich wusste nicht, dass es jemanden auf dieser Welt gibt, der noch einsamer ist als ich.

Ihre erstickte Stimme dringt an mein Ohr. Sie murmelt immer wieder denselben Satz.»Ich wollte nicht dich. Ich wollte nicht dich. Ich wollte nicht dich.«

Ich wollte mich auch nicht, Mariza.

MÄRZ

Du gibst dir wirklich Mühe, sie loszuwerden. Du durchforstest das Internet nach Anhaltspunkten zu ihrem früheren Leben. Nichts. Du weißt nicht mal, ob ihr Name wirklich ihr Name ist. Jeden Tag wachst du auf und nimmst dir vor, sie heute vor die Tür zu setzen. Du bringst es nie über dich. Es ist immer noch schwer für sie, über der Erde zu sein. Du bist erleichtert, dass du im Souterrain lebst. Immerhin ist es deine Schuld, dass sie hier ist.

Du gehst weiterhin zur Arbeit. Niemand merkt, was du getan hast. (Es war so einfach, und trotzdem hast du versagt.) Mit der Zeit wird dir bewusst, dass du Angst bekommst, wenn du nach Feierabend den Schlüssel ins Schloss steckst. Angst davor, die Wohnung leer vorzufinden. Es ist erstaunlich, wie schnell man sich an die Gesellschaft eines anderen Menschen gewöhnt, auch wenn man sich nicht für diesen Menschen entschieden hat.

Sie kocht für dich. Du erinnerst dich nicht daran, wann du zuletzt so viel selbst gekochtes Essen zu dir genommen hast. Sie putzt die Wohnung. Sie räumt auf. Sobald es dunkel wird, überredet sie dich, nach draußen zu gehen, auch wenn du müde von der Arbeit bist. Du willst sie nicht allein gehen lassen. Was, wenn sie sich verläuft? (Was, wenn sie sich an ihr altes Leben erinnert und dich verlässt?)

Die Katakomben sind ihr die Liebsten. Alles, was unter der

Erde ist, macht sie glücklich. Du hattest früher Panik vor Dunkelheit, jetzt freust du dich den ganzen Tag darauf, mit ihr in der engen Finsternis umherzuwandern. Ihre Augen leuchten wie die eines Kindes, wenn sie etwas begeistert. Du lernst, jede Regung in ihrem Gesicht zu lesen. Du sagst dir, es ist nicht für lange. Du sagst dir, du hast keine andere Wahl. Du vergisst, genervt von ihrer Anwesenheit zu sein.

Manchmal weinst du nur, weil du weißt, dass sie dich dann in den Arm nimmt.

APRIL

»Wart ihr zusammen?«, frage ich Mariza, als der Frühling uns aus allen Poren dringt und wir gegenüber voneinander auf der Couch liegen, unsere Beine verschlungen. Es hat eine Ewigkeit gedauert, bis sie längere Berührungen zugelassen hat, und jetzt sind wir beide süchtig danach. Im Fernsehen läuft eine Wiederholung von *Six Feet Under*, aber das Gespräch mit ihr ist spannender als jede Geschichte.

»Was?«

Ich liebe es, wenn ihr die Brille runterrutscht und sie es nicht mal bemerkt.

Mit dem Kinn deute ich auf das gerahmte Bild, das hinter uns an der Wand hing. Die Frau, deren Namen ich noch immer nicht kenne. Die Frau, die sie eigentlich aus der Erde holen wollte.

Mariza schüttelt den Kopf. »Sie ist meine beste Freundin.«

»Wusste sie, dass du verliebt in sie bist?«

Ich werde nicht für sie ins Präsens wechseln. Das ist ihre Lüge, nicht meine.

Sie sieht aus, als wollte sie es leugnen. Doch sie schweigt.

Ohne meinen Blick zu erwidern, bewegt sie ihren Kopf erst minimal nach links, dann nach rechts.

»Wie lange ist sie schon tot?«, frage ich weiter.

Es wäre leicht, das herauszufinden. Ich könnte mich auf den Friedhof schleichen, das Grab neben meinem ausfindig machen. Aber genau wie ihre Lüge nicht meine ist, gehört auch ihre Geschichte nicht mir. Und der Friedhof ist kein Ort, den ich gern besuche.

Mariza hält beide Hände in die Höhe, beginnt einen Finger nach dem anderen auszustrecken, bis sie alle oben sind.

Zehn Finger.

Abrupt richte ich mich auf. »Was zur Hölle?«

Sie zuckt mit den Schultern, lässt die Hände wieder sinken.

»Zehn Jahre?!«

»Zehn Jahre.«

»Wie lebst du noch?«

Endlich sieht sie mich direkt an. »Ich hatte einen Plan.«

Ein hohles Lachen entfährt mir. »Wie ist sie gestorben?«

»Suizid.«

Ich starre sie an. »Du dachtest, es ist eine gute Idee, jemanden, der nicht leben will, von den Toten zurückzuholen?«

»Sie hat mich auch nicht gefragt, ob ich ohne sie leben will.«

Wieder lache ich, diesmal richtig.

»Ich habe mir gedacht, vielleicht hat sie es sich in der Zwischenzeit ja anders überlegt«, fügt sie nüchtern hinzu. »Nicht, dass das jetzt noch eine Rolle spielt.«

Als ich mich wieder beruhigt habe, beuge ich mich vor, schiebe ihr die Brille auf den Nasenrücken und deute zum zweiten Mal auf das Bild. »Ich werde sie abhängen. Alle. Das ist gruselig.«

Es folgt kein Protest.

Nachts liegst du wach und beobachtest ihr Gesicht beim Schlafen. Du versuchst, ihren Namen so oft in Gedanken zu wiederholen, bis er den anderen überlagert.

Schon damals hast du *sie* beobachtet, während sie schlief, hast dir vorgestellt, ihre Haut abzuziehen, unter die Knochen zu blicken, Stück für Stück, bis du die Substanz erreichst, bist du weißt, wer sie wirklich ist, was sie will, wie du genau das für sie sein kannst (nein, so funktioniert Liebe nicht, aber du hast in deinem ganzen Leben keine funktionierende Liebe gesehen; vielleicht muss Liebe nicht funktionieren, um echt zu sein.)

Nach einer Weile verstehst du, dass es zwecklos ist. Die Frau neben dir hat niemanden ersetzt. Sie ist etwas Neues. Es gibt jetzt ein Vorher und ein Nachher.

So langsam wird das Licht erträglich für sie. Letzte Woche, als du frei hattest, wollte sie tagsüber in den Wald. »Schatten fangen«, hat sie gesagt. Du hast immer noch Angst, dass etwas Unvorhergesehenes passiert (bitte, lass sie nicht tot umfallen, bitte, lass sie nicht fliehen), aber du kannst ihr keinen Wunsch abschlagen.

Du hast begonnen, dir das Bett mit ihr zu teilen. Es sollte eine große Sache sein. Aber es ist das Natürlichste auf der Welt. Eines Nachts lag sie plötzlich neben dir, hat irgendwas von Kälte gemurmelt, obwohl der Sommer schon angeklopft hat, und sich an dich geklammert. Dir war viel zu heiß. (Wenn du es dir aussuchen könntest, würdest du viel lieber an einem Hitzetod sterben, als zu erfrieren. Du hast lang genug gefroren.)

Manchmal starrst du die Wände an, die leeren Bilderrahmen, und fühlst dich wie eine Verräterin. Wenn sie dich dabei erwischt, stellt sie dir Fragen, die du alle beantwortest, obwohl du eigentlich wegrennen willst. *Ja. Nein. Ja. Ich weiß nicht. Ich kann nicht. Ja.*

Sie hat die Rahmen absichtlich hängen lassen, nachdem sie die Fotos herausgenommen hat. Sie möchte, dass du sie mit der Zukunft füllst.

Du fragst dich, ob sie sich nicht mit dir langweilt. Du fragst dich, ob es nichts Besseres gibt, was sie tun könnte, statt dir Gesellschaft zu leisten. Du fragst dich, ob sie abhängig von dir ist, weil du ihr Leben gerettet hast.

Du bist zu egoistisch, um diese Fragen laut auszusprechen.

Denn wenn Eleni lacht, vergisst du die Bedeutung von Kälte.

JUNI

Ich habe Hunger, aber Essen stillt ihn nicht. Wenn es mir früher so ging, habe ich mir Fremde gesucht, doch diese stillten den Hunger nur kurzzeitig und verstärkten ihn auf Dauer umso mehr.

»Lass uns tanzen gehen«, sage ich nach Sonnenuntergang zu Mariza und meine damit: Ich brauche eine Ausrede, um deinen Körper an meinen zu drücken.

Ich bin jetzt fast ein halbes Jahr bei ihr, und ich brauche mehr.

Sie hat keine Lust, ich sehe es in ihren Augen, aber das hält sie nicht davon ab, mitzukommen. Wir finden eine überfüllte Piano-Bar, trinken schweren Rotwein und essen salzige Oliven am Tresen. Als ich sie auf die Tanzfläche ziehe, verfärben sich ihre Wangen im Schein der Kerzen rosa.

Ich ziehe sie an mich und führe. Meine Finger graben sich in ihre weiche Hüfte. Sie hat zugenommen. Mein Essen tut ihr gut. Ich will den Rest meines Lebens damit verbringen, Essen für sie zu kochen und ihr dabei zuzusehen, wie sie isst.

»Wieso bist du so gut?«, ruft sie mir ins Ohr, nachdem ich ihr die Schritte gezeigt habe.

»Mein Körper scheint sich zu erinnern«, gebe ich schulterzuckend zurück und denke: Manche Dinge sind so tief mit unserer Menschlichkeit verwurzelt, nicht einmal der Tod kann sie uns nehmen.

Ich trage ein langes Kleid mit tiefem Ausschnitt von ihr, meine Brüste quillen über. Inzwischen habe ich mir auch eigene Kleidung besorgt, aber ihre ist mir nach wie vor lieber. Es ist der Geruch, der an ihr haftet.

Vergeblich versucht sie, ihre Augen von meinem Dekolleté loszureißen.

»Es macht mir nichts aus«, raune ich ihr zu und unterdrücke das Bedürfnis, in ihr Ohrläppchen zu beißen. »Ich trage es für dich.«

Sie bekommt eine Gänsehaut.

Wir tanzen und trinken, und trinken und tanzen. Und als ich es nicht mehr aushalte, ziehe ich sie nach draußen, drücke sie an die Hauswand und entkleide sie mit meinen Blicken, bis sie schutzlos und nackt vor mir steht.

»Wann bist du zuletzt berührt worden?«, frage ich.

Sie weiß, was ich meine. Schüttelt den Kopf.

»Was war mit deiner Freundin?«

Ihr Kopfschütteln wird heftiger.

»Was für eine Verschwendung.«

»Ich kann das nicht«, stößt sie hervor. Panik und Verlangen reichen sich die Hand.

»Was kannst du nicht?«

»Ich bin nicht gut darin.« Sie starrt auf meine Lippen. »Es ist zu lang her.«

Ich grinse. »Wetten, bei mir ist es noch länger her?«

»Eleni …«

Es ist das erste Mal, dass sie mich beim Namen nennt.

Ich bin nicht vorbereitet auf das Erdbeben.

Sie hat mich ausgegraben und mir ein neues Leben gegeben. Aber erst jetzt bin ich wirklich real.

»Gib mir einen guten Grund«, murmele ich, meine Lippen nur noch Millimeter von ihren entfernt. »Einen richtigen.«

»Du hast etwas Besseres verdient.«

Mein Mund liegt auf ihrem, noch bevor sie ein weiteres Wort von sich geben kann.

Und mein Körper erinnert sich. Oh, er erinnert sich an alles.

JULI

Du hattest schon mal Sex, aber genauso gut könntest du unberührt gewesen sein. Du wusstest nicht, dass dein Körper in der Lage ist, so etwas zu empfinden. (Du wusstest gar nichts.) Du weinst, als es vorbei ist, aber sie macht dir klar, dass es kein Ende gibt, nur neue Anfänge.

Du bist lebendig, vielleicht zum ersten Mal jemals.

»Stand sie überhaupt auf Frauen?«, fragt sie dich später, viel später, als eure Körper zu müde sind, um weiterzumachen.

»Ich glaube nicht.«

»Selbst schuld.«

Als sie lacht, lachst du mit ihr. (Du hattest vergessen, wie dein Lachen klingt.) Du lachst so sehr, dass dir alles wehtut.

Und dann hast du einen Gedanken, der dein ganzes Leben auf den Kopf stellt.

(Vielleicht war es gut, dass du das Grab verwechselt hast.)

49

AUGUST

Ich weiß nicht, ob ich lieber mit ihr rede oder mit ihr schlafe. Manchmal führe ich das Gespräch mit ihr weiter, während meine Finger in ihr sind, weil ich von beidem nicht genug bekomme. Alles ist einfach und alles ist schön. Doch dann sickert die Gewohnheit in unseren Alltag, und ich beginne, mich zu langweilen. Nicht ihretwegen, sondern wegen meiner Nutzlosigkeit. Langeweile macht mir Angst, denn von *langweilig* zu *lebensmüde* sind es nur wenige Schritte.

»Ich brauche einen Job«, sage ich zu ihr, und ihre Augen werden groß.

»Ich verdiene genug für uns beide.«

»Ich will nicht abhängig von dir sein.«

Daraufhin sagt sie nichts, sondern verlässt das Zimmer.

Ich habe gelernt, ihr Raum zu geben, wenn sie ihn braucht, und sie zu drängen, wenn wir sonst nicht weiterkommen.

»Gefällt dir das?«, rufe ich, während ich ihr hinterhergehe. »Dass ich abhängig von dir bin?«

Sie wirbelt herum. Ihre Nasenflügel beben. »Du bist nicht...«

»Deine Wohnung! Dein Geld! Dein Leben!«

»Und was, wenn du dabei stirbst?«, schreit sie. »Was, wenn du das Haus verlässt und nie wiederkommst?«

Ich nehme ihre Hände in meine. »Diese Fragen könnte ich auch dir stellen.«

»Aber ich war nicht tot! Wir wissen nicht, wie lang...«

Genauso gut hättest du tot sein können, so wie du gelebt hast, denke ich, bin aber gnädig genug, die Worte für mich zu behalten.

»Was ist das eigentliche Problem?«, will ich wissen.

Sie schweigt so lange, dass ich mir fast schon sicher bin, keine Antwort mehr zu bekommen.

Dann beginnt sie, zu weinen. »Du bist nur bei mir, weil du keine andere Wahl hast. Wenn du etwas Neues entdeckst, wenn du dich an irgendetwas von früher erinnerst, bist du weg.«

Ich sage es ihr fast. In diesem Moment bin ich so versucht wie noch nie, aber meine Wut reißt das Steuer an sich.

Ich bin so wütend, dass ich den restlichen Sommer kein Wort mehr mit ihr wechsle. Stattdessen mache ich jeden Job, den ich finden kann. Ich bin in vielem gut. Es macht mir Spaß und hält die Langeweile fern. Ich arbeite und arbeite. Und dennoch sorge ich dafür, dass ich zu Hause bin, wenn sie zu Hause ist.

Sie anzuschweigen ist mir lieber, als sie zu vermissen.

SEPTEMBER

Du kannst nicht mehr. Bevor sie in dein Leben kam, hat dir Stille nichts ausgemacht. Jetzt erinnert sie dich jede Sekunde an das, was du haben könntest.

(Ein Teil von dir wünscht sich die Einsamkeit zurück. Wenigstens war sie eine Konstante.)

Du hattest viel Zeit, nachzudenken. Du hattest auch viel Zeit, vor Panik fast umzukommen, jedes Mal, wenn sie das Haus verließ.

Dir hat nie jemand beigebracht, dich zu entschuldigen, aber du tust es trotzdem.

»Lass uns neu beginnen«, sagst du und wagst es kaum, sie anzusehen.

Als sie dir eine Strähne aus dem Gesicht streicht, willst du vor Glück sterben.

»Was meinst du damit?«

»Lass uns hier wegziehen. Einen anderen Ort finden, der frei von Erinnerungen ist.«

»Ist das dein Ernst?«

Du nickst und schaust direkt in ihre Augen. Auch das macht dir Angst, aber du möchtest dich nicht mehr von deiner Angst leiten lassen.

»Was ist mit deinem Job?«

»Wir können neue Jobs finden.«

»Wir«, formt sie mit den Lippen. Für den Bruchteil eines Moments lächelt sie, ehe sie wieder ernst wird. »Du kannst mich nicht an dich ketten.«

»Ich weiß.«

»Ich brauche Freiheit.«

»Ich weiß.«

»Liebe ist nichts wert, wenn sie nicht atmen kann.«

(Liebe.)

»Du hast recht.«

»Ich weiß.« Sie lächelt erneut. Dann nickt sie. »Gut. Unter einer Bedingung.«

Alles, was sie will.

»Ja?«

»Wir brauchen andere Menschen.«

Du zuckst zusammen. Denkst an deine Kollegen. Aber das meint sie nicht.

»Menschen mögen mich nicht.«

Sie verdreht die Augen. »Und was bin ich?«

Sie kam aus der Erde. Sie war tot, und jetzt ist sie es nicht mehr. Sie ist alles, was du je wolltest.

»Wieso ist dir das wichtig?«

»Weil du mir sonst nie glauben wirst, dass es meine Entscheidung ist, bei dir zu bleiben.«

Erneut zuckst du zusammen.

»Und weil auch du die Chance haben sollst, dich bewusst für mich zu entscheiden.«

Du würdest dich immer für sie entscheiden. Aber vielleicht ist das eine Lüge. Es ist nicht das erste Mal in deinem Leben, dass du so etwas über jemanden denkst.

»Okay«, sagst du, doch das Schlimmste steht noch bevor. Ihre Hand liegt jetzt an deiner Wange. »Ich werde gehen.« Deine Lippen teilen sich. Kein Wort entweicht.

»Wir müssen wissen, wer wir ohne einander sind.«

Du weißt, wer du ohne sie bist. Du wolltest nie wieder zu diesem Wissen zurück. (Hast du dir nicht die Einsamkeit zurückgewünscht, du Heuchlerin?)

Du versuchst alles. Du bettelst. Du trägst stichhaltige Argumente vor. Du beleidigst sie.

Sie lässt dir keine Wahl. So wie sie dir am Anfang keine Wahl gelassen hat.

Sie geht, und du bleibst zurück. Das sollte nichts Neues für dich sein.

OKTOBER

Der Herbst kommt und bringt Verfall mit sich. Zwei Frauen gehen getrennte Wege. Die eine sucht sich eine winzige Wohnung am anderen Ende der Stadt, lichtdurchflutet, im sechsten Stock, denn sie will nie wieder unter der Erde sein, wenn sie nicht muss. Die andere führt für ein paar Tage ihr altes Leben fort, merkt aber, dass sie daran zugrunde geht. Nachdem sie in Erwägung zieht, sich die Pulsadern aufzuschneiden, entscheidet sie, dass es keine gute Idee für sie ist, allein zu sein. Sie bittet ihre älteste Kollegin nach Feierabend, mit ihr essen zu gehen. Sie hofft, dass diese einsam genug ist, um zuzusagen, und sie hat recht. In einem schäbigen *All-You-Can-Eat*-Restaurant mit roten Plüschsesseln und Schlagermusik im Hintergrund bricht sie zusammen. Während sie von ihrer Kollegin getröstet wird, geht die andere Frau mit der erstbesten Menschengruppe, die sie vor ihrer Wohnung aufgabelt, feiern. Neonlichter zucken über ihren Körper, sie fährt sich mit beiden Händen durch die Haare und lacht. Von außen betrachtet wirkt sie glücklich und frei. Geht man näher ran, sieht man die Tränenspuren auf ihren Wangen.

NOVEMBER

Menschen gewöhnen sich an alles. Selbst der unerträglichste Schmerz ist irgendwann nur noch Hintergrundrauschen.

Sie sind einsam, und dann sind sie es nicht mehr. Sie denken, ohne diese eine Person können sie nicht weitermachen, und dann tun sie es trotzdem. Sie sind davon überzeugt, nie wieder zu lachen, obwohl das Beste noch bevorsteht. Sie sind tot, dann leben sie.

Jeden Tag Millionen Chancen.

Jeden Tag.

Jeden.

Erst wenn sie das Ende gesehen haben, haben sie die Freiheit, sich dagegen zu entscheiden.

DEZEMBER

Eleni und Mariza treffen sich auf dem Friedhof. Die eine hat der anderen eine Nachricht im Briefkasten hinterlassen. Ein Glück, dass es immer noch dieselbe Adresse war. Sie wusste nicht, ob die andere kommen würde, aber sie hat das Risiko auf sich genommen. Sie umarmen sich nicht. Es ist zu viel geschehen, um so zu tun, als wäre Körperkontakt etwas Beiläufiges. Stattdessen schlendern sie Seite an Seite an Gräbern vorbei, bis der Himmel sich schwarz färbt und die Sterne ihre leuchtenden Gesichter zeigen.

Die Stille ist unerträglich.

Eleni durchbricht sie. Immerhin hat sie nach dem Treffen gefragt.

»Ich habe dich angelogen.«

Vier Worte, die Welten enthalten. Sie geht zum Anfang zurück und erzählt von einem Leben, an das sie sich nicht erinnern wollte. Sie hat sich von Anfang an erinnert. An alles, selbst an den Tod, auch wenn Menschen dazu nicht in der Lage sein sollten. Sie hat sich schon immer erinnert. Man muss keinen intakten Körper haben, um sich zu erinnern. Es reichen ein paar Knochen unter der Erde. Es reicht, Reue zu empfinden.

Mariza lässt sie reden. Keine Regung ist in ihrem Gesicht zu sehen.

Als der Nachtwächter seine Runden dreht und in ihre Richtung kommt, verstecken sie sich hinter einer Engelsstatue. Ihr Atem steigt in Form von weißem Nebel in die Höhe und vermischt sich miteinander. Sie spüren beide die Hitze, die vom anderen Körper ausgeht.

»Du wolltest sterben?«, fragt Mariza.

»Ich wollte sterben«, antwortet Eleni. »Nicht, weil ich immer unglücklich war. Sondern weil ich mich an niemanden wenden konnte, als das Unglück eines Tages überhandnahm.«

»Und jetzt willst du es nicht mehr?«

»Ich wollte es schon in dem Moment nicht mehr, als ich es getan habe. Ich habe gehofft, jemand würde es verhindern.«

»Aber du warst allein.«

»Ich war allein.«

Jetzt bist du es nicht mehr, denkt Mariza, aber für solche Aussagen ist es zu früh, also sagt sie: »Glaubst du, meine Freundin war auch allein? Glaubst du, sie hat gehofft, jemand hätte es verhindert?«

»Ich weiß nicht.«

»Ich glaube, sie war allein.« Zum ersten Mal seit langer Zeit bleiben Marizas Augen trocken, wenn sie über ihre Freundin spricht. »Aber es war nicht meine Gesellschaft, die sie wollte.«

Sie weiß, was Eleni sagen wird, noch bevor diese den Mund öffnet.

»Selbst schuld.«

Die beiden beginnen zu lachen, und ihre Hände finden zueinander.

»Vielleicht hast du deshalb mein Grab ausgewählt«, sagt Eleni nach einer Weile. »Vielleicht hast du unterbewusst gespürt, dass ich leben will und sie nicht.«

Es soll ein Witz sein, aber beide haben zu lachen aufgehört.

Mariza stellt sich so dicht vor Eleni, dass ihre Nasenspitzen sich berühren.

»Fühlst du dich jetzt frei?«, will sie wissen.

»Nein.«

»Also brauchst du mehr Zeit ohne mich?«

»Nein.«

»Ich verstehe nicht.«

Etwas Nasses trifft auf ihre Hände. Sie können nicht sagen, wer zuerst zu weinen beginnt.

»Willst du ein Sofa mit mir kaufen gehen?«, fragt Eleni, obwohl es so vieles gibt, was sie stattdessen fragen könnte.

»Ja.« Eine Mischung aus Schluchzen und Lachen.

»Gleich morgen früh?«

»Ja.«

»Arbeitest du nicht?«

»Doch. Aber ich werde mich krankmelden.«

»Okay.« Eleni atmet tief durch. »Willst du immer noch in eine andere Stadt mit mir ziehen?«

»Ja. Und du?«

»Ja.«

»Bist du dir sicher?«

»Ganz sicher. Ich weiß jetzt, dass ich ohne dich leben kann. Aber nur weil ich es kann, heißt das nicht, dass ich es will.«

Eleni drückt Marizas Hände. Sie hat vergessen, wann ihr letzter Kuss war. Was, wenn sie tot umfällt, aber sich nicht mehr darin erinnert, wann sie sich zuletzt geküsst haben?

»Wozu brauchst du das Sofa, wenn wir wegziehen?«, fragt Mariza.

»Ich weiß nicht. Ich wollte nur …«

Als ihre Lippen sich berühren, schmeckt es salzig.

Hand in Hand laufen sie zum nächsten Tor.

Sie wissen nicht, wie lange Eleni noch leben wird. Aber sie wissen auch nicht, wie lange Mariza leben wird.

Es ist ihnen egal.

Sie haben Bilderrahmen zu füllen. Sie haben sich für etwas entschieden. Sie waren tot, und jetzt sind sie es nicht mehr.

Stefanie Hasse lebt mit ihrem Mann, ihren Kindern und ihrem Chihuahua Loki zwischen Hunderten von Büchern. Wenn sie nicht gerade an phantastisch-romantischen und spannenden Geschichten arbeitet, taucht sie nur allzu gerne in fremde Buchwelten ab und bloggt mit ihrem Mann darüber. Auf Instagram (@stefaniehasse) tauscht sie sich gerne mit ihren Lesern aus und freut sich über Markierungen und Feedback. Weitere Informationen unter: www.StefanieHasse.de

Stefanie Hasse

Ein kleines bisschen Magie schadet nie

I. PASS AUF, WO DU DEINE HÄNDE REINSTECKST

Der Alarm an meinem Handy verkündet: »Bindungsamulett Austin Ltd. extrahieren.«

Alle vier Elemente verfluchend, deaktiviere ich den penetranten Ton und beschleunige meine dank des kurzen, engen Rocks viel zu kleinen Schritte über das unebene Pflaster. Innerlich bete ich, dass ich mir mit den High Heels keinen Bänderriss zuziehe. Für einen Besuch bei den Heilern der Wasserelementare hätte ich aktuell keine Zeit. Auch wenn die Heilkräfte all jener magisch Begabten mit Einfluss auf das Element Wasser die Wirkung herkömmlicher Medizin deutlich übersteigen, braucht ein Körper dennoch Zeit, sich zu erholen. Zeit, die ich nicht habe.

Warum musste ich ausgerechnet heute verschlafen? Heute, wenn ich einen Eilauftrag ausliefern muss und ein Meeting in der Kongregation ansteht? Und warum müssen die verfluchten Luftelementare gerade jetzt die wöchentliche Straßenreinigung durchziehen? Ich umrunde eine fliegende Galaxie aus Plastiktüten und Flyern, die um eine Sonne aus zerknüllten Einwegbechern kreisen, und biege in die ruhige Seitenstraße ein, wo das goldene Schild *Yunas magische Artefakte* unter seiner Wandbefestigung aus gebogenem Eisen auf mich wartet.

Als ich mich dem Laden nähere, ziehe ich ein fingerlanges Platinstäbchen aus meiner Manteltasche. Hinter der Glasscheibe der Tür erkenne ich beim Näherkommen bereits einzelne bunte Magiefetzen, die wie Nebelschwaden vom Hinterzimmer durch den Perlenvorhang kriechen – der deutlich sichtbare Beweis, dass bereits zu viel Magie freigesetzt wurde. Bei allen Erzen, jetzt wird es knapp!

Schnell beschwöre ich mein Element, berühre mit dem Platinstäbchen das Türschloss, und meine Erdmagie belebt das Edelmetall. Der Stab dehnt sich aus, dringt ins Schloss ein und verformt sich dort weiter zu einem Schlüssel, der sich windet, bis sich der Bolzen zurückschiebt und die Tür aufspringt.

Als ich eintrete, tanzen die Edelsteine des Windspiels über mir vergnügt, während ich mit großen Schritten den Laden durchquere und den Perlenvorhang zur Seite schiebe.

Hustend wedle ich die bunten Magieschwaden beiseite und trete zu dem langen Tisch, der die gesamte Wand füllt. Aufgereiht stehen hier etliche mit Erde und Mineralien gefüllte, eimergroße Goldschalen, in denen verschiedene Amulette wachsen. Vor jedem steht ein kleines Namensschildchen mit den Auftragsdaten. Aus der dritten Schale von links mit der Notiz *Bindungsamulett Austin Ltd.* schwappt Magie über den Rand und zieht sich wie Nebelschwaden durch den Raum.

Alles hier ist aus Edelmetallen, mit den reinsten Diamanten bestückt oder von Saphiren und Rubinen überzogen. Ich bin eine Erdelementarin, und es braucht nur ein paar Funken meiner Magie, um Diamanten oder Edelmetalle aus der Erde wachsen zu lassen. Leider wissen das seit der großen Enthüllung der Elementare vor fünf Jahren auch alle Menschen, weshalb wir Erdelementare nicht mehr einfach hin und wieder funkelnde Dinge herstellen und verkaufen können, um in purem Luxus zu leben. Ein wenig trauere ich der Vergangenheit noch nach, aber nun ja. Man muss wohl mit der Zeit gehen.

Ich grabe meine Finger in die feuchtwarme Erde, wühle zwischen Edelsteinen und Erzklumpen, um das hoffentlich nicht zerstörte Amulett aus der Umklammerung meiner Magie zu reißen. Meine rechte Hand stößt auf etwas Größeres. Ich greife danach und ziehe es heraus. Das einem keltischen Dara-Knoten nachgeahmte goldene Amulett ist an der Längsseite etwas angeschlagen. Die Magie sollte aber noch darin eingeschlossen sein.

Der mächtige Verbindungszauber unterstützt den Träger des Amuletts bei der Wahl des richtigen Geschäftspartners, indem er bindende Verträge nur möglich macht, sollte keine der Parteien etwas Relevantes verschweigen. Um dies zu gewährleisten, drängt die Magie des Amuletts alle Parteien dazu, ihre Wünsche bezüglich der künftigen Partnerschaft zu äußern. Es ist nahezu unmöglich, diesen immer stärker werdenden Drang zur Ehrlichkeit zurückzuhalten. Also sorgt im Prinzip schon die Vereinbarung zu einer Vertragsverhandlung unter Anwendung eines Bindungsamuletts dafür, dass alles transparent und fair abläuft. Manche nutzen solche Amulette auch als Alternative zu den teureren Liebesamuletten. Mit Verbindungsamulett geschlossene Partnerschaften können allerdings leider zu allem werden, nur nicht unbedingt zu einer Liebesbeziehung.

Ich packe das Bindungsamulett in meine Umhängetasche und will noch schnell den Stand der anderen Arbeiten kontrollieren. Die erste Schale in der Reihe vibriert sanft. Laut dem kleinen handgeschriebenen Schild davor wächst darin ein Wahrheitsamulett für Mrs Rogers. Ich muss es noch heute Abend extrahieren, um zu verhindern, dass die Magieschwaden über Nacht dafür sorgen, dass die ganze Stadt morgen nur noch die Wahrheit sagen kann. Das hatte ich schon einmal, und es klingt weit witziger, als es tatsächlich war.

Um zu checken, ob mit dem Amulett bisher alles in Ordnung ist, halte ich meine Hand über die Schale, schließe die Augen und lasse meine Magie in die Erde gleiten. Das Amulett muss noch ein klein wenig wachsen, um Mrs Rogers' Ehemann, den vermeintlichen Ehebrecher, zu enttarnen. Ja, auch dafür werden meine Artefakte benutzt.

Die meisten dieser Zauber werden aber von der Kongregation oder dem Rat für Befragungen bestellt. Das Geschäft boomt, seit ein gewisser versnobter Elemental Master, kurz E. M., nach Six Havens gezogen ist. Nie zuvor habe ich mir gewünscht, meine Magie würde weniger gute Amulette züchten. Aber seit Matteo Ignis, der Erbe einer mächtigen italienischen Adelsfamilie, regelmäßig nach meiner Anwesenheit in der Kongregation verlangt, verfluche ich meine Macht. Zumindest ein bisschen. Ja, okay, ich gebe es zu: Ich bin vielleicht auch ein wenig geschmeichelt und nutze es schamlos aus, dass »meine Stadt meine Hilfe braucht«. Eine Erdelementarin muss schließlich sehen, wo sie bleibt. Ich kann mich weder von Gold noch von Edelsteinen ernähren, und mein Talent für lebende Organismen, sprich Pflanzen, die man essen könnte, liegt leider bei minus zehn von zehn.

Mein Handy vibriert in meiner Tasche, und ich erschrecke so stark, dass sich meine Finger krümmen und in die feuchte

Erde bohren. Schnell ziehe ich sie zurück und kontrolliere sofort meine Haut auf Verletzungen. Erde als mein Element haftet nicht an mir, wenn ich es nicht möchte, weshalb meine Hand sauber ist und ich sie akribisch untersuchen kann. Ich sehe keine Risse oder Schrammen, in die die Magie eingesickert sein könnte. Der unangenehme Druck auf meinen Magen lässt mich aber sicherheitshalber zum Regal mit verkaufsbereiten Amuletten gehen und ein Schutzsiegel herausnehmen. Ich packe es für den Notfall in die Umhängetasche zu der Auftragsarbeit. Es zu oft vorbeugend anzulegen, könnte zu einer Resistenz führen und die Wirkung schmälern, sollte ich wirklich einmal einen Gegenzauber benötigen.

II. MANCHMAL MUSS ERDELEMENTARIN EINFACH MAL DEN MUND HALTEN

Zwanzig Minuten später komme ich fast pünktlich bei der Kongregation an. Das imposante, nach der *Bekanntgabe,* wie die Enthüllung unserer Magie nun genannt wird, errichtete Gebäude mit dem kreuzförmigen Grundriss ist perfekt nach den Himmelsrichtungen gebaut: Jeder Elementarzirkel hat einen eigenen Flügel, und in der Mitte sitzt die eigentliche Kongregation mit sämtlichen Elementarbehörden.

Weil ich das Gebäude von der nördlichen Seite betrete, muss ich den Trakt der Wasserelementare durchqueren. Ich muss mir wie immer mantramäßig einreden, dass mich das Wasser nicht erdrücken kann, während ich durch den Lufttunnel hetze, der sich wie ein waagerechter Tornadorüssel durch das überdimensionierte Aquarium zieht, aus dem das Erdgeschoss dieses Flügels besteht. Die Büros oben sind natürlich alle im Trockenen. Am Ende des Trakts treffen zu meiner Linken Sturmböen auf das Wasser, rechter Hand wuchert ein wahrer Dschungel aus verschiedenen Obst- und Gemüsepflanzen über Boden und Wänden aus massivem Gold.

Ich erdolche einen perfekten roten Apfel mit meinen Blicken, weil ich mit Sicherheit weiß, wer hier heute schon wieder mit seinem grünen Daumen angegeben hat.

»Yuuuuunaaaaa!«, kreischt die Besagte, und ich erwäge, mich in die Sturmfluten links zu stürzen. Doch Elenor hält bereits auf mich zu, und ehe ich ihr antworten kann, flötet sie geradezu überschwänglich: »Wie schön, dass du es geschafft hast.« Sie sieht auf ihre Smartwatch. »Und das beinahe pünktlich.«

Ich verziehe kurz meinen Mund zu einer Grimasse, Elenor erwidert dies mit einem breiten Lächeln, während ich murmle: »Es ist ja nicht so, als ließe sich die penetrante Anordnung der Luftelementare so leicht ignorieren, die unser allseits geschätzter Elemental Master verschicken lässt.« Ich schließe schnell meinen Mund und schlucke. Normalerweise spreche ich so was nicht aus – schon gar nicht vor Sarkasmus triefend –, sondern lasse all die fiesen kleinen Spitzen in meinem Kopf und lächele brav. Schnell setze ich jenes Lächeln auf, und Elena redet munter weiter, als hätte ich nichts gesagt.

»Judith hat erzählt, dass Elemental Master Ignis heute nicht sehr geduldig ist.«

»Ist er das jemals?«, bemerke ich, und Elenor reißt geschockt Mund und Augen auf. Ein Teil von mir bemitleidet Judith zutiefst. Sie ist die Verwalterin des südlichen Gebäudeteils der Feuerelementare, wie Elenor unseren Erdelementtrakt am Laufen hält. Sie muss praktisch den ganzen Tag die Launen des hiesigen E. M.s ertragen.

Da würde ich mich lieber häuten lassen!

64

»Wie bitte?«, fragt Elenor, und nun bin ich ebenso verwirrt wie sie. Habe ich das eben etwa laut gesagt?

Als mir gerade dämmert, was mir da passiert, hallt auch schon eine tiefe, melodiöse Stimme mit italienischem Akzent durch das Foyer der Kongregation.

»Einen bezaubernden guten Morgen, Davis. Wie schön, dich so früh am Morgen zu sehen.« Kein Mensch und kein Elementar kann vermeintlich freundliche Sätze so unverschämt und arrogant klingen lassen wir Matteo Ignis. Sein italienischer Akzent sorgt dafür, dass sich Elenor neben mir gerade garantiert wünscht, über Luftmagie zu verfügen, um die glühenden Wangen zu kühlen, während sie kichert wie ein klischeehafter Teenager.

»Die Zeiten, in denen ich die freundliche Begrüßung erwidern konnte, sind leider vorbei.« Fuck! Ich halte mir mit der Hand den Mund zu, während Elenor offenbar um Sauerstoff ringt und droht umzukippen.

Matteo verengt die braunen Augen, die ein wenig nach flüssigem Karamell aussehen und in denen ich einst am liebsten versunken und nie mehr aufgetaucht wäre. Seine linke Augenbraue schiebt sich unter eine sorgsam frisierte, wie zufällig entkommene schwarze Haarsträhne.

»Ist das so?«, fragt er mit teuflisch freundlicher Stimme, und ein fieses Funkeln tritt in seine Augen, als er näher kommt und nach meiner Hand greift, die panisch meinen Mund verschließt.

Elenor souffliert mit einem erstickten Laut, was ich gerne von mir gegeben hätte.

»Lass uns allein, Elenor«, befiehlt Matteo, ohne den sengenden Blick von mir abzuwenden. Mit einem eifrigen Nicken huscht Elenor davon.

Ich wühle mit der freien Hand nach dem Schutzsiegel, um

die Wirkung des verfluchten Wahrheitsamuletts aufzuheben, dessen Magie offenbar vorhin doch in meine Haut eingedrungen ist. Die andere hält immer noch meinen Mund geschlossen, während ich den Körper wild hin und her drehe, um Matteos Griff zu entkommen.

Womit ich offenbar den Jagdtrieb des Feuerelementars geweckt habe. Mit amüsiert zuckendem Mundwinkel fängt er mich ein und nimmt mir die Hand vom Mund.

»Willst du das wiederholen, Davis?«

»Nein«, sage ich wahrheitsgemäß, froh über die einfache Frage. Meine Hand ertastet gerade das Schutzsiegelamulett in meiner Tasche, und ich seufze erleichtert, während ich meine Finger darum balle. In dreißig Sekunden ist die Wirkung des Wahrheitszaubers aufgehoben.

Dreißig, neunundzwanzig, achtundzwanzig ... zähle ich in Gedanken und verfluche die Zeit, weil sie nicht schneller vergeht.

»Ich würde zu gerne wissen, warum ›die Zeiten längst vorbei sind, in denen du dich gefreut hast, mich zu sehen‹.«

Es ist nur eine Feststellung, auf die ich nicht reagieren muss, weshalb ich mir ein leichtes Lächeln nicht verkneifen kann.

Einundzwanzig, zwanzig ...

Doch ich war zu vorschnell, denn Matteo legt nach: »Warum sind ›diese Zeiten längst vorbei‹, Yuna?«

Dieser verfluchte Mistkerl weiß genau, wie er die Sätze formulieren muss, damit ich nicht um eine ehrliche Antwort herumkomme. Schließlich ist das sein Job.

Dreizehn, zwölf ... Ich beiße mir auf die Wange, um den Schmerz zur Ablenkung zu nutzen, bis der Zauber neutralisiert ist.

Matteo befeuchtet seine Unterlippe mit der Zungenspitze.

Ein Raubtiergrinsen lässt seine Grübchen erscheinen, ehe er mir in einer viel zu sanften, viel zu *erinnerungslastigen* Geste mit zu wenigen Zentimetern Abstand an meinem Kiefer entlangstreift, um ihn mit der Wärme seiner Feuermagie zu entspannen.

»Also?«, hakt er nach, was ich über meinen rasenden Puls hinweg kaum höre.

Fünf, vier, drei, zwei, eins. Ich habe die Luft die gesamten dreißig Sekunden Neutralisationszeit angehalten, weshalb ich sämtliche Anspannung nun in einem langen Atemzug aus meinem Körper weichen lasse. »Du hast mich auf der Akademie wie eine Idiotin dastehen lassen!«, bricht es dabei aus mir heraus. Verflucht! Habe ich etwa zu schnell gezählt?

»Ich habe ... was?«, fragt Matteo entsetzt.

Dabei hat *er* kein Recht, entsetzt zu sein. *Ich* müsste es sein. Warum hat mein Schutzsiegel nicht funktioniert?

»Yuna«, raunt Matteo. »Was meinst du damit?« Sein Blick aus den sanften braunen Augen bohrt sich in meinen, er nimmt jede noch so kleine Veränderung meiner Mimik wahr.

Ich hindere mich mit aller Willenskraft – und in die Handflächen gebohrten goldenen Fingernägeln – am Sprechen. Meine Synapsen arbeiten bereits fieberhaft an einer Erklärung.

III. WER MIT DEM FEUER SPIELT, VERBRENNT SICH

Gerade, als ich die Lösung vor mir sehe, greift Matteo nach meiner Hand. Die gute Nachricht: Das mehrere Sekunden andauernde Kribbeln beweist, dass meine zusammengereimte Vermutung richtig ist. Die schlechte: Ich habe beim Ertasten das falsche Amulett erwischt. Anstatt den Wahrheitszauber zu neutralisieren, nistet sich nun der Bindungszauber des anderen Amuletts in unseren Körpern ein, legt sich über jede Zelle, jedes Gefühl und jeden Gedanken, um die Basis für eine gelungene Partnerschaft zu bilden. Verflucht!

»War das ein ... Bindungszauber?« Matteo Ignis ist nicht so temperamentvoll, wie man seinem Element und seinem Urahnen Nero immer nachsagt, der aus einer verrückten Laune heraus seiner Stadt beim Niederbrennen zugesehen hatte. Im Gegenteil. Jetzt gerade gleicht er einer Statue: vollkommen reglos, ohne jede Emotion – wie kalter Marmor.

»Komm mit in mein Büro«, bellt er dann kurzerhand und zieht mich mit sich zum südlichen Flügel gegenüber, der meiner Vorstellung der Hölle ziemlich nahekommt. Feuerzungen schlängeln sich die Decke entlang, und sich stets bewegende Mosaike aus geschmolzenem Glas und Metallen zieren die Wände. Matteo fehlen nur zwei kleine Hörner am Kopf, und er würde perfekt ins Ambiente passen.

Im Gang ist es über vierzig Grad heiß. Sofort überzieht Schweiß meine Haut und sammelt sich an unpassenden – und aufgrund des feinen türkisfarbenen Baumwollstoffs meiner Bluse leider sehr deutlich sichtbaren – Stellen wie unter meinen Brüsten.

Matteo sieht so perfekt aus wie eh und je, während er mit langen Schritten durch den Flur auf die Tür zuhält, sodass ich in meinen funkelnden goldenen Stilettos und dem engen Rock kaum mithalten kann. Er spricht kein Wort. Das einzige Geräusch ist das Hämmern meiner Absätze.

»Rein da!«, schiebt mich Matteo in den Raum jenseits der schweren Holztür aus Weidenholz, die er sofort hinter uns verschließt. Weidenholz ist das einzige Material, das kein Elementar beeinflussen kann. Meine Erdmagie wirkt grundsätzlich nicht auf organisches Gewebe, aber auch diejenigen mit Wachstumsmagie wie Elenor können ihre Magie nicht auf Weidenholz ausüben.

Elemental Master Ignis lehnt sich mit geschlossenen Augen schwer atmend von innen gegen die Tür, die Hände zu beiden Seiten zu Fäusten geballt, um die kleine Funken tanzen.

»Ist es gut, dass du an einer hölzernen Tür lehnst, während du Funken schlägst?«, frage ich, um irgendwas zu sagen, obwohl ich weiß, dass auch seine Magie der Weide nichts anhaben kann. So kann ich wenigstens so tun, als würde ich Abstand von dem potenziellen Feuer nehmen und nicht wegen Matteo tiefer ins Büro zu treten. Jenem protzigen Raum aus den für Feuerelementare typischen Metall-Glas-Kombinationen, die unter Einwirkung ihres Elements jede gewünschte Form annehmen, einem schweren Chefsessel und einer alles andere als einladend wirkenden schwarzen Ledercouch.

»Es ist Weidenholz«, belehrt er mich mit gepresster Stimme.

»Geht es … dir gut?« Während meine ehrliche Sorge aus mir herausbricht, wühle ich schon nach dem echten Schutzsiegel, ziehe es aus der Tasche und lege es mir um den Hals, um dem verfluchten Wahrheitszauber endlich ein Ende zu bereiten. Der komplizierte Knoten des Metalls legt sich kühl auf die erhitzte Haut an meinem Dekolleté, und ich seufze erleichtert auf.

»Nicht wirklich«, stöhnt Matteo und atmet immer noch gepresst.

Zum Glück sind die dreißig Sekunden Einwirkzeit vergangen, und der Wahrheitszauber ist neutralisiert. Sonst würde mir vielleicht herausrutschen, was diese Laute mit meinem Körper anstellen. Der Höllenflur jenseits der Holztür hinter Matteo ist ein Witz dagegen.

Denn der Flur kann mich nicht in die Vergangenheit ziehen, mich an unsere gemeinsame Zeit an der Fachakademie erinnern. An die durchgemachten toskanischen Nächte, die ich kaum im Trakt der Erdelementare verbracht habe. »Kannst du den Bindungszauber neutralisieren?«, fragt Matteo. Ich sehe, wie seine Kiefermuskulatur arbeitet, wie sein perfekt proportioniertes Gesicht durch die Anstrengung etwas kantiger scheint, wie es kühler wird.

Ich war so erleichtert, den Wahrheitszauber losgeworden zu sein, dass ich gar nicht darüber nachgedacht habe, was der Bindungszauber für uns bedeutet.

Während Matteo bereits dagegen ankämpft, seine Gedanken und Wünsche bezüglich unserer partnerschaftlichen Zukunft zu äußern, wächst der Drang in mir bisher nur langsam.

Ich lege meinen Kopf schräg, und mein Mund öffnet sich von selbst, weil mir klar wird, was das bedeutet. Ich habe damals jeglichen Gedanken an alles, was Matteo Ignis beinhaltet, geschreddert und in den verstaubten Untiefen meiner Erinnerung untergebracht. Aufgrund unserer Erlebnisse damals ist mir auch nach seiner Rückkehr nie in den Sinn gekommen, E. M. Ignis als irgendetwas anderes als einen lästigen Staatsdiener zu sehen. Doch ganz offensichtlich sieht Matteo das nicht so.

Ich kann wohl Neugierde auf die lange Liste meiner schlechten Eigenschaften setzen, aber ich stehe dazu.

Weshalb ich wieder auf Matteo zugehe und ihn gezielt frage: »Auf welchen Aspekt unserer künftigen Partnerschaft legst du am meisten wert?«

Für den Bruchteil einer Sekunde weiten sich seine Augen entsetzt, weil er weiß, dass ihm der Zauber in seinem Kreislauf bei diesen offiziellen Worten keine Chance auf Ausweichen geben wird. Weshalb er es noch ganz kurz schafft, seine wohlgeformten Lippen missmutig zu verziehen, ehe er resigniert in sich zusammensackt.

»Ich werde nicht noch einmal so dumm sein, dich gehen zu lassen.« Er atmet erleichtert aus – aber dafür kann ich mit der für den starken Zauber viel zu vagen Antwort nichts anfangen. Wir arbeiten schließlich zusammen, und ich weiß, dass ich in meinem Job – der Herstellung von magischen Amuletten – sehr gut bin. Doch wenn es nur darum geht, hätte er nicht so dagegen ankämpfen müssen. Also ist da mehr. Das ist meine Chance, vielleicht herauszufinden, warum zum Eisenerz er mich damals wirklich versetzt hat.

»Verfolgst du mehr als ein Ziel?«, will ich gerade wissen, als er fragt: »Wärst du in der Lage, einen Aufhebungszauber herzustellen, ohne dass wir den Raum verlassen müssen?«

Schlau gelöst. So würden weder die neugierige Elenor noch seine Assistentin Judith erfahren, was passiert ist.

Gemäß den Verhandlungsstatuten werden die Forderungen abwechselnd gestellt, und ich muss ihm daher antworten. Ich sehe mich im Raum um.

»Ich müsste deinen Ficus dort ausgraben. Die Erde sollte ausreichen, um ein Amulett wachsen zu lassen.« Ich deute auf die traurig aussehende Pflanze in der Ecke. Der Ficus ist nur noch ein Gerippe mit ein paar Blättern, aber in einem durchaus großen Pflanztopf aus Ton, den ich nutzen kann. Der Rubin an meinem goldenen Ring schimmert bei der Bewegung auf wie ein Funken. Ich wackle mit den Fingern. »Der Edelstein müsste genug Energie liefern, aber das Gold reicht nicht aus. Ich brauche mindestens zehn Gramm reines Edelmetall für ein Amulett der Größe.« Ich sehe mich nach Gold oder anderem Edelmetall um, finde jedoch nur Aluminium und Eisen.

»Das da sollte reichen, oder?« Matteo deutet auf meine

Füße – oder besser gesagt, auf das Gold, aus denen meine Schuhe bestehen. Meine absoluten Lieblingsschuhe! Es hat mich Tage gekostet, sie so wachsen zu lassen, dass sie stabil genug sind, mein Gewicht zu tragen. Gold ist ein sehr weiches Material, weshalb der Kern aus Platin besteht.

Ich heule auf, ehe ich schmollend nicke. »Ja, das sollte funktionieren.« Ich hebe mein rechtes Bein an, um die Riemchen vom Schuh zu lösen. Allein der Hitze und der daraus resultierenden Dehydrierung ist es geschuldet, dass meine perfekt auf hohe Schuhe ausgerichteten Bänder nachgeben und ich ins Wanken gerate. Ich muss die vergangenen Jahre sehr viel negatives Karma angesammelt haben, das mich nun mit einem Schlag einholt. Oder besser gesagt mit der Berührung. Noch ehe ich ein »Nein! Ich lande lieber auf den Knien oder meinem wohltrainierten Hintern« brüllen kann, hat sich ein starker Arm um meine Hüfte geschlungen, und ich werde mit einer Wucht gegen seine harte Brust gepresst, die kaum einen Unterschied zum Boden macht. Na ja, abgesehen vom Geruch vielleicht … Sofort umfängt mich dieser Feuergeruch, den Matteo schon immer mit sich herumschleppt, ein ureigenes Ding von Feuerelementaren. Aber während manche riechen wie der Raucherbereich eines Flughafens oder das Zigarrenzimmer in einem miesen Männerclub, verbreitet Matteo den Duft nach wohliger Wärme und der Geborgenheit eines Lagerfeuers. Damit lockt er unweigerlich Erinnerungen aus den abgeschotteten Winkeln meines Kopfes, und mein Körper zwingt mich, die Lider zu schließen und den Bildern vor meinem inneren Auge zuzusehen.

Survivaltraining schimpfte sich die Teambildungsmaßnahme, bei der Zweierteams mit Begabung für unterschiedliche Elemente gegeneinander antreten mussten. Das Ganze für »Anerkennung« anstatt eines Preises, der die Mühe auch wert gewesen wäre, ein ganzes Wochenende auf einer abgeschotteten einsamen Insel mit viel zu viel Wald und ohne Annehmlichkeiten zu verbringen. Einziger Lichtblick war die Anfrage des jungen Feuerelementars Matteo, dem praktisch jedes Individuum, das auch nur einen Hauch Interesse am männlichen Geschlecht hatte, hinterhersabberte. Das Survivaltraining erwies sich bezüglich des Team-ups mit einem anderen Element als sehr erfolgreich – wenn man eine von mir geschaffene Höhle rund um knisterndes Feuer und jede Menge nackter Haut und Berührungen als Teambildung sah.

Ich seufze leise auf, als ich aus der Erinnerung tauche.

Nein, es war nicht mein Seufzen – sondern das von Matteo! Er hebt ebenfalls flatternd die Lider, sein Blick wirkt verhangen, die Pupillen sind stark geweitet, sodass ich mich darin spiegle. Meine Hände wollen sich zusammenballen – da bemerke ich, dass ich auch meinerseits nach ihm gegriffen haben muss, als ich ins Taumeln geriet. Meine Finger bohren sich durch weichen Stoff hindurch in Matteos Taille.

Seine eine Hand streift sengend heiß meinen Rücken hinauf, sodass ich ihn instinktiv durchstrecke, was mein Becken seinem Unterleib näher bringt als jedem anderen in den vergangenen Jahren. Ich spüre sofort seine Erregung, sein Griff um mich wird fester, während ich noch versuche, dem Bann, den dieser Mann schon immer auf mich ausübt, zu entkommen. Doch ich handle eher gegenteilig, lasse mein Becken behutsam kreisen, bis Matteo den Kopf in den Nacken legt und ihm ein lautes Stöhnen entfährt, das mich wohlig erschaudern lässt.

»Ist alles in Ordnung?«

Ich öffne die Augen, weil die zarte Berührung seiner Lippen an meinem Hals plötzlich ausbleibt, von der ich nicht bemerkt habe, wann sie begonnen hat.

Matteo sieht mich mit unergründlichem Blick an, der mich endlich wieder im Jetzt ankommen lässt. Ich nicke hastig, unfähig, zu sprechen, während ich eilig zurücktrete und mich nach meinem Schuh bücke. »Wir sollten das Amulett herstellen«, bringe ich krächzend hervor. Innerlich fluche ich auf alle vier Elemente, warum sie ausgerechnet ihn nach Six Havens geschickt haben.

»N… Natürlich«, stammelt Matteo und geht mit steifen Schritten zum Ficus in der Ecke, gräbt ihn vorsichtig aus und bettet ihn schon fast fürsorglich auf den Boden, ehe er den großen Topf hochwuchtet und auf dem Schreibtisch abstellt. Ich hätte mich besser umdrehen sollen, um nicht Zeugin davon zu werden, wie Matteos Bizeps beinahe sein Hemd sprengt. Konzentration, Yuna! Matteo sieht dich an, als hätte er etwas gesagt.

»Hm?«, frage ich und blinzle in seine Richtung.

»Was brauchst du noch?«, fragt er, ohne mich direkt anzusehen, während ich bereits meinen Ring vom Finger ziehe und mich mit einem leisen Schniefen von meinem goldenen Schuh verabschiede. Ich stecke beides in das vom fehlenden Ficus entstandene Loch, bedecke es mit Erde und lege anschließend meine Hände obenauf. Meine Magie fließt direkt aus mir heraus, tastet alles innerhalb des Topfes ab. Ich spüre das Gold und das Platin, die Basis für das Amulett, dann den Edelstein des Rings, der als Nahrung für den Zauber dient – zusammen mit allen möglichen Nährstoffen der Erde. Ich stöhne auf.

»Was ist?«, fragt Matteo alarmiert, und mein ganzer Körper spannt sich noch viel mehr an, weil er urplötzlich direkt neben mir steht und seine irritierende Hitze in meine linke Seite brennt, während er mir über die Schulter sieht.

»Kein Wunder, dass deine Pflanze eingeht. Die Erde ist

nicht viel mehr als Dreck. Da ist kaum ein Nährstoff enthalten. Hast du schon mal davon gehört, dass man seine Pflanzen regelmäßig düngen sollte?«

Sein Schweigen ist mir Antwort genug.

»Also sollten wir doch jemanden rufen?«, fragt er zaghaft.

»Nein!«, erwidere ich schnell. Ich will, nein, ich kann dem Bindungszauber nicht noch viel länger ausgesetzt sein. Mein Blick gleitet durch den Raum, auf der Suche nach etwas, das die fehlenden Mineralien ersetzen könnte.

»Wonach suchst du?«, fragt er.

»Primär nach Calciumcarbonat«, entgegne ich. »Der Rest könnte ausreichen.«

Ich kann Matteo ansehen, wie er sich den Unterricht von Professorin Renard in Erinnerung ruft, um herauszufinden, wo Calciumcarbonat enthalten ist. Eierschalen, Kalkstein, Kreide ...

»Ich habe etwas!« Matteo sprüht vor Begeisterung Funken – wortwörtlich! Er zieht eine der Schreibtischschubladen auf und präsentiert mir ein milchig trübes Glasding, das etwas zu unförmig ist, um als Würfel durchzugehen.

Ich rümpfe die Nase, was seine Freude etwas dämpft. »Das ist Glas, kein Calciumca...«

Die Handfläche, auf dem das Ding ruht, fängt an zu brennen, immer heißer und heißer, bis das Glas zu glühen beginnt und an Matteos Hand hinabtropft.

»Hey!« Ich weiche zurück. »Willst du mich loswerden?«

Ihm vermag sein Element vielleicht nichts anzuhaben, mich würde es in der Form schlichtweg einäschern.

»Das wäre ein übler Vertragsverstoß«, kommentiert er trocken, während die Flamme von grellem Blauweiß wieder zu freundlicheren Orangetönen wechselt und dann ganz auskühlt. In seiner Hand liegen nun zwei Muscheln. Beide haben ein kleines Loch, durch die vor langer, langer Zeit Bänder gezogen waren, getragen von zwei kitschigen Elementarstudenten, die ins Innere der kleineren *Always* & und in die andere *Forever* graviert haben.

»Du hast sie behalten?«, frage ich mit einem Kloß in der Kehle, an dem meine Stimme nur mit sehr viel Mühe vorbeikommt.

»Natürlich. Ich habe immer gehofft, dass ich eine Gelegenheit bekomme, dich zurückzugewinnen«, sagt er mit entwaffnender Ehrlichkeit, die nicht wirkt, als habe sie mit dem Bindungszauber zu tun.

»Aber du hast mich am Abschlussballwochenende sitzen lassen, bist nach Hause zu deiner Verlobten ...«

»Wie bitte?« Matteos Stimme klingt eine Oktave höher, und kleine Flammen tanzen um die Muscheln in seiner Hand herum. »Du hast mich doch versetzt und bist mit diesem Idioten Raven zum Ball.«

»Nachdem du mir vorenthalten hast, eine Verlobte zu haben!«, schleudere ich ihm entgegen. Bevor er die Muscheln noch kaputt macht, reiße ich sie ihm aus der Hand und ramme sie in den Topf.

Er reißt perplex den Mund auf, schließt ihn aber wieder, als er sieht, dass ich meine Magie wirke. Die Muscheln schließen die bisherige Lücke, sodass ich meine Elementarkraft aus mir herausfließen lassen kann und meine Energie fokussiere. Ich visualisiere, wie sich mein Schuh verformt, das Amulett wächst und gedeiht, wie es von der Kraft der Erde, des Edelsteins und der Mineralien durchdrungen wird. Meine Magie umhüllt das im Keim entstehende Amulett behutsam, streichelt es, wiegt es wie ein Neugeborenes, ehe es genug eigenen Antrieb zum Wachsen hat.

Nachdem ich meine Fingerknöchel habe knacken lassen,

sehe ich wieder zu Matteo, der mich mit – vielleicht immer noch? – geöffnetem Mund anstarrt.

»Was siehst du mich so an?« Weil er nicht damit aufhört, reibe ich mir verlegen übers Gesicht. »Hab ich da irgendwas?«

»Du bist wunderschön, wenn du deine Magie wirkst«, antwortet er schlicht.

»Äh, okayyy«, erwidere ich lang gezogen. Das vom Bindungszauber erzwungene Kompliment zählt für mich nicht wirklich. »Jeder Elementar sieht bei Wirkung seiner Magie wunderschön aus.« Weil die Magie selbst einfach wunderschön *ist*.

»Das ist nicht der Grund«, erwidert Matteo mit einem Kopfschütteln. »Und das weißt du genau.«

Ich lache freudlos auf. Vielleicht habe ich es irgendwann zu wissen geglaubt, aber …

»Bist du hiermit fertig?«, unterbricht er meine Gedanken und deutet auf die Tonschale. Dabei streift er mit den Fingerspitzen meinen Arm, der sofort mit spontanem Gänsehautausbruch reagiert.

»Vorerst ja«, entgegne ich und schlucke. Die Hitze hier drin trocknet mich komplett aus. Ich stelle den Timer an meinem Handy, damit ich keine Minute zu lang in dem Flashback hier verharren muss. »Nun müssen wir warten.«

Ich sehe mich im Raum um, nehme die schwarze Ledercouch ins Visier und humple mit nur einem Schuh so adrett wie möglich dorthin. Die Magie hat mich ausgelaugt, daher lasse ich mich auf das Sofa fallen, lege den Kopf in den Nacken und schließe die Augen. Eine ganz schlechte Idee.

IV. KANN ES SEIN, DASS ES HIER ZIEMLICH HEISS IST?

Jetzt, wo meine Aufgabe erledigt ist, kann ich nämlich Matteos Präsenz unmöglich nicht spüren. Die Hitze, die er ausstrahlt, rückt mit jedem Herzschlag näher, bis ich glaube, sie als Berührung an meinem Bein wahrzunehmen. Ich schrecke hoch, setze mich kerzengerade auf und will das Gefühl abschütteln, aber warme Finger umgreifen gerade meinen nackten Fuß, und ich erstarre. Wellen an Energie, Kribbeln, Verlangen, pures … Irgendwas rauscht durch meinen Körper, als ich Matteo, der vor mir auf dem Boden kniet, dabei zusehe, wie er einen gläsernen Schuh, der Cinderellas Stück wie eine Billigkopie aus dem Internet erscheinen lässt, auf meinen Fuß schiebt. Als wüsste er genau, wie mich seine Berührung an der Wade dabei elektrisiert, setzt er meinen Fuß ganz langsam ab und streift mit der Hand mein Bein entlang.

»Es gab niemals jemand anderen als dich«, flüstert er, während ich mich um genug Sauerstoff in meiner Lunge bemühe. »Meine Eltern haben das verdammte Gerücht, ich sei verlobt, in die Welt gesetzt, weil sie mich vor ›einem Fehler‹ bewahren wollten.« Dem Satz folgt ein hartes Lachen, das den Kontrast zu seiner sanften Berührung umso größer wirken lässt. Matteos Hand gleitet nun zum Saum meines Rocks, der auf Kniehöhe endet, verharrt dort, während er seinen intensiven Blick auf mich richtet und stumm um Erlaubnis bittet.

Die Hitze in meiner Mitte kann sicher schon mit seiner Magie mithalten, weshalb ich nur nicke und die viel zu trockenen Lippen befeuchte.

Mit einem Lächeln, als hätte ich ihm eben das größte Geschenk der Welt gemacht, beugt sich Elemental Master Matteo

Ignis näher, schiebt den Stoff des Rocks nach oben und setzt mit Lippen und Zunge den Pfad seiner Hände fort.

Meine keuchenden Atemzüge sind lange das einzige Geräusch im Raum, bis mir ein raues Stöhnen über die Lippen kommt, als er unerwartet mit zwei Fingern in mich eindringt, während sein Mund weiterhin an mir saugt, mich reizt und für immer mehr Hitze sorgt.

»Matteo, ich …« Es ist keine gute Idee. Seine Eltern wären auch heute noch gegen jegliche Art von Beziehung ihres adeligen Sprosses mit einer Nicht-Feuerelementarin.

»Der einzige Fehler war, nicht um dich gekämpft zu haben, als du zu Raven gegangen bist.« Matteo sieht mit lustverhangenem Blick zu mir auf, während mich seine Finger weiterhin reizen. »Sag mir, was du dir in diesem Moment von unserer Partnerschaft erhoffst«, nutzt der Mistkerl den Bindungszauber, ehe er seine Finger krümmt und mich in immer schnellerem Rhythmus zusätzlich mit dem Handballen reizt.

»Ich will dich in mir!«, stöhne ich, komme seinen Bewegungen dabei immer mehr entgegen, reibe mich an ihm, um seiner süßen Folter zu entkommen.

»Noch nicht«, haucht er mit einem schier grausamen Lächeln und versenkt sein Gesicht wieder zwischen meinen Schenkeln, raubt mir mit jedem Zungenschlag mehr und mehr die Besinnung, verlangsamt dann das Tempo und widmet sich anderen Körperteilen, bis ich kurz davor bin, sämtliche Bedenken über Bord zu werfen und ihn anzuflehen, es zu Ende zu bringen.

Mit siegesgewissem Blick taucht sein Gesicht wieder auf, seine Finger bohren sich nun in meine Schenkel, als er sich aufrichtet und sich über mich beugt. Seine Lippen sind geschwollen, glänzen feucht von meiner Lust.

»Trägst du ein Amulett?«, fragt er, während er seine Hose

öffnet, und zieht sein Kontrazeptivamulett aus dem Kragen seines Hemds hervor, als wäre nicht klar, welches er meint. Ich nicke. Ich versorge die halbe Stadt mit den ›Sex-Anhängern‹, die sowohl vor ungewollten Schwangerschaften als auch vor Geschlechtskrankheiten schützen. Natürlich lege ich selbst ebenfalls jeden Monat ein neues an.

Ohne ein weiteres Wort senkt er die Lippen auf meinen Mund und erstickt damit meinen Schrei, als er ohne Vorwarnung in mich stößt. Langsam, Zentimeter für Zentimeter, zieht er sich zurück, bis ich mich ihm entgegenbiege, um die Aussicht auf Erlösung nicht zu verlieren. Seine Zunge ringt mit meiner, ehe mich seine Härte erneut erfüllt. Der dunkle Laut, den er dabei von sich gibt, bringt mich um den Verstand. Meine Finger krallen sich in seine Hüfte. Matteo lässt mich das Tempo bestimmen, seine Stöße werden schneller, tiefer, ich komme ihm entgegen, während sein Daumen immer eindringlicher meine sensibelste Stelle reizt. Ich spüre, dass er kurz vor dem Höhepunkt steht, weil er von selbst das Tempo weiter beschleunigt, sich immer heftiger in mir versenkt. Als sein Körper direkt vor der Explosion steht, schickt er Magie in seine Finger, und die plötzliche Hitze an meinem pulsierenden Punkt, das Brennen an meinen gereizten Nervenenden bringt mich zum Orgasmus. Meine Muskeln kontrahieren, und mit harten Stößen und sanftem Druck der Finger treibt Matteo mich über jede einzelne Welle davon, bis er seine Erlösung in meine Halsbeuge schreit und kraftlos über mir zusammenbricht.

Etliche Minuten lang ringen wir nach Luft, lassen uns auf die Nachbeben ein, die unsere Körper erschüttern.

»Das war …«, keucht Matteo, als er sich von mir schiebt und wieder auf den Boden vor mir gleitet, von wo aus er sanft meine Beine streichelt. Er haucht weiter kleine Küsse den

Pfad entlang, und die Berührung meiner noch immer hochsensiblen Haut lässt mich leise wimmern.

»Wir waren schon immer gut darin«, antworte ich mit einem fast wehmütigen Seufzen, weil ich gerade keine Kraft übrig habe, gegen den Bindungszauber zu kämpfen.

Matteos Augen verdunkeln sich bei dem Laut. Im Augenwinkel erkenne ich seine erneute Erektion, und allein der Anblick sendet Wogen der Lust durch mich hindurch.

Doch die Vibration meiner Smartwatch ist penetranter. »Der Timer«, rufe ich, schiebe ihn zur Seite, um aufstehen zu können. Ich zupfe mein Höschen und den Rock zurecht, lasse den völlig überrumpelten Matteo hinter mir und eile zum Schreibtisch. Dort drücke ich die Fingerspitzen in die Erde im Pflanzentopf und spüre mit meiner Erdmagie nach der Energie, die das Amulett ausstrahlt. Im Hintergrund höre ich, wie Matteo sich anzieht.

»Es ist fertig!«, sage ich unnötigerweise, ehe ich es ausgrabe. »Du musst nur herkommen, und schon bist du von mir befreit.« Ich halte ihm das Amulett entgegen. Es ist hübsch geworden, der Knoten sieht fast aus wie ein Liebesknoten. Die Magie hat die Muscheln nicht komplett aufgebraucht, weshalb das Amulett die Muschelteile eingeflochten hat, sodass zwei Wörter immer noch deutlich zu lesen sind: *Always & Forever.*

Matteo hebt die Hände nach oben, damit sie bloß keinen Kontakt zu mir mit dem Artefakt herstellen.

»Ich will nicht von dir befreit werden. Du bist der verdammte Grund, warum ich mich in dieses Nest habe versetzen lassen und warum ich ständig irgendwelche Gründe dafür suchen muss, dass ich weitere Amulette benötige. Ich …«, er fährt sich mit einer fahrigen Geste durch die Haare. »In all den Jahren habe ich mir eingeredet, dass du ohne mich – und meine Familie – besser dran wärst, aber ich konnte dich nicht ganz aus meinem Leben streichen, Yuna. Es ist, als hättest du mir vor Jahren einen verfluchten Liebesknoten unter der Haut wachsen lassen. Es wird nie eine andere geben als dich, du musst …«

So gern ich ihn auch quäle – für all die Jahre, in denen der Idiot nichts gesagt hat –, so sehr sehne ich mich in diesem Moment wieder nach ihm, lasse das Amulett zu Boden gleiten, werfe mich in seine Arme und küsse ihn.

Irgendwo im Hinterkopf registriere ich, wie das Amulett an den Riemchen meiner goldenen Sandale hängen bleibt und die Magie den Bindungszauber auffrisst. Es fühlt sich an, als würde ich etwas Wichtiges verlieren. Ich verharre einen Atemzug lang, als sich die Magie vollständig gelöst hat.

Matteo lächelt an meinen Lippen und zieht mich noch näher.

»Wir brauchen den Bindungszauber nicht«, flüstert er. »Aber ich bin irgendwie froh, dass er uns geholfen hat. Du warst schließlich viel zu stur, um zuzugeben, wie sehr du mich noch immer magst.«

Er haucht lächelnd einen weiteren Kuss auf meinen Mund und stiehlt meine Empörung von meinen Lippen.

LUFT

Wie eine Wolke, die vom Wind über den
Himmel gejagt wird – ehe man sich versieht,
ist sie fort, konnten dich weder Leidenschaft
noch Gefühle länger als ein paar atemlose
Nächte bei mir halten, du wolltest weiter,
an einen neuen Ort.

Carina Schnell ist gelernte Übersetzerin, spricht mehrere Sprachen und hat in verschiedenen Ländern gelebt. Ihr Herz hat sie allerdings an Kanada verloren. Nach dem Abi lebte und arbeitete sie einige Zeit in Toronto und hat Familie in einem gewissen kleinen Küstenstädtchen namens St. Andrews-by-the-Sea. Die unendliche Weite des Landes, die raue Schönheit der Natur und die Freundlichkeit der Einwohner inspirieren sie bei jedem Besuch aufs Neue. Da ist es nicht verwunderlich, dass sie mit einem Kanadier verheiratet ist. Aktuell lebt sie mit ihm und ihrer Katze in Deutschland in einem Häuschen am Waldrand und träumt von einer Blockhütte in der kanadischen Wildnis.

Carina Schnell

When the Wind Carries your Name

An einem wolkenlosen Julitag versammelten sich die Bewohner von St. Andrews am Pier, um die Hochzeit eines der beliebtesten Paare des kanadischen Küstenörtchens zu feiern.

William Fisher und Olivia Wright hatten sich das Jawort im Rahmen einer intimen Zeremonie auf Wills Segelboot gegeben. Nun machten sie die Runde, um alle Gäste zu begrüßen und Glückwünsche entgegenzunehmen. Da die halbe Stadt zur Feier eingeladen war, stand eine lange, stilvoll gedeckte Tafel vor der ehemaligen Bootsscheune, die heute die Tourismusfirma der Familie Fisher beherbergte. Untermalt von dem stetigen Rauschen der nahen Wellen und gelegentlichen Möwenschreien, spielte eine Band im Hintergrund. Kinder jagten einander lachend umher, und der Duft der Blumengestecke auf dem Tisch mischte sich mit der salzigen Meeresluft.

Fiona, beste Freundin und Trauzeugin der Braut, pfiff durch die Zähne, während sie das handbemalte Platzkärtchen mit ihrem Namen bewunderte. »Hat bestimmt Liv gemacht«, murmelte sie zu sich selbst. Ihre Beine waren noch immer etwas wackelig von der Zeremonie. Durch den starken Wind hatte es ordentlich Seegang gegeben, und nun konnte Fiona es kaum erwarten, sich endlich zu setzen und einen der veganen Cupcakes zu probieren, die als Hochzeitstorte dienten.

Da wehte eine frische Bö Fiona die Platzkarte aus der Hand. Sie quietschte erschrocken und reckte sich, um danach zu greifen. Dabei blieb sie mit dem weiten Bein ihres kanariengelben Hosenanzugs am Stuhl hängen und stolperte rückwärts.

Ein Arm schlang sich um ihre Taille, und eine Hand schnappte das Kärtchen aus der Luft, bevor es aufs Meer hinaus geweht werden konnte. Fiona starrte einen Moment auf diese Hand, die ihr so vertraut war wie ihre eigene. Lange, schlanke Finger, goldbraune Haut und ein Ring, dessen Gegenstück Fiona an einer Kette um den Hals trug. Im selben Moment stieg ihr der Duft nach Vanille und Rosenblüten in die Nase.

»Ich hab dich«, wisperte eine ebenso vertraute Stimme dicht an ihrem Ohr. »Immer.«

Die tiefere Bedeutung, die in diesen Worten mitschwang, löste ein warmes Kribbeln in Fionas Magen aus. Wie so oft konnte sie ihr Glück, mit dieser Frau verheiratet zu sein, kaum fassen. Der heutige Tag war voller Erinnerungen an ihre eigene Hochzeit, die nun schon ein paar Jahre zurücklag.

»Ich weiß.« Seufzend lehnte sich Fiona gegen Ellie und lächelte zu ihr auf. Eigentlich waren sie fast gleich groß, doch heute trug Ellie statt ihrer gewöhnlichen Sneaker Plateausandalen mit Korkabsatz, sodass Fiona sich ein wenig strecken musste, um ihr einen Kuss auf die Wange zu hauchen. »Danke, Babe.« Sie nahm die Karte entgegen und wedelte damit hin und her. »Ich musste gerade an unsere erste Begegnung denken. Erinnerst du dich?«

Ellie lächelte so breit, dass sich kleine Fältchen um ihre braunen Augen zeigten. »Wie könnte ich das vergessen?«

»Wie habt ihr euch denn kennengelernt?« Marly, Fionas Freundin und Kollegin in der lokalen Tierarztpraxis, ließ sich auf den Stuhl ihr gegenüber fallen. »Ich glaube, die Geschichte kenne ich gar nicht.«

»Ach, das ist keine besonders spannende Story.« Fiona winkte ab und ließ den Blick über die Feiernden schweifen, um zu sehen, ob Liv eventuell die Hilfe ihrer Trauzeugin brauchte. Sie hatten am Morgen bereits eine kleine Krise gemeistert, die eine gerissene Feinstrumpfhose und Nagellack involviert hatte.

Marly pustete sich eine schwarze Locke aus dem Gesicht und beugte sich gespannt über den Tisch. »Wir haben doch Zeit. Liv und Will sind erst mal mit ihren anderen Gästen beschäftigt, und es dauert noch, bis das Büfett eröffnet wird. Erzählt!«

Ellie setzte sich ebenfalls an den Tisch und zog Fiona auf den Platz neben sich. »Komm schon, Fi. Wenn du ihr nicht erzählen willst, wie wunderbar verpeilt du an dem Tag unserer ersten Begegnung warst, dann tue ich es.«

»Na schön.« Fiona verdrehte die Augen. »Aber nur, weil ich immer noch leicht seekrank bin und nicht mehr aufstehen will ... oder kann.«

»Wackelpuddingbeine.« Marly nickte wissend.

Fiona lehnte sich zurück und betrachtete die Passamaquoddy-Bucht. Möwen kreisten über dem Wasser, das in der Mittagssonne glänzte. Der Wind liebkoste ihr Haar, das sie heute ausnahmsweise nicht zu Braids geflochten hatte, sondern in seiner ganzen Afropracht zur Schau trug. Für einen Moment schloss sie die Lider, spürte die salzige Brise auf der Haut und ließ sich in Gedanken zu dem Tag zurücktragen, an dem sich ihr Leben für immer verändert hatte. Dann öffnete sie die Augen und begann zu erzählen.

FIONA

Es war Anfang September, und mein erstes Semester an der University of New Brunswick hatte gerade begonnen. Ich war ein bisschen verloren, weil ich nicht so recht wusste, was ich später mit meinem Bachelor of Health anfangen sollte. Aber die ersten drei Kurse waren interessant gewesen, also wollte ich weitermachen. Außerdem war ich gerade von zu Hause ausgezogen, sodass ich das Studierendenleben so richtig genießen konnte – auch wenn ich noch auf der Suche nach einer Mitbewohnerin war.

Ganz allein stand ich auf dem großen Balkon des roten Backsteingebäudes der Uni und genoss die Spätsommersonne auf dem Gesicht. Sonnenflecken tanzten vor meinen geschlossenen Lidern. Die nahen Bäume, deren Laub sich bereits langsam zu verfärben begann, rauschten im Wind.

Als ich Schritte hinter mir hörte, öffnete ich die Augen, drehte mich um – und verschluckte mich direkt an meiner eigenen Spucke. Durch die weiß gerahmte Tür trat eine Frau auf den Balkon, deren Anblick mich völlig aus der Fassung brachte. Ihre üppigen Hüften schwangen bei jedem Schritt hin und her. Das lange schwarze Haar wehte in der leichten Brise wie bei einer dieser Slow-Motion-Szenen in romantischen Komödien. Auf einer Skala von 1 bis 10 war sie eine ... ach was, diese Frau sprengte jede erdenkliche Skala.

Und sie kam direkt auf mich zu.

»Fiona Gérard?«, wandte sie sich mit weicher, freundlicher Stimme an mich.

In meinem ganzen Leben hatten mir noch nie die Worte gefehlt, doch in diesem Moment kam nichts als ein leider wenig attraktives Quieken über meine Lippen.

Sie hob eine Braue. Wahrscheinlich, weil sie mir die simpelste Frage der Welt gestellt hatte und ich sie in meinem derzeitigen Zustand nicht beantwortet hatte. »Bist. Du. Fiona. Gérard?«, wiederholte sie langsamer, nicht unfreundlich, sondern leicht besorgt, als wäre ihr gerade erst in den Sinn gekommen, dass ich womöglich kein Englisch verstand. Das lag wohl an meinem Nachnamen. Den sprach sie übrigens mit einem entzückenden Akzent aus, die Rs leicht gerollt. Wie atemberaubend heiß konnte eine Person sein?!

Ich hatte mich immer noch nicht von der unerwarteten Begegnung erholt, also nickte ich hastig, damit sie mich nicht vollkommen aufgab.

»Hi, ich bin Elena Maria Rivera Sanchez, aber du kannst mich Ellie nennen.« Sie reichte mir ihre Hand.

Zuerst blinzelte ich sie nur überrascht an, beeilte mich dann aber, nach der ausgestreckten Hand zu greifen. Als sich unsere Finger berührten, wurden meine Knie so weich, dass ich glaubte, jeden Moment über die Balkonbrüstung zu stürzen.

Die Berührung währte viel zu kurz, doch meine Haut kribbelte noch lange, nachdem Elena Maria Rivera Sanchez mich wieder losgelassen hatte.

»Freut mich, dich kennenzulernen.« Sie schenkte mir ein Lächeln, das den Blick auf ihre strahlend weißen Zähne freigab. »Eine Kommilitonin hat mir gesagt, dass ich dich hier finde.«

»Aber ... *wieso?*«, entfuhr es mir eine Spur zu piepsig. Ich konnte mir einfach keinen Reim darauf machen, was diese absolut umwerfende Person von mir wollte.

»Ich bin gerade erst angekommen und suche dringend eine Bleibe. Du vermietest doch ein Zimmer, oder?«

Sie will in mein freies Zimmer einziehen? Meine Gedanken rasten, während ich in ihre dunklen Augen stierte und mich zu erinnern versuchte, wie man zusammenhängende Sätze formulierte. »Äh, ja«, krächzte ich.

»Aktuell wohne ich noch in einem Hostel. Zum Glück beginnen meine Kurse erst nächste Woche. Ich habe mich im Nursing Program eingeschrieben. Das soll hier an der Uni sehr gut sein.«

»Du willst Krankenpflegerin werden? Cool.«

»Warum? Du auch?«

»Äh, nein.« Innerlich verpasste ich mir eine Ohrfeige, um endlich mit dem peinlichen Gestammel aufzuhören. »Ich studiere Gesundheitswesen, auch wenn ich nicht so recht weiß, was ich später damit machen will. Am liebsten würde ich mit Tieren arbeiten, aber dafür gibt es hier in der Gegend nicht viele Ausbildungsmöglichkeiten, wenn ich nicht gerade Tierärztin werden will.«

Stille setzte ein, und mir fiel auf, dass ich vor einer Person, die ich seit zwei Minuten kannte, zu viel Persönliches preisgegeben hatte. Verlegen musterte ich Elena, in der Hoffnung, dass sie sich nicht sofort umdrehen und mich Weirdo stehen lassen würde.

Doch sie lächelte mich so freundlich an, dass mein Herz einen hoffnungsvollen Tanz veranstaltete. »Klingt spannend. Mit deinem Bachelor kannst du bestimmt in einer Tierarztpraxis arbeiten, ohne gleich Tierärztin zu werden.«

Verblüfft sah ich sie an. Auf die Idee war ich bisher nicht gekommen. Diese Frau sah nicht nur umwerfend aus, sie war auch intelligent und empathisch und sie nahm meine verworrenen Träume ernst. Irgendwie konnte ich nicht fassen, dass der Wind sie gerade ohne Vorwarnung in mein Leben – okay, auf diesen Balkon – geweht hatte. Ich wusste nur eins: Ich wollte auf keinen Fall, dass sie wieder verschwand. Also räusperte ich mich eilig. »Du brauchst ein Zimmer?«

»Ja, am besten gestern schon.«

Ich lachte, und sie stimmte mit ein. Es war ein tiefer, sanfter Laut, der mich von innen wärmte. »Okay, wenn du willst, kann ich dir das Zimmer erst mal zeigen. Allerdings ist die Wohnung in St. Andrews. Das ist eine knappe Stunde von hier entfernt.«

»Kein Problem. Ich schaue sie mir gerne an.«

»Falls du einziehst, könntest du unter der Woche mit mir zur Uni fahren. Ich habe ein Auto.«

»Ich habe selbst eins, danke.«

»Also …« Ich tastete die Taschen meiner Mom Jeans nach meinem Handy ab, doch da fiel mir ein, dass ich es im Auto liegen lassen hatte. »Ich habe meinen Kursplan noch nicht im Kopf und mein Handy gerade nicht dabei, aber wenn du mir deine Nummer gibst, schreibe ich dir später, wann wir uns treffen können, okay?«

Mein Herz schlug plötzlich viel zu schnell und viel zu heftig. Würde sie mir ihre Nummer geben?

»Klar, gern.« Ohne zu zögern, öffnete Elena ihre Umhängetasche, riss ein Stück Papier aus einem Collegeblock und kritzelte etwas darauf. »Hier, meine Nummer.«

Ich schluckte und nahm den Zettel mit zitternden Fingern entgegen. »Danke.« Das Wort kam so leise aus meinem Mund, dass sie es kaum verstanden haben konnte.

Elena schien nichts von meinem inneren Aufruhr zu bemerken. »Super, also dann bis später. Und«, sie sah mich so eindringlich an, dass ich glaubte, in dem warmen Braun ihrer Augen zu versinken, »vielen Dank.«

»Dank mir lieber erst, *nachdem* du die Wohnung gesehen hast«, rief ich ihr scherzhaft hinterher. »Vielleicht stoßen dich ja meine alten französischen Filmposter ab oder die vielen Haarprodukte im Bad.«

Hör auf zu brabbeln, Gérard! Ich fuhr mir mit der Hand übers Gesicht und spähte zwischen den Fingern hindurch. Zu meiner Erleichterung war Elena längst davongegangen. Vielleicht hatte sie mein Gestammel nicht mehr gehört. Seufzend warf ich mir einen meiner Braids über die Schulter. Wie peinlich konnte eine erste Begegnung sein?

Nachdem Elena endgültig durch die Balkontür verschwunden war, betrachtete ich den Zettel, den sie mir gegeben hatte. Darauf stand in ordentlicher Druckschrift *Ellie* und darunter ihre Nummer. Fast schon ehrfürchtig strich ich mit dem Daumen darüber.

Plötzlich rauschte ein Windstoß von der Seite heran und entriss mir das Stück Papier. »Nein!« Ich rannte los und musste einen ziemlich lustigen Anblick abgeben, wie ich mit ausgestreckten Händen hinter dem Zettel herrannte. Nach einer gefühlten Ewigkeit gelang es mir, ihn wieder einzufangen. Erleichtert drückte ich das zerknitterte Ding an meine Brust und atmete tief durch.

Irgendwie war dieses Stück Papier von einem Moment auf den anderen zu meinem wertvollsten Besitz geworden.

Marly starrte Fiona fassungslos an, als sie verstummte. Die leisen Klänge der Hochzeitsband und die Gespräche der Gäste drangen erst langsam wieder bis zu ihr durch, während sie aus der Vergangenheit auftauchte wie aus einem Traum.

»Du kannst doch jetzt verdammt noch mal nicht einfach aufhören zu erzählen«, rief Marly entrüstet. »Was ist als Nächstes passiert?«

Fiona lächelte. »Dann sind wir zusammenzogen.«

Marly stöhnte lautstark. »Ich will Details!«

Fiona warf Ellie einen prüfenden Seitenblick zu. »Die ersten Wochen waren ziemlich hart für dich, Babe, nicht wahr?«

»Ja, die schwierigste Zeit meines Lebens.« Ellie nickte gedankenverloren, bevor sie Fiona voller Zuneigung ansah. »Aber *du* hast alles besser gemacht.«

Eine Weile blickten sich die beiden so tief in die Augen, dass Marly sich nicht traute, den intimen Moment zu stören. Sie verschränkten die Finger ineinander, und es war, als säßen sie beide plötzlich allein am Tisch.

Erst als der Wind Kinderlachen heranwehte, schienen sie wieder ins Hier und Jetzt zurückzufinden. Ellie senkte verlegen den Blick, und Fiona lächelte liebevoll, während sie sich Marly wieder zuwandte. »Du musst wissen: Ellie war gerade erst von zu Hause weggelaufen. Am Anfang war sie sehr traurig und hat viel in ihrem Zimmer geweint. Ich glaube, sie dachte, ich würde sie nicht hören, aber das habe ich.«

»Hey!« Ellie stieß ihr einen Ellbogen in die Rippen.

»Ist doch wahr.« Fiona hob beide Hände. »Wie dem auch sei. Ich habe wochenlang überlegt, wie ich sie aufheitern könnte, und dann …«

»Lass mich das erzählen«, unterbrach Ellie sie mit einem verträumten Lächeln.

Fiona nickte. »Das ergibt Sinn.«

»Also, ich war am Boden zerstört …«, nahm Ellie die Geschichte wieder auf.

ELLIE

Wenige Tage vor Semesterbeginn war ich von zu Hause ausgezogen – oder vielmehr weggelaufen.

Ich war in einem streng katholischen puerto-ricanischen Haushalt groß geworden und führte schon seit der Highschool ein Doppelleben. Doch nun hatte ich es satt, Teile von mir zu verstecken, um in das Weltbild meiner Eltern zu passen. Meine Sexualität. Meinen Freiheitsdrang. Und meinen Wunsch nach Selbstbestimmung. Also hatte ich mir eine Ausbildung so weit entfernt wie möglich von meinem Elternhaus in Montreal gesucht.

In einer Nacht-und-Nebel-Aktion hatte ich meine Sachen gepackt und meiner Mutter einen Abschiedsbrief hinterlassen. Einen Brief, in dem ich ihr alles erklärte, ihr sagte, dass mir keine andere Wahl blieb, um endlich frei zu sein. Darin bat ich sie auch, mich doch bitte anzurufen, wenn sie bereit war, mit mir darüber zu sprechen. Vielleicht war das feige, aber in dem Moment war es für mich die einzige Möglichkeit. Sonst hätte ich mich womöglich nie getraut, diesen Schritt zu wagen.

Ich hoffte, mit meiner Ausbildung zur Krankenpflegerin an der University of New Brunswick ganz neu anzufangen und all meinen Ballast endlich hinter mir zu lassen. Aber das war leichter gesagt als getan. Denn schnell lernte ich, dass ein Ortswechsel allein nicht ausreichte, damit ich endlich wirklich glücklich sein konnte.

Nachdem ich bei Fiona eingezogen war, bemühte sie sich als meine neue Mitbewohnerin sehr, mir den Start in ihrem Heimatort St. Andrews so schön wie möglich zu gestalten. Gemeinsam strichen wir mein Zimmer in einem fröhlichen Sonnengelb. Wir kauften gebrauchte Möbel und peppten sie trotz fehlender Handwerker-Skills zusammen auf, was in einem riesigen Chaos endete. Wir dekorierten Wohnzimmer, Küche und Bad mit Lichterketten, Pflanzen und Duftkerzen und schufen uns eine gemütliche kleine Oase.

Ich liebte es, Zeit mit Fiona zu verbringen. Sie brachte mich zum Lachen, und in ihrer Gegenwart fühlte ich mich nicht mehr ganz so verloren. Fiona war laut, fröhlich, schön und klug. Und sie sagte immer, was sie dachte, was mich sehr beeindruckte. Sie schien sich schon vollkommen gefunden zu haben, wovon ich nur träumen konnte.

Wenn ich allein war, haderte ich mit meiner Entscheidung, von zu Hause fortgegangen zu sein. Ständig überkam mich heftiges Heimweh. Schuldgefühle plagten mich. Ich schlief schlecht, aß wenig und konnte mich nur schwer auf mein Studium konzentrieren. Das Schlimmste war jedoch, dass meine Mom nie anrief. Jeden Morgen erwachte ich in der Hoffnung, dass heute endlich der Tag wäre, an dem ich von ihr hören würde. Und jeden Abend ging ich enttäuscht ins Bett. Ich igelte mich immer mehr in unserer Wohnung ein, statt Fiona und ihre Freunde auf Partys, Bootsausflüge oder Wandertouren zu begleiten. Fiona versuchte, mich aufzumuntern, doch ich war an einem Punkt, an dem ich mir nur selbst helfen konnte. Und dazu war ich noch nicht bereit.

Eines Abends hatte ich es satt, darauf zu warten, dass meine Mom anrief. Also machte ich es mir auf dem Wohnzimmersofa gemütlich und wählte ihre Nummer.

»Hallo?«, meldete sich am anderen Ende die Stimme, die ich mein Leben lang jeden Tag, aber nun schon seit Wochen nicht mehr gehört hatte.

Augenblicklich wurden meine Handflächen feucht, und ich räusperte mich unbehaglich. »Hi, Mom ... ich bin's«, brachte ich schließlich hervor. Ich hielt den Atem an, mein Herz klopfte so laut, dass ich einen Moment lang nichts anderes hörte.

Dann ertönte ein Klicken in der Leitung. Sie hatte aufgelegt.

Zuerst saß ich starr vor Schreck einfach nur da. Dann überkam mich die Enttäuschung so heftig, dass ich mich vor Schmerz zusammenkrümmte.

Als Fiona an diesem Abend nach Hause kam, fand sie mich völlig aufgelöst auf dem Sofa vor. Das Schluchzen schüttelte mich so stark, dass ich kein Wort herausbrachte. Fiona fragte mich nicht, was geschehen war. Sie ließ ihre Tasche fallen und eilte zum Sofa, um mich in die Arme zu schließen. Stundenlang saßen wir so da, ich an sie geschmiegt, während sie mich festhielt und weinen ließ.

»Willst du darüber sprechen?«, fragte sie schließlich. »Oder ich hole uns Eis mit Schlagsahne und lenke dich den ganzen Abend mit lustigen Tierbaby-Reels ab.«

Das entlockte mir ein ersticktes Lachen – ein Lachen, das ich in diesem Moment dringender gebraucht hatte als alles andere. Denn es gab mir Hoffnung. Hoffnung darauf, dass auch dieser Sturm vorbeiziehen würde. Wir sahen uns in die Augen, und ich entdeckte etwas in Fionas Blick, das mir den Mut gab, endlich über die Dinge zu reden, die ich schon so lange mit mir herumschleppte.

»Ich möchte darüber sprechen«, antwortete ich, nachdem ich mir die Nase geputzt hatte. »Aber zu Eis sage ich trotzdem nicht Nein.«

Und als Fiona sich nach einem kurzen Abstecher in die Küche mit einer Packung Schokoeis und zwei Löffeln wieder neben mich setzte, erzählte ich ihr alles. Von meiner lieblosen Kindheit, meinen strengen Eltern, von Gefühlen, die ich in ihrem Haus nicht hatte fühlen dürfen, und Dingen, die ich nie laut hatte aussprechen können. Von meiner ersten Freundin, die sich von mir getrennt hatte, weil sie die Geheimnistuerei leid geworden war. Von meiner Angst, nie wirklich loslassen zu können, nie wirklich den Schatten abschütteln zu können, den meine Eltern mit ihrer Erziehung über mein Leben geworfen hatten.

Fiona schwieg, hielt mich fest im Arm und hörte zu. Noch

nie hatte ich mich einer Person so nahe gefühlt, noch nie hatte ich solche Geborgenheit und bedingungslose Akzeptanz erfahren. An diesem Abend änderte sich alles für mich. Obwohl Fiona nichts dergleichen sagte, musste sie ebenfalls spüren, dass etwas zwischen uns passierte. Denn als ich am nächsten Tag von der Uni nach Hause kam, wartete eine Überraschung auf mich.

Fiona öffnete mir die Wohnungstür mit einem breiten Grinsen. »Willkommen im besten Spa von St. Andrews. Komm rein, komm rein.«

Verdutzt ließ ich mich von ihr durchs Wohnzimmer ziehen. »Spa?«, fragte ich zweifelnd. »Habe ich was verpasst?«

Unerbittlich zog Fiona mich weiter Richtung Bad. »Gestern Abend ist mir endlich klar geworden, was du brauchst: eine Auszeit. Du arbeitest und lernst mehr als irgendjemand sonst. Und wenn du nicht gerade arbeitest oder lernst, machst du dir viel zu viele Gedanken.«

Wo sie recht hatte ...

»Also dachte ich, wenn du dich schon selbst nicht entspannen kannst, bringe ich die Entspannung eben zu dir.« Mit einem triumphierenden »Tadaaa« stieß Fiona die Badezimmertür auf, und meine Kinnlade fiel herab.

Sie hatte ein Schaumbad für mich vorbereitet. Friedlich segelten Seifenblasen durch die Luft. Überall im Bad waren Kerzen verteilt, es duftete herrlich. Im Hintergrund lief leise Musik – meine Lieblingsplaylist –, und Fiona hatte das Buch, das ich gerade las, gemeinsam mit einer Gesichtsmaske neben die Wanne gelegt. Mit großen Augen nahm ich alles in mich auf, während sich meine Kehle zuschnürte. »Das ... das ist ...«, stammelte ich. »Danke.«

»Genieß es.« Fiona drückte meinen Arm. »Und ruf einfach, wenn du noch etwas brauchst.«

Tränen traten mir in die Augen, doch diesmal waren es Tränen der Rührung. Meine längst in mir herangewachsenen Gefühle für diese wundervolle Powerfrau sprudelten über. Als sie sich zum Gehen wandte, packte ich sie am Handgelenk und drehte sie zu mir um, damit ich ihr in die Augen sehen konnte. Dann nahm ich all meinen Mut zusammen und sagte: »Ich finde, du solltest mit mir in die Badewanne kommen.«

»Und dann und dann und dann?«, fragte Marly mit glänzenden Augen. Sie hatte sich vor Spannung so fest an die Stoffserviette auf dem Teller vor ihr geklammert, dass diese nun vollkommen zerknittert war.

Fiona warf ihr einen fassungslosen Blick zu. »Dann bin ich natürlich mit Ellie in die Badewanne gegangen, was denkst du denn?!«

»Verdammt, das ist so ziemlich das Romantischste, was ich je gehört habe«, seufzte Marly verzückt.

»Deine und Jacks Geschichte ist doch auch hochgradig romantisch«, meldete sich Rachel zu Wort. Das braune Haar im Nacken zu einem Chignon-Knoten gedreht, kam Marlys beste Freundin auf schwindelerregend hohen Absätzen herüber und setzte sich zu ihnen.

»Deine und Blakes aber auch«, pflichtete Marly ihr bei.

»Du nennst Blakes und meine Story romantisch?« Rachel schnaubte. »Wohl eher anstrengend.«

»Was?« In diesem Moment tauchte ihr Freund Blake hinter ihr auf. »Hast du mich gerade *anstrengend* genannt?«

»Nicht dich!« Rachel drehte sich zu ihm um und gab ihm einen liebevollen Klaps auf den Po. »Wir haben bloß ziemlich lange gebraucht, um zueinander zu finden.«

»Ach, gib's zu, du warst von Anfang an total beeindruckt von meinen romantischen Skills.« Blake zwinkerte ihr zu.

Rachels Grinsen wurde verschlagen. »Von deinen *Skills*, ja. Aber ganz sicher nicht von deinen romantischen.« Der Blick, den Blake ihr daraufhin zuwarf, hätte die gesamte Hochzeitstafel in Brand stecken können.

»Und wie ging es dann weiter?«, fragte Marly eilig an Ellie gewandt, bevor die beiden vor aller Augen übereinander herfallen konnten.

Ellie lächelte, den verträumten Blick auf die Passamaquoddy-Bucht gerichtet, wo die Boote auf dem Wasser schaukelten. »Dann begann die schönste Zeit meines Lebens.«

»Aber wie habt ihr euch verlobt?«, bohrte Marly weiter nach.

Fiona hob ergeben die Hände. »Okay, diese eine Sache erzählen wir euch noch, bevor wir das Büfett plündern.« Sie grinste breit. »Aber nur, weil die Story wirklich gut ist.«

FIONA

Ellie hatte mir die Augen mit einem Halstuch verbunden. Das war an sich schon merkwürdig, aber dazu kam auch noch ihre Geheimniskrämerei. Sie hatte mich in ihr Auto verfrachtet, und wir fuhren eine halbe Ewigkeit, bis wir schließlich ausstiegen und ein Gebäude betraten. Ein paar Treppen später wehte mir frischer Wind um die Nase.

»Ich weiß ja, dass du mich liebst, Babe, aber dass du so weit gehen würdest, mich zu kidnappen, nur um mich für dich allein zu haben, das habe ich nicht kommen sehen.«

Ellie lachte. »Warte es einfach ab.« Sie führte mich an der Hand weiter, während ich hinter ihr herstolperte. Ich hörte Bäume rauschen und Ellie direkt vor mir atmen. Sonst gab es keine Anhaltspunkte darauf, wo wir uns befanden.

Ellie blieb stehen und drehte mich ein wenig. Nachdem sie mich zu ihrer Zufriedenheit positioniert hatte, ließ sie mich los. »Du kannst die Augenbinde jetzt abnehmen.« Ihre Stimme klang verändert, irgendwie gerührt und nervös zugleich. Besorgt riss ich mir das Halstuch vom Gesicht – und erstarrte.

Zuerst sah ich nur Rot. So viel Rot, dass ich mehrmals blinzeln musste. Dann wurde mir klar, dass wir von Dutzenden Luftballons in Herzform umgeben waren. Sie bedeckten die gesamte Fläche, auf der wir standen, eingerahmt von einem Geländer und umgeben von Bäumen, deren Laub sich bereits zu verfärben begann.

In dem Moment erkannte ich, wo wir waren. Auf dem Balkon unserer alten Uni. An dem Ort unserer ersten Begegnung. Und da wusste ich auf einen Schlag, was es mit all der Geheimniskrämerei auf sich hatte. Wie von selbst wanderte meine Hand zu der Tasche, in der ich seit zwei Wochen einen Ring mit mir herumtrug. Ellie war mir zuvorgekommen. Plötzlich wurde mir die Kehle eng. »Ellie, ich …« Meine Stimme brach.

Sie trat dicht vor mich und nahm meine Hände. Ihre Augen glänzten feucht, doch ihre Stimme klang fest. »Vor fast genau drei Jahren haben wir uns an diesem Ort kennengelernt. Das war zu einer Zeit in meinem Leben, in der ich mich furchtbar schwer gefühlt habe. Ich war so hoffnungslos, so überzeugt davon, dass mein Herz nie leichter werden würde. Und dann kamst du in mein Leben. Hier, auf diesem Balkon. Seitdem gibst du mir jeden Tag das Gefühl, vor Glück zu schweben. Dank dir habe ich endlich meine Flügel ausgebreitet und bin abgehoben. Endlich habe ich keine Angst mehr, weil du an meiner Seite fliegst.«

Ellie ließ meine Hände los und holte einen silbernen Ring aus ihrer Hosentasche, den sie mir mit zitternden Fingern präsentierte. Als ich ihn sah, musste ich mir ein ungläubiges Lachen verkneifen.

»Fiona Gérard«, fuhr sie fort. »Ein Leben ohne dich kann ich mir nicht mehr vorstellen. Willst du mich heiraten?« Ich hielt ihren Blick fest, während ich eine Hand in meine Tasche gleiten ließ und den Ring herauszog. Es war das gleiche Modell. »Aber nur, wenn du mich auch heiratest«, lachte ich, während ich ihn ihr vor die Nase hielt.

Ellies Augen wurden groß. »Aber ... wie?«

»Nenn es Zufall, nenn es Schicksal. Ich nenne es Liebe.«

Sie schluckte. Sah mich an. Dann den Ring. Und dann den anderen Ring. »Also ist das ein Ja?«

»Ja, ja, tausendmal ja!« Ich schlang die Arme um Ellie – *meine* Ellie – und drückte sie so fest an mich, dass sie nach Luft schnappte.

»Ja«, flüsterte sie mir mit tränenerstickter Stimme ins Ohr. Dann lehnte sie sich leicht von mir fort in Richtung der Balkonbrüstung und rief: »Sie hat Ja gesagt!«

»Was? Mit wem redest du da?«, fragte ich verwirrt. Doch mir blieb keine Zeit nachzusehen. Wenige Sekunden später stiegen weitere rote Herzen überall um uns herum auf, bis wir von einem Meer aus Luftballons umgeben waren.

Mit offenem Mund verfolgte ich ihren Flug zum blauen Himmel. Dann stürzte ich zum Geländer und spähte nach unten. Dort standen meine besten Freunde Will, Blake und Jack und winkten mir jubelnd zu. Sie mussten die ganze Zeit dort gewartet und die Ballons auf Ellies Zeichen hin losgelassen haben.

Ich fuhr zu Ellie herum. »Und was, wenn ich Nein gesagt hätte?«

Ellie lachte. »Dann hätte ich mich wahrscheinlich an die Ballons gehängt und mich von ihnen weit wegtragen lassen.«

Ich zog sie an mich und gab ihr einen langen Kuss. »Du brauchst keine fremde Hilfe, um zu fliegen. Und von mir wegfliegen brauchst du schon gar nicht, denn ich kann es kaum erwarten, den Rest meines Lebens mit dir zu verbringen.«

»Dann ist ja gut.« Ellie küsste mich wieder. Während wir eng umschlungen auf dem Balkon standen, spielte der Wind mit meinem Haar und rauschte mir in den Ohren. Fast war es, als würde er unsere Namen flüstern.

Ellie und Fiona.

Fiona und Ellie.

Der schönste Klang der Welt.

»Aaaw.« Marly wischte sich ein Tränchen aus dem Augenwinkel. Ihr Freund Jack hatte sich während der Geschichte zu der Gruppe gesellt und schlang nun von hinten die Arme um sie. »Ist es nicht schön?«, hauchte sie und sah zu ihm auf.

Jack nickte grinsend. »Und ich war sogar live dabei.«

»Live war es noch ergreifender«, schluchzte Blake. »Die Herzchenballons und ... einfach alles!«

Nun blinzelte auch Rachel mehrmals heftig und reichte ihm kommentarlos ein Taschentuch.

Fiona legte Ellie einen Arm um die Schultern und zog sie an sich. Ihr Duft nach Vanille und Rosenblüten hüllte sie ein, als Ellie sich an sie schmiegte.

Einen Moment später ließ sich Liv, die Braut, auf den freien Platz neben Marly plumpsen und beugte sich an ihr vorbei, um einen der Cupcakes von der Etagere auf dem Tisch zu stibitzen. »Puh, ich bin am Verhungern. Vor lauter Aufregung habe ich heute noch nichts gegessen.« Mit einer Hand rückte sie den Blumenkranz auf ihrem langen blonden Haar zurecht, während sie in den Cupcake biss.

Will, der Bräutigam, tauchte hinter Liv auf und stellte einen voll beladenen Teller vor ihr ab. Daraufhin drehte sie sich mit leuchtenden Augen zu ihm um. »Danke!«

Er lächelte sie verliebt an. »Habe ich vom Büfett geklaut, bevor es losgeht.«

»Du weißt eben immer, was ich gerade brauche.« Liv zog ihn auf den Stuhl neben sich, um das Essen mit ihm zu teilen. Die beiden bemerkten nicht, wie sich die tränenverschleierten Blicke ihrer Freunde auf sie richteten.

»Apropos romantische Story …« Rachel sprach das aus, was alle gerade denken mussten. Vor Rührung schluchzte Blake noch lauter, und Jack gab Marly einen liebevollen Kuss auf den Scheitel.

Fiona betrachtete das frisch verheiratete Paar, während sie mit dem Ring an der Kette um ihren Hals spielte. Dann ließ sie den Blick über die versammelten Menschen schweifen, die sie am meisten liebte. All ihre besten Freunde hatten nun ebenfalls die große Liebe gefunden, und sie waren an diesem wolkenlosen Julitag am Pier von St. Andrews zusammengekommen, um genau das zu feiern. Sie wusste, dass auch wieder schwerere Zeiten kommen würden, zum Beispiel, wenn Ellie sich nächsten Monat nach all den Jahren zum ersten Mal mit ihrer Mutter traf, um sich auszusprechen. Doch für den Moment wollte Fiona ihr gemeinsames Glück einfach nur genießen.

Als der Wind diesmal auffrischte, begrüßte sie ihn in Gedanken wie einen alten Freund. Und als niemand hinsah, flüsterte sie ihm lautlos zu: *Danke.*

Christian Handel wurde in der Schneewittchen-Stadt Lohr am Main geboren, die im sagenumwobenen Spessart liegt. Inzwischen lebt er allerdings in Berlin und ist selbst davon überrascht, wie sehr er sich als Landpflanze im Großstadtdschungel wohlfühlt. Er begeistert sich für Stoffe über starke Frauen, märchenhafte Motive und queere Themen. Die von ihm herausgegebene Anthologie *Hinter Dornenhecken und Zauberspiegeln* wurde 2017 mit dem Deutschen Phantastik Preis ausgezeichnet. Zuletzt erschien sein Märchenfantasyroman *Schattengold — Ach, wie gut, dass niemand weiß …*, der 2023 auf die Longlist für den Phantastikpreis der Stadt Wetzlar gewählt wurde.

Christian Handel

Die Sehnsucht der Nachtigall

NINA

Von der leer stehenden Villa am Rande des Volksparks geht etwas Finsteres aus. Und das nicht nur, weil es sie eigentlich nicht geben sollte.

Ich weiß, dass es Joris lieber wäre, ich würde nicht immer wieder hierher zurückkehren, angezogen von dem verfallenen Gemäuer wie eine Motte vom Licht. Aber ich kann nicht anders. Sie hat mich verändert. Joris mag mich aus diesen Mauern gerettet haben, aber die Zeit zurückdrehen kann er nicht. Vielleicht war es bereits zu spät, als er in jener Spätsommernacht in die Villa gekommen ist, mit nichts bewaffnet als einer purpurroten Blume. Vielleicht trägt nicht sie daran die Schuld, dass diese Sehnsucht in mir erwacht ist. Vielleicht ist es dieser Traum:

Ich renne die Straße hinter meinem Elternhaus entlang, es geht steil hügelabwärts. Meine Füße stecken in meinen Lieblingssneaks, den himmelblauen mit den reflektierenden Sternen. Mit jedem

Schritt verlieren sie etwas mehr an Bodenhaftung. Es ist ein heißer Sommertag, schwer vom Geruch des erwärmten Teerbelags und dem Staub der trockenen Weizenfelder, die sich rechts von mir erstrecken, so weit das Auge reicht. Die Luft steht, aber mir bläst ein Windzug die Haare aus dem Gesicht, weil ich immer schneller werde.

Die Kornfelder verschwimmen zu blassgelben Farbklecksen, die Welt fliegt an mir vorbei, und plötzlich liegt sie unter mir. Meine Füße setzen nicht mehr auf der Straße auf, sie treten Luft. Instinktiv beginne ich, mit den Armen zu rudern, dann, sie auf und ab zu bewegen, als seien sie Flügel. Und obwohl das eigentlich nicht möglich sein sollte, es nicht möglich sein kann, tragen sie mich. Die Felder, das Buschwerk zwischen ihnen und die Häuser unseres Dorfes werden unter mir kleiner und kleiner. Die Menschen auf den Gehsteigen schrumpfen zu winzigen Punkten. Ich gehöre nicht mehr zu ihnen. Mein Name ist Nina Lundström, ich bin dreizehn Jahre alt und – ein Lachen bahnt sich glucksend seinen Weg – ich fliege!

Ich fliege wirklich!

Ich bin frei.

Und habe überhaupt keine Angst. Niemals zuvor habe ich mich so glücklich gefühlt.

Dann wache ich auf.

Nacht für Nacht habe ich diesen Traum. Seit einem Jahr sucht er mich heim. Und ich weiß auch, warum.

Berlin im Sommer 2024

Es ist ein später Nachmittag, und Joris und ich haben nach der Arbeit gemeinsam eingekauft. Freitags lässt uns Tomasz früher gehen. Zumindest, wenn keine Modeshows oder Events anstehen. Jetzt schleppen wir statt Ballen von Seide und Tüll schwere Einkaufstaschen. Die Sonne brennt. Es ist das perfekte Wetter für einen Abend auf unserer Dachterrasse. Zum Einkäufeschleppen ist es jedoch definitiv zu warm.

»Nicht ganz so schnell«, flehe ich, als die Fußgängerampel auf Grün springt und Joris sofort wieder losrennt.

»Das Eis muss in den Kühlschrank«, antwortet er.

»Dann lass uns durch den Park gehen.«

Er zögert, erwartungsgemäß, obwohl uns die Abkürzung eine Viertelstunde sparen würde. Ihm ist klar, dass der kürzere Weg nur einer der beiden Gründe ist, warum ich dort entlanggehen will. Und er weiß, dass ich weiß, dass er es weiß.

»*Nur* durch den Park«, verspreche ich. »Wir halten nicht an.«

»Sicher?«

»Sicher.«

Er wirft einen Blick auf die Tragetasche mit dem Vanilleeis und seufzt. »Wir hätten ein Taxi nehmen sollen.«

Trotzdem biegt er in die breite Straße ein, die zum Volkspark führt. Als wir an dem düsteren Hexenhaus mit seiner bröckelnden Fassade und den staubblinden Fenstern vorbeikommen, wird er langsamer, wie um sicherzugehen, dass ich nicht unbemerkt hinter ihm zurückbleibe. Ich nutze das als Ausrede, um noch langsamer als er zu werden.

Die Villa ist nicht immer da. Manchmal endet die Straße mit einem lieblos in Ocker gestrichenen Reihenhauskomplex. Ab und an jedoch verlängert sie sich, und man kommt an einer hohen Backsteinmauer und einem schmiedeeisernen Tor vorbei, hinter dem sich majestätisch eine absurd verkünstelte Villa erhebt. Natürlich kann sie nur jemand sehen, in dessen Adern das Blut eines übernatürlichen Wesens fließt. Joris'

Großmutter war eine Waldnymphe, und die Familie meines Vaters stammt von Brownies ab. In der Magischen Gesellschaft Berlins sind wir allenfalls Leichtgewichte. Doch unser Erbe erlaubt uns immerhin, durch Illusionen sehen zu können. Heute haben wir Glück – oder Pech, wenn es nach Joris geht: Die Villa ist da. Ein Prunkbau ist sie aber nicht. Autoabgase und Staub verschmutzen ihre leuchtend violette Fassade. Der Anblick versetzt mir einen Stich. Solange die Villa aussieht wie ein Ballkleid, an dem die Motten gefressen haben, ist *sie* nicht zurückgekehrt.

»Komm«, drängt er mich jetzt, achtet jedoch darauf, dass seine Stimme sanft klingt. »Lass uns schnell weitergehen. Das Eis.«

Es geht nicht um das Eis, natürlich nicht, doch auch das sage ich nicht. Stattdessen nicke ich und beschleunige meine Schritte.

Als ich glaube, dass er nicht hinsieht, lasse ich meinen Blick an der Hausfassade entlang nach oben gleiten, prüfe ein Fenster nach dem anderen. Jedes einzelne von ihnen ist dunkel und leer. Wir haben das Ende der Straße fast erreicht, als ich es sehe. Die Griffe der Stofftasche mit den Einkäufen gleiten mir fast aus der Hand.

»Nina?«, fragt Joris beunruhigt.

»Nichts«, lüge ich, doch er lässt nicht locker.

»Hast du etwas gesehen?«

»Wahrscheinlich nur eine Reflexion der Sonne.«

Ich wende mich ab von der Villa, will verhindern, dass Joris sie genauer in Augenschein nimmt. In einem der Fenster ist Kerzenlicht aufgeflackert, da bin ich mir ganz sicher.

»Sollen wir den Grauen Rat informieren?«, fragt er, als wir zwischen zwei Büschen in den Volkspark eintauchen. Der Graue Rat hat das Sagen über die Magische Gemeinschaft in

Berlin. An sie habe ich auch ein Bittgesuch gerichtet, mir zu helfen. Eine Antwort steht immer noch aus.

»Ich weiß nicht«, sage ich, weil ich Joris mit einem direkten »Nein« nicht beunruhigen will – und weil der Rat der Rat ist. Auf dem Papier hat er sich verpflichtet, alle magischen Wesen innerhalb der Stadtgrenzen zu schützen. Doch im echten Leben merkt man davon nicht viel.

Er kaut auf seiner Unterlippe. »Wir sagen Tanner nachher Bescheid«, beschließt er dann.

»Gute Idee.«

Dann muss ich mich regelrecht dazu zwingen, an Joris' Seite durch den Volkspark zu gehen, ohne mich umzudrehen und in den blinden Fenstern der Villa nach verdächtigen Lichtreflexionen zu suchen.

Joris hat recht: Mit Tanner zu sprechen ist vermutlich das Klügste. Aber ich bin in letzter Zeit nicht gerade für meine klugen Entscheidungen bekannt.

Joris und ich haben uns auf der Arbeit kennengelernt. Heute arbeitet er als Assistent für Tomasz, aber damals hat er noch gemodelt. Als bei einer Show während der Fashion Week eine Schneiderin ausfiel, hat Tomasz mich mit zur Location geschleppt und angewiesen, Last-Minute-Änderungen an Joris' Outfit vorzunehmen. Auf der Aftershow-Party kam er direkt auf mich zu, bedankte sich für meine Hilfe und begann eine der besten Unterhaltungen, die ich je in meinem Leben geführt hatte. Daraus wurde ziemlich schnell ein Flirt, und nach der Party schafften wir es irgendwie nicht mehr, damit aufzuhören.

»Das ist ja nicht auszuhalten mit euch«, warf uns Tomasz eine Woche später in der Kaffeeküche vor. »Nun küsst euch schon endlich.«

Und das haben wir dann auch.

»Vorsicht«, warnte er mich damals. »Wenn du immer so küsst, lasse ich dich nie wieder los.«

Drei Jahre ist das jetzt her, und ich war mir sicher, nie etwas anderes zu wollen als seine Küsse und seine Umarmung. Dann bin ich *la sorcière* ins Netz gegangen, und alles änderte sich. *Wir* änderten uns.

Koboldlichter schweben wie Regenbögen in Kugelform zwischen den Grünpflanzen und über dem Tisch, auf dem Joris und ich Getränke und Leckereien aufgebaut haben. Die Nachbarn von gegenüber werden annehmen, wir hätten Lampions oder Lichtergirlanden auf dem Balkon aufgespannt. Der süße Duft von Honigmelone und Erdbeerbowle steigt mir in die Nase, und einer von Tanners praktischen Kristallzaubern hält die Insekten fern.

Tanner ist ein Inkubus, der schon seit Ewigkeiten für den Grauen Rat arbeitet. Kara ist seine Mitbewohnerin, eine Schwanenjungfrau. Nachdem wir alle mindestens drei Gläser Bowle intus haben, fühle ich mich mutig genug, sie auf das Thema anzusprechen, das mich bereits seit Tagen quält: »Hast du mit der Anführerin deines Schwarms gesprochen?«

Kara senkt den Blick, und da ahne ich bereits, wie ihre Antwort ausfällt.

»Tut mir leid«, sagt sie. »Das Federkleid ist bereits der Tochter ihrer Cousine versprochen.«

»Natürlich«, antworte ich dumpf.

Das war es also. Schwanenjungfrauen organisieren sich in Schwärmen. Die Anführerin des jeweiligen Schwarms bestimmt darüber, wer ein Federkleid erhält, das von einer Schwanenjungfrau aufgegeben wurde – weil diese sich ein anderes Leben wünscht oder tragischerweise verstorben ist.

Mit so einem Kleid kann sich selbst eine Menschenfrau in einen Schwan verwandeln. Sie muss dafür noch nicht einmal mehr Jungfrau sein. Trotz ihrer Eigenbezeichnung haben die Schwanenjungfrauen diesen alten Brauch längst hinter sich gelassen.

Die Mäntel sind jedoch kostbar und selten, und den einen, um den ich mich beworben habe, erhält nun jemand anderes.

Joris legt seine Hand auf mein Knie. »Und der Graue Rat?«, fragt er Tanner.

Der schüttelt bedauernd den Kopf. »Nicht zum jetzigen Zeitpunkt.«

Frustriert schließe ich die Augen.

»Aber du sollst gern im nächsten Frühjahr noch einmal fragen.«

Ja, klar. Als ob.

Tanners Stimme ist anzuhören, dass ihm seine nächsten Worte unangenehm sind. »Sie haben gefragt, ob du dich inzwischen an irgendetwas erinnerst.«

»Ob ich mich an irgendetwas erinnere?«, fauche ich ungläubig. »Du meinst, außer, dass mich letzten Sommer ein verdammter magischer Bann in eine Villa gelockt hat und ich in eine Nachtigall verwandelt worden bin, obwohl es die verdammte Aufgabe des Rates ist, dafür zu sorgen, dass genau das nicht geschieht?«

Diese Narzissten! Warum fragen sie mich nicht selbst, wenn sie mehr Informationen wollen? Weil ich nur ein armer kleiner Brownie bin, mit zu wenig Magie im Blut, als dass es nennenswert wäre. Zu wenig Magie, als dass sie ernsthaft versuchen würden, mir zu helfen. Oder mich zu beschützen.

»Du kannst ihnen sagen, dass ich mich an alles aus dem letzten Sommer erinnere: Wie es war, als mir plötzlich Federn gesprossen sind, wie es war, in einem beschissenen Käfig eingesperrt worden zu sein, wie es war, nachts zu fliegen. Und wie es *ist*, nun nicht mehr fliegen zu können.«

Tanner hebt abwehrend die Hände.

»Nina, ich ...«

»Sag besser nichts mehr«, unterbricht ihn Joris, legt mir den Arm um die Schultern und zieht mich an sich. Durch den engen Körperkontakt spüre ich, dass auch sein Herz schneller schlägt.

»Alles gut«, murmle ich, damit er sich beruhigt, obwohl ich selbst innerlich noch koche.

Meine Verwandlung im letzten Sommer hat in mir die Sehnsucht nach dem Fliegen geweckt, in Joris den Beschützerinstinkt. Vielleicht weil er es war, der mich gerettet hat. Er hat sein ganzes Vermögen dafür ausgegeben, eine magische Blume zu erwerben, die jeden Zauber zu brechen vermag. Der feste Griff seiner Finger um meine Schulter erinnert mich jedoch daran, dass er nicht nur mit Geld bezahlt hat, sondern auch mit seiner Unbeschwertheit. Seit letztem Sommer hat Joris so große Angst davor, mich zu verlieren, dass er mich keine Sekunde mehr aus den Augen lässt. Wirft er sich selbst vor, mich nicht beschützt zu haben. Und scheint es sich zur Aufgabe gemacht zu haben, dafür zu sorgen, dass es mir zu jeder Sekunde gut geht. Wir haben darüber gesprochen, dass seine Überfürsorglichkeit mich fast erstickt. Doch Joris kann sie ebenso wenig abschalten wie ich meinen Wunsch nach Flügeln. Die Sehnsucht nach dem Fliegen ist in manchen Nächten so stark, dass ich Angst habe, von der Dachterrasse aus in die Dunkelheit zu springen, weil ich hoffe, dass mir Schwingen wachsen.

»Kommt ihr mit ins *Berghain*?«, fragt Kara, bemüht, die Stimmung zu heben.

Ich fange Joris' hoffnungsvollen Blick auf, schüttle jedoch den Kopf. »Heute nicht. Danke.«

Unsere Gäste nicken, als hätten sie nichts anderes erwartet. Ist es so lange her, dass Joris und ich sie begleitet haben? Wie lange wird es wohl dauern, bis sie uns gar nicht mehr fragen?

»Geh ruhig mit«, versuche ich, wenigstens Joris' Abend zu retten.

Natürlich sagt er Nein. »Ich bin auch müde«, behauptet er, und obwohl ich mich freuen sollte, macht mir seine Antwort Bauchschmerzen. Er begleitet Kara und Tanner nicht, weil er mich nicht allein lassen will. Ich liebe diesen Mann, wirklich, aber das Gefühl, kaum eine Minute für mich zu haben, macht mich noch wahnsinnig.

Unsere Gäste helfen uns, den Tisch abzuräumen.

Nachdem sie gegangen sind, verschwinde ich im Bad, um mir die Zähne zu putzen. Allein. Ich habe ein schlechtes Gewissen, dass sich das so gut anfühlt.

Hätten wir doch mit den beiden ins *Berghain* gehen sollen? Nein. Das hätte mein Problem nicht gelöst. Ich will nicht tanzen. Ich will fliegen.

»Wir finden einen Weg«, murmelt Joris in mein Ohr, nachdem wir uns ins Bett gelegt haben. Es ist noch nicht einmal Mitternacht. Ich drehe mich zu ihm und suche seine Lippen mit den meinen. Er schmeckt nach Erdbeerbowle und der Minze seiner Zahnpasta. Sanft streicheln seine Finger über meine Wange. Ich liebe ihn wahrhaftig. Trotzdem drehe ich mich von ihm weg.

»Ich bin müde. Lass uns schlafen, ja?«

Über eine Stunde lang dauert es, bis Joris' Atemzüge vom Schlaf langsam und gleichmäßig geworden sind. Vorsichtig, wie die Diebin, die ich zu werden gedenke, schlüpfe ich unter der Decke hervor und aus dem Schlafzimmer. Ich schließe die Tür leise, verzichte darauf, im Flur das Licht anzumachen. Im Wohnzimmer liegen eine Jogginghose und ein altes T-Shirt, die ziehe ich an. Die Turnschuhe, für die ich mich entscheide, sind nicht himmelblau wie in meinem Traum, und auch ohne Sternchen; ich nehme sie in die Hand, um sie erst im Treppenhaus anzuziehen. Auf keinen Fall will ich Joris wecken.

Bevor ich die Wohnung verlasse, schleiche ich mich auf die Dachterrasse und greife nach dem grün lackierten Blumentopf, in den Joris die Purpurblume eingepflanzt hat. Das schlechte Gewissen zwickt an mir, doch ich nehme sie mit – nicht nur, damit Joris sie nicht verwenden kann.

Verräterin, flüstert mein schlechtes Gewissen mir zu, kalt und gehässig. Trotzdem atme ich auf.

Um kurz nach eins fällt die Haustür ins Schloss. Die Straße liegt verlassen vor mir, obwohl es für Berliner Verhältnisse noch nicht spät ist. Kara und Tanner stehen garantiert noch in der Schlange vor dem *Berghain*. Aber wir sind hier in Wilmersdorf, und da herrscht um diese Zeit tote Hose.

Als ich in die Seitenstraße einbiege, die zum Volkspark führt, beginne ich zu laufen. Das Geräusch meiner Schuhsohlen auf dem Asphalt kommt mir unnatürlich laut vor. Die hellen Fenster der Villa leuchten mir bereits von Weitem den Weg. Mein Herz schlägt schneller. Ich hatte recht. *Sie* ist wieder hier! Die Stadtvilla erstrahlt in herrschaftlichem Glanz. Keine Spur mehr von Schmutz und Verfall. Das Mauerwerk wirkt wie frisch gestrichen, Koboldlichter schweben im Hof. Sie locken mich wie Elmsfeuer. Ich bin die Fliege, die sich freiwillig ins Netz der Spinne stürzt.

»Nina«, begrüßt mich *la sorcière*, als hätte sie mich erwartet. Instinktiv weiß ich, dass sie diesmal keinen Bann über mich geworfen hat. Das ist gar nicht notwendig. Sie sitzt in einem Ohrensessel aus senfgelbem Samt und sieht aus, als sei sie um Jahrzehnte gealtert. Dennoch ist sie immer noch schön.

»Hat mein Vögelchen in sein Nest zurückgefunden?«

Sie steht nicht auf, um mich zu begrüßen, lehnt lässig im Sessel und beobachtet mich. Meine Finger krallen sich um den Blumentopf. Ihr Blick richtet sich auf die Blume darin, und eine Emotion flackert kurz in ihren eisblauen Augen auf, zu schnell, als dass ich sie deuten kann. Ist es Furcht? Gier? Beides?

»Ist die für mich?«

»Sie ist kein Geschenk.«

»Ich wusste, du würdest zurückkommen«, behauptet sie.

Jetzt nur nicht nachgeben. »Dann weißt du ja auch, was ich von dir will.«

»Ich kann es mir denken.«

»Wirst du mir helfen?« Die Hoffnung treibt mich einen Schritt voran, näher auf sie zu.

Vergiss nicht, wer sie ist, flüstert eine angsterstickte Stimme in meinem Kopf.

Doch ich habe die Blume. Die Blume, die sie schon einmal in die Flucht geschlagen hat: ein Bannbrecher, der sie in Schach halten, sie besiegen, vielleicht sogar sie vernichten kann. Und die sie unbesiegbar machen könnte, wenn sie sie besitzt. Noch aber halte ich sie in den Händen. Und ich werde nicht zulassen, dass sie mich noch einmal so schnell in eine Falle lockt.

»Ich helfe dir«, sagt *la sorcière* endlich, »wenn du sie mir überlässt.«

Sie deutet auf die Pflanze, natürlich. Ich schüttle den Kopf. Mein Kopf glüht, als ich an das kleine Vermögen denke, das Joris für diese Blume geopfert hat. Für mich.

»Erst will ich ein Federkleid«, teile ich ihr mit.

Sie schnalzt mit der Zunge. »Kluges Mädchen.«

»Und Antworten.«

Mit einer fließenden Bewegung steht sie auf. Das Kleid, das sie trägt, könnte von Tomasz stammen, so prächtig und extravagant ist es. Allerdings bin ich mir sicher, dass er ihr nie etwas verkaufen würde.

»Neugierige kleine Nachtigall«, gurrt sie. »Du hast dazugelernt. Stell den Topf beiseite und komm mit.«

Das werde ich nicht tun. Vermutlich liegt es nur an der Blume, dass mich *la sorcières* Sirenenbann heute nicht einfängt. Als Antwort auf ihren Kommentar drücke ich den lackierten Topf fester an mich.

Mein Gegenüber spitzt missbilligend die Lippen, dann zerfließen ihre Züge wieder zu der freundlichen Maske, mit der sie ihrer Umwelt etwas vorspielt.

Sie winkt mich mit dem Zeigefinger zu sich, als sei ich ein kleines Mädchen – und wer weiß, vielleicht bin ich das an Jahren im Vergleich zu ihr ja tatsächlich. In diesem Augenblick erinnert sie mich an die Hexe aus dem Knusperhäuschen in *Hänsel und Gretel*.

Ohne darauf zu warten, ob ich ihr folge, dreht sie sich um und geht in die hintere Ecke des Salons, wo eine geschwungene Freitreppe mit honigfarben glänzenden Holzstufen auf eine Galerie führt. Die Stufen fühlen sich seltsam unter meinen Füßen an; als sei das Holz morsch, obwohl es blank poliert aussieht.

Ohne ein Wort führt mich meine Gastgeberin zu einem prächtigen Spiegel, der mir von unten gar nicht aufgefallen ist. Er besitzt einen reich verzierten Bronzerahmen, der blühenden Rosenranken nachempfunden ist.

»Bereit?«, fragt sie, als wir davorstehen.

Im Glas sieht sie, wie mein Spiegelbild nickt.

La sorcière hebt ihre Hand und presst sie mit der ganzen Fläche auf den Spiegel. Wellen rollen über das Glas, als bestünde die Oberfläche aus Wasser. Das Bild von uns zerspringt. Als sich die Silberscheibe wieder beruhigt, kommt es mir vor, als blickte ich durch ein Fenster in einen anderen Raum: *La sorcière* steht in der Mitte einer kargen Burgruine. Das Dach fehlt, und Bäume strecken ihre belaubten Äste über das Mauerwerk. Ihre Kronen filtern das Sonnenlicht.

Die Zauberin trägt ein blütenweißes Kleid, wie eine Braut, doch ihr Gesicht ist uralt, von zahlreichen Runzeln überzogen, das lockige Haar fällt ihr lang und silbergrau über die Schultern.

Die Gestalt im Spiegel hebt beide Hände in die Höhe, und ihre Lippen beginnen sich zu bewegen, aber ich höre nichts. Plötzlich fliegen aus allen Richtungen Vögelchen auf sie zu. Sie setzen sich auf ihre Arme, auf ihren Kopf, lassen sich im Kreis um ihre Füße nieder. Es sind Amseln und Drosseln, Rotkehlchen, Tauben und Spatzen. Auch eine Nachtigall ist darunter. Ich muss schlucken. Die Umrisse der Vögel beginnen zu leuchten und zu verschwimmen, als befänden sie sich vor einer gewaltigen Lichtquelle, die soeben angeknipst wurde. Fast erwarte ich, dass sie sich in junge Mädchen verwandeln. Doch etwas anderes geschieht: Das Licht bündelt sich. Wie Fäden, die miteinander verflochten werden, verdreht es sich zu einem Strang, der sich wie eine Schlange bewegt und direkt auf die Brust von *la sorcière* zuhält. Als die Lichtpeitsche sie berührt, erstrahlt auch ihre Gestalt in überirdischem Glanz. Ich muss die Augen zu Schlitzen zusammenkneifen.

Das Licht erlischt, und plötzlich ist *la sorcière* im Spiegel nicht mehr die Alte, die sie soeben noch war, sondern eine junge Frau, jünger noch als die, der ich vor einem Jahr begegnet bin. Jünger als die Frau auf der Galerie neben mir. Die Vögel flattern auf und fliegen davon.

Allerdings nicht alle. Ein paar sind dafür zu schwach. *La sorcière* hebt sie auf und setzt sie in Käfige, die in den leeren Fensteröffnungen der Ruine stehen.

Die echte *la sorcière* nimmt die Hand vom Glas, und es verwandelt sich wieder in einen gewöhnlichen Spiegel. Die Ruine auf der Waldlichtung ist verschwunden, da sind nur noch wir beide: *la sorcière* mit einem neugierigen Blick, ich, die angstvoll die Purpurblume an sich drückt.

»Und?«, fragt sie.

»Was?«, antworte ich.

»Das war deine Antwort. Hast du sie verstanden?«

»Die Vögel …«, murmle ich, in Worte kleidend, was mein Kopf erst nach und nach begreift. »Durch sie wirst du jünger.«

»Sie schenken mir Lebenszeit, ja.«

»Schenken? Du nimmst sie ihnen!«

Sie bewegt ihre Hand, als wolle sie eine Fliege vertreiben. »Es sind nur Vögel.«

Wut kocht in mir auf. »Sind sie das?«

Und selbst wenn es Vögel wären, hätten sie das nicht verdient.

»Es sind nicht nur Vögel, nicht wahr?«, schiebe ich hinterher. »Es sind junge Frauen wie ich.«

Ruckartig dreht sie sich zu mir und mustert mich mitleidslos. »Wie du sagst: Sie sind jung. Was sind schon ein paar Monate ihrer Zeit?«

»Ich habe die Vögel in dieser … Vision gesehen. Ein paar

von ihnen waren so schwach, dass sie nicht mehr davonfliegen konnten.«

»Ich habe mich gut um sie gekümmert.«

Ich kann nicht glauben, was sie da sagt.

»Sie sind freiwillig zu mir gekommen«, behauptet sie dann.

»Du hast sie gerufen«, widerspreche ich. »Wie, das weiß ich nicht, aber du hast es getan.«

Sie geht an mir vorbei und streift dabei meine Schulter.

»Aber nur die kommen zu mir, die sich danach sehnen, wirklich frei zu sein.«

»Du sperrst sie in Käfige!«, fahre ich sie an.

»Erst lasse ich sie fliegen.«

Sie klingt unbeschwert, als sei sie völlig im Recht. Als wäre das, was sie uns antut, ein fairer Tausch. Unsere Lebenszeit für ihre ewige Jugend. Wie alt ist sie wirklich?

Ich muss an eine andere Hexe aus meinem alten Märchenbuch denken; nein, keine Hexe, die Erzzauberin aus *Jorinde und Joringel*.

All diese Vögel, die sie im Spiegelbild halb tot in Käfige gesetzt hat.

»Wäre das auch mit mir passiert, wenn mein Freund mich nicht rechtzeitig gefunden hätte?«, verlange ich zu wissen, während ich hinter ihr her die Holztreppe hinunterstolpere. »Hättest du mir meine Zeit gestohlen, bis mir selbst keine mehr geblieben wäre?«

»Du hast den Himmel geliebt«, wirft sie mir vor. »Du bist zu mir zurückgekommen, oder etwa nicht?«

»Dann gib mir das Federkleid«, sage ich atemlos. Mein Herz schlägt schnell in meiner Brust. Ich spüre, wie mir Hitze ins Gesicht steigt, und mir ist schlecht.

Geh, bilde ich mir ein, Joris in mein Ohr flüstern zu hören. Flieh. Solange du noch kannst.

Ich sollte sofort den Grauen Rat informieren, damit er ein Team schicken kann, um *la sorcière* in Gewahrsam zu nehmen. Wenn ich es nicht tue, wird es vielleicht eine andere junge Frau das Leben kosten. Es ist ein Fehler, ihr die Blume zu überlassen und damit noch mehr Macht.

»Geschäft ist Geschäft«, stimmt sie meiner Forderung zu, und all meine guten Vorsätze sind vergessen. Misstrauisch beobachte ich, wie sie zu der eisenbeschlagenen Truhe geht, die jetzt neben dem Ohrensessel steht. Vorhin war sie noch nicht da.

Sie hebt den Deckel. Aus der Truhe holt sie ein schimmerndes Kleidungsstück. Mein rasendes Herz stolpert vor Aufregung. Es sieht aus wie Karas Mantel, nur dass dieser hier nicht aus weißen Federn besteht, sondern aus den braunen, kleinen einer Nachtigall.

»Die Blume«, fordert *la sorcière*.

»Leg den Mantel auf den Sessel«, entgegne ich.

Sie nickt, und während sie meiner Anweisung Folge leistet, stelle ich den Topf mit der purpurroten Blume auf den Boden vor mir. Dabei entgleitet er fast meinem Griff, so verschwitzt sind meine Handflächen schon wieder.

Aus einem Impuls heraus greife ich nach einer der vielen Blüten und breche das Köpfchen ab.

La sorcière schenkt mir ein schmallippiges Lächeln, sagt jedoch nichts. Ich drücke die dunkelroten Blütenblätter an meine Brust, in der Hoffnung, dass sie ihre Magie nicht verloren haben.

Langsam, wie Gegner im Boxring, bewegen wir uns aufeinander zu, gehen mit Abstand aneinander vorbei, sie zu der Blume, ich zu dem Federmantel.

Ich habe es geschafft, denke ich und spüre, wie mein Herz jetzt nicht mehr vor Angst, sondern vor Freude und Aufregung rast. Mit den Fingerspitzen fahre ich über die weichen Federn des Zaubermantels vor mir. Ich ... Alles um mich herum wird schwarz.

Dumpfe Kopfschmerzen wecken mich.

Wo bin ich? *La sorcière!* Der Nachtigallenmantel! Um mich herum ist es finster. Nur langsam gewöhnen sich meine Augen an die Dunkelheit. Ich liege auf dem schmutzigen Boden eines alten Salons. Geröll und kleine Steinchen pressen sich unangenehm spitz in meine Seite. Die Luft riecht abgestanden, Staub kitzelt meine Nase, und ich muss niesen. Ist das der Ohrensessel neben mir? Im kargen Licht erkenne ich, dass der Stoff geplatzt ist und Stoffreste aus ihm hervorquellen wie aus einer Wunde.

La sorcière ist gegangen. Sie hat mich betrogen.

Nein!

Meine Hände fliegen zu meinem Gesicht. Sind da Falten, die vorher noch nicht da waren? Runzeln? Ich will aufstehen, zu einem der Fenster laufen und im blassen Licht überprüfen, ob Altersflecken meine Finger übersäen.

Doch noch in der Bewegung spüre ich, dass etwas Weiches von meinen Hüften gleitet. Der Federmantel. Er ist noch da. Und mein Körper fühlt sich an wie immer. Sie hat mir keine Jahre gestohlen. Vielleicht hat die kleine rote Blüte mich tatsächlich beschützt. Sie liegt auf dem Boden neben mir.

Als Joris eine halbe Stunde später die Villa betritt, erwarte ich ihn bereits. Ich sitze auf der senfgelben Lehne des Sessels. In Gestalt einer Nachtigall.

JORIS

»Nina!«

Meine Sicht verschwimmt, als ich sie entdecke: die kleine, zarte Nachtigall, die auf der Sessellehne sitzt und mich mit schief gelegtem Kopf anblickt. Sie ist es, ich weiß es. Ich habe versagt. Es ist mir nicht gelungen, sie zu beschützen. Trotz meines Versprechens. Schon wieder nicht. Und diesmal besitze ich keine Purpurblume, um sie zu retten. Dumm, schelte ich mich. So dumm! Ich habe gespürt, dass etwas anders war gestern. Nina war angespannter als sonst, aufgewühlter. Wie konnte ich nur einschlafen? Ich habe versprochen, immer auf sie aufzupassen. Und nun das?

»Warum?« Ich erkenne meine eigene Stimme kaum wieder, so rau ist sie.

Die Nachtigall zwitschert eine Antwort, aber natürlich verstehe ich sie nicht. Ich stehe da wie ein Versager und sehe durch meinen Tränenschleier hindurch, wie sie die Flügel ausbreitet, vom Sessel auffliegt und sich auf meine Schulter setzt. Sanft schmiegt sie ihr Köpfchen an meinen Hals. Ich greife nach ihr, berge sie vorsichtig in meinen beiden Händen, spüre ihren Herzschlag, in diesem Vogelkörper viel zu schnell. Dann greife ich nach einem der leeren Käfige und setze sie hinein.

»Ich beschütze dich«, verspreche ich ihr. »Und wir finden eine Lösung. Irgendjemand wird uns helfen. Wir bekommen das wieder hin. Keine Angst, ich bin da.«

Den ganzen Weg über schweigen wir. Offen gestanden fehlen mir die Worte. Meine Schritte sind schwer, als ich mich mit dem Käfig in der Linken die Treppe hinauf zu unserer Wohnung schleppe. Erschöpft stelle ich ihn auf dem Küchentisch ab, seufze tief und mache mir erst mal einen Pfefferminztee. Allerdings trinke ich ihn nicht, sondern halte ihn nur in der Hand.

»Ich bin so ein Idiot«, fällt mir dann auf. Hektisch eile ich zur Küchenzeile, krame so lange, bis ich die kleine blaue Schale finde, in die Nina immer ihre Erdnüsse kippt. Ich fülle sie mit Wasser und stelle sie zu ihr in den Käfig. Haben wir irgendwo noch Körner? Morgen früh, gleich morgen früh gehe ich zum Supermarkt an der Ecke und kaufe ein bisschen Vogelfutter.

Nina trinkt nicht.

»Soll ich den Grauen Rat anrufen?«, frage ich.

Die Digitaluhr des Backofens zeigt leuchtend grün die Zeit an. Es ist erst vier Uhr dreizehn, aber irgendjemand beim Rat ist immer wach.

Sie schüttelt ihr Köpfchen, und ich seufze tief. »Hab ich mir schon gedacht.«

Als ich einen Stuhl unter dem Tisch hervorziehe, schnarren dessen Beine protestierend über die Bodenfliesen. »Ob Tanner schon zu Hause ist?«

Eher nicht.

Statt nach dem Smartphone zu greifen, lasse ich mich auf den Sitz plumpsen und starre sie an. Wie wunderbar sie ist, selbst als Nachtigall. Wie wunderbar und winzig klein und wehrlos. Tapfere kleine Nachtigall-Nina.

Immer wieder dreht sie ihr Köpfchen und blickt aus dem Fenster in den Himmel. Ich glaube zu ahnen, woran sie denkt. Ihr Traum vom Fliegen. Und auch, wenn er mir Angst macht, ich wünschte, ich könnte ihn ihr erfüllen. Wenn sie das Kleid einer Schwanenjungfrau erhalten hätte … Ich habe so sehr für sie gehofft. Als Schwan mit Kara an ihrer Seite – da wäre es mir zwar nicht leichtgefallen, sie in den Himmel aufsteigen zu sehen, aber ich wäre mir wenigstens sicher gewesen, dass jemand sie beschützt. Sie allein als Nachtigall? Berlin ist eine Großstadt, aber auch hier wimmelt es von Raubvögeln und Füchsen. Und dann sind da noch die besoffenen Idioten und die angetrunkenen Autofahrer. Nein!

Wieder drohen Tränen in mir aufzusteigen, aber diesmal balle ich die Hände zu Fäusten und zwänge sie zurück. Ich darf jetzt nicht schwach sein, nicht verzweifeln. Nina braucht mich, braucht einen starken Gefährten an ihrer Seite, niemanden, der schon wieder versagt.

Ich weiß, dass es der Bann der Zauberin war, der sie zum Herrenhaus gelockt hat und mich schlafen ließ. Trotzdem fühle ich mich wie ein Verräter. »Es tut mir leid«, sage ich. »Wenn deine Mutter noch leben würde, wäre ich jetzt einen Kopf kürzer.«

Nina stößt ein fragendes Zwitschern aus.

»Ich hab es dir nie gesagt, weil sie das nicht wollte, aber ich habe ihr auf dem Totenbett versprechen müssen, dass ich dich immer beschütze.«

Wenn ich es nicht besser wüsste, könnte ich schwören, dass Ninas Augen größer werden.

»Und jetzt habe ich schon zwei Mal versagt.«

Nina zwitschert etwas, und ich wünschte, ich könnte sie verstehen. Sie breitet die Flügel aus, als wolle sie fliegen, doch die Gitterstäbe halten sie zurück, wie eine Gefangene. Und plötzlich begreife ich es.

Ich kann sehr gut auf mich selbst aufpassen, danke schön – das hätte Nina vermutlich zu ihrer Mutter gesagt, damals. Und dass sie sich keine Sorgen um sie machen soll.

Das Sorgenmachen habe wohl ich übernommen. Ich starre auf den Pfefferminztee. Lasse das letzte Jahr Revue passieren.

Erinnere mich an all die Augenblicke, in denen ich Nina *beschützt* habe.

Und eine Ahnung steigt in mir auf, wie ich ihr helfen kann, sich zumindest ein bisschen besser zu fühlen.

NINA

Um Viertel vor fünf greift Joris wieder nach dem Käfig und trägt mich hinauf auf die Dachterrasse. Seine Hand zittert so stark, dass ich fürchte, der Käfig werde umfallen, als er ihn auf dem Tisch dort absetzt, genau an der Stelle, an der vor ein paar Stunden noch die Erdbeerbowle stand. Es geht aber alles gut. Behutsam öffnet er das Türchen des Käfigs. Verwirrt blicke ich ihn an.

»Was ist?«, fragt er. »Flieg los.«

Ich zwitschere.

»Das wolltest du doch.«

Es klingt nicht bitter, wie ich es erwartet habe, sondern unheimlich traurig.

»Ich wollte dich immer nur beschützen, Nina, nicht nur wegen deiner Mutter«, gibt er zu. »Ich habe gar nicht gemerkt, dass ich es damit wohl manchmal übertreibe. Weißt du, ich habe gedacht, wenn ich alles kontrolliere, würde so etwas wie letztes Jahr nicht noch mal passieren. Dabei habe ich gar nicht bemerkt, dass es irgendwann viel mehr um mich ging als um dich. Du brauchst mich gar nicht so sehr, nicht wahr?«

Das bringt mich dazu, aus dem Käfig zu fliegen. Ich setze mich auf seinen Unterarm und scharre mit dem Schnabel über seine Haut. Er soll so etwas nicht sagen! Er darf das nicht denken, niemals denken! Joris ist mein Leben. Auch wenn er mich in den vergangenen Monaten manchmal fast erdrückt hat.

Hoffnung steigt in mir auf. Für ihn, für uns. Für mich. »Es ist gut, Nina«, murmelt er. »Wirklich. Wenn du das so sehr willst ...«

Wie in der Villa schlägt mein Herz schnell. Ich lege mein Vogelköpfchen in den Nacken und blicke ihn an, hoffe, dass er in meinen Augen lesen kann, wie viel er mir bedeutet. Dann wird der Ruf nach Freiheit zu stark, und ich fliege hinaus in die Nacht.

Es ist wie in meinem Traum: Die Welt unter mir schrumpft. Die Autos, die auf der Straße parken, werden klein wie dunkle Bauklötze. Laternen und die erleuchteten Fenster der Stadt werden zu winzigen Lichtpunkten in einem urbanen Ozean. Jeder Flügelschlag trägt mich tiefer hinein in die Nacht. Ich gleite auf den Luftströmen, spüre, wie eine sanfte Brise mich zur Seite drängt, doch ich muss meine Federn nur ein winziges bisschen anders ausrichten, und schon habe ich meinen Kurs korrigiert. Alles verschwimmt um mich herum, Grenzen lösen sich auf, die Nacht verschlingt mich, hält mich, trägt mich. Der Himmel wird zu meinem Zuhause. Ich kann Aufwinde nutzen, um in die Höhe zu steigen, und Abwinde, um dem Boden wieder entgegenzustreben, ganz wie es mir beliebt. Es ist ein Rausch. Adrenalin pumpt durch meinen winzigen Vogelkörper.

Die Nacht ist wunderschön. Berlin ist wunderschön. *Das hier* ist wunderschön. Die Goldelse auf der Siegessäule glitzert im Licht der Sterne. Zwei Mal umkreise ich sie, ehe ich über den Tiergarten hinweg Richtung Brandenburger Tor gleite. Einmal muss ich aufpassen, als ich auf einer Wiese lande und ein Fuchs sich an mich heranpirscht. Gerade so entkomme ich seinen Lefzen. Gar nicht so ungefährlich, eine Nachtigall zu sein! Mein Herz hämmert so schnell, dass ich schon Angst habe, wie eine Federkugel zu explodieren. Aber dann, als ich wieder Luft unter meinen Flügeln spüre, Luft, die mich trägt, während ich über enge Gassen und breite Alleen hinwegfliege, erfüllt mich ein unbeschreibliches Glücksgefühl.

Ich bin frei!

Mein Herz weint, wenn ich an Joris' Gesichtsausdruck auf der Dachterrasse zurückdenke.

Aber meine Seele singt.

Als die ersten Strahlen der Morgensonne den Himmel über der Stadt rosa färben, fliege ich zurück. Joris hat sich auf einer unserer Balkonliegen zusammengerollt. Das sieht nicht bequem aus.

Ich lande im Schatten des Tisches. Ein kleines Stück Honigmelone liegt auf den Holzbalken und suppt vor sich hin. Das haben wir gestern wohl übersehen. Ich bewege mich darauf zu, um es mit einer menschlichen Hand aufzuheben, und das genügt, um den Zauber des Mantels zu aktivieren und die Gestalt der Nachtigall abzustreifen.

Als ich aufstehe, stoße ich mir den Kopf an der Tischplatte.

Joris schreit, als er meinen Menschenkörper erblickt, nackt bis auf den Federmantel um meine Schultern.

»Nina!«

Ich laufe auf ihn zu und drücke mich an ihn. Ist mir egal, ob die Nachbarn gegenüber schon wach sind und uns sehen können.

»Du bist zurückgekommen!« Er klingt überrascht.

»Natürlich bin ich das, du Holzkopf. Daran gab es doch nie auch nur den Hauch eines Zweifels.«

Er blinzelt. »Ich habe gedacht … befürchtet …«

»Dass ich dich verlasse?«

»Naja.«

»Ich liebe dich, Joris!«

»Ja, aber ich dachte ...«

»Dass ich das Fliegen mehr liebe? Joris, hör mir zu. Dein Versprechen an meine Mutter, davon habe ich nichts geahnt. Sonst hätte ich dir längst gesagt, dass das nicht nötig ist. Und glaub mir, du hast mich nie im Stich gelassen. Im Gegenteil.«

»Wohl eher fast erdrückt«, murmelt er.

Das Lächeln, das ich ihm schenke, sitzt schief. »Es war ein bisschen viel.«

»Warum hast du denn nie etwas gesagt?«

Meine Stimme wird ernster. »Das habe ich. Du hast mir nicht zugehört.«

Seine Ohren färben sich rot. »Hab ich wohl nicht«, gibt er dann kleinlaut zu. »Jetzt höre ich dir zu.«

Mein Lächeln kehrt zurück. »Jetzt hörst du mir zu.«

Hand in Hand treten wir an die Balkonbrüstung und blicken auf unser Berlin, das langsam erwacht. Die Morgenröte färbt die Fassaden der Häuser rosa. Müde Menschen stolpern über die Straßen, auf dem Weg zur Arbeit.

Dank des Federmantels muss ich mich nicht mehr entscheiden. Solange ich ihn besitze, kann ich mich in jeder Nacht, in der ich das will, in eine Nachtigall verwandeln.

Ich werde dem Grauen Rat über *la sorcière* berichten, was ich erfahren habe. Ich werde ihn dabei unterstützen, sie zu fangen oder ihr zumindest das Handwerk zu legen. Den Mantel gebe ich jedoch nicht mehr auf.

Und Joris auch nicht.

»Was du liebst, lass frei ...«, murmle ich und lehne mich an ihn.

Joris drückt seine Lippen auf meinen Scheitel. »Kommt es zurück, wird es bei dir bleiben«, flüstert er.

Ich blicke ihm direkt in die Augen. »Für immer.«

Kim Leopold, geboren 1992, lebt mit ihrer Familie im schönen Münsterland. Mit dem Schreiben hat sie schon früh begonnen, doch an die Öffentlichkeit hat sie sich damit erst getraut, nachdem sie an Brustkrebs erkrankt war. Wenn sie nicht gerade an ihrem nächsten Buch arbeitet, füllt sie ihren Podcast *Writing Dreams - Wenn Schreibträume fliegen lernen* mit Inhalt, liest oder tobt sich auf Instagram als @kim_leopold oder auf TikTok unter @kimleopoldautorin kreativ aus – immer mit dabei: ein heißer Kaffee und ihr Kater Filou.

Kim Leopold

Free Falling

BEN

Zum ersten Mal seit einer Ewigkeit fühle ich mich frei.

Die Anspannung ist aus meinen Schultern verschwunden, der Knoten in meinem Magen fort, und mein Herz ... das ist plötzlich ganz leicht. Ich hätte nicht gedacht, dass das passiert. Ehrlich gesagt hatte ich befürchtet, ich könnte mich nicht für sie freuen, ich würde zu viel trinken und ihr die Verlobungsfeier versauen, weil ich ein schlechter Verlierer bin. Aber wie hätte ich verlieren können, wenn ich als Mann nie eine Chance aufs Gewinnen hatte?

Ein Lächeln schleicht sich auf meine Lippen.

Frei. Endlich frei.

Keine Sienna mehr, die mich in Gedanken verfolgt. Nur noch ich, meine Karriere und ...

»Hey.«

Überrascht blicke ich auf, geradewegs in ein hübsches Gesicht, das mir vage bekannt vorkommt.

»Hey«, erwidere ich etwas verwundert und klopfe meine

sandigen Hände an meiner Hose ab. Meine nackten Füße sind immer noch im Sand eingegraben. Vor mir rauscht eine neue Welle an den Strand.

»Ich bin Tori.« Lächelnd hebt sie eine Kamera hoch, die mir bislang entgangen ist, weil mich ihr Gesicht zu sehr eingenommen hat. »Ich mache gerade ein Video für YouTube. Hättest du Lust, mitzuwirken? Ich würde mit laufender Kamera auf dich zukommen und dir eine Frage stellen, auf die ich gerne deine ehrliche Reaktion einfangen würde. Falls du hinterher nicht möchtest, dass das im Video erscheint, lösche ich den Clip wieder. Überhaupt kein Problem.«

»Äh, klar, wieso nicht?«

Ihre braunen Augen leuchten auf. Sie sieht aus wie ein aufregendes Leben in Person. »Cool. Schau einfach woanders hin, wenn ich auf dich zukomme, ja?«

»Alles klar.«

Sie dreht auf dem Absatz um und bringt ein bisschen Abstand zwischen uns. Ich nutze den Moment, um Tori in Augenschein zu nehmen. Sie trägt Jeansshorts und ein türkises Top, das einen Streifen ockerfarbener Haut über ihrem Hosenbund entblößt. Die braunen Haare fallen ihr in langen, dichten Wellen über die Schultern, und ich ertappe mich bei der Vorstellung daran, wie es wäre, meine Hand darin zu vergraben.

Offenbar ist ein freier Ben ein wollüstiger Ben, denke ich sarkastisch und verbiete mir jeden weiteren Gedanken an kurzweilige Abenteuer.

Als Tori sich mir erneut zuwendet, liegt auf ihren Lippen immer noch dieses Lächeln, und da fällt es mir wie Schuppen von den Augen.

Natürlich.

Tori.

Victoria Varma.

Kickass-Heldin auf YouTube. Mein Hals wird trocken, als ich an das erste Video zurückdenke, das ich je von ihr gesehen habe. Damals hat sie vier Wochen Training in der Polizeiakademie ausprobiert und ein Video daraus gemacht. Ich habe sie für ihre ehrlichen Reaktionen – und ihren fitten Körper – echt bewundert.

Tori kommt mit laufender Kamera auf mich zu, und ich wende den Blick ab, um so zu tun, als hätte ich sie noch nicht entdeckt. Es ist nicht das erste Mal, dass ich an einem Video mitwirke, aber in der Regel befinde ich mich dabei eher hinter der Kamera und unterstütze meine Freunde.

So ist es auch nicht weiter verwunderlich, dass mein Herz plötzlich schneller zu schlagen beginnt, oder?

»Hey, entschuldige«, begrüßt mich Tori ein weiteres Mal. Ich gebe vor, sie gerade erst zu bemerken. Zwischen ihren Brauen hat sich eine kleine Falte gebildet, während sie konzentriert auf den Bildschirm ihrer Kamera schaut.

Ich kann nicht anders, ich muss einfach grinsen. »Hey.«

Nun löst sie den Blick vom Bildschirm und sieht mir direkt in die Augen. In meiner Magengrube knistert es aufgeregt.

»Hast du Lust, heute ein Abenteuer mit mir zu erleben?«

TORI

Mit angehaltenem Atem warte ich auf seine Antwort. Ich habe keine Ahnung, wie er heißt oder wo er herkommt, was er eigentlich heute machen möchte oder ob er überhaupt Lust auf ein Abenteuer hat, aber kaum, dass ich ihn am Strand sitzen sah, wusste ich, dass er der Richtige ist.

Dunkelblondes Haar, aufgerollte Hosenbeine und ein graublaues T-Shirt, das sich über seinem muskulösen Rücken spannt. Schon von Weitem wirkte er attraktiv genug auf mich, um meine Zuschauenden ausflippen zu lassen, wenn sie ihn im Video sehen. Das ist eine Sache, die ich schon sehr früh gelernt habe: Je heißer die Kerle in meinen Videos, desto länger die Watchtime.

Und von *ihm* würde ich ganz sicher keine Sekunde verpassen wollen.

»Ein Abenteuer?« Er lacht und fährt sich verlegen mit einer Hand durch die Haare. Ich bin für einen Moment wie überwältigt. »Ja, wieso eigentlich nicht?«

Worüber haben wir gerade noch gesprochen? Ich blinzle und zwinge mich dazu, mich zusammenzureißen. Nur weil er ein göttliches Lachen hat, heißt das nicht, dass ich ihm direkt mein Höschen vor die Füße werfen muss. Das wäre nun wirklich übertrieben. Ich bin zwar die Meisterin des Übertreibens, aber das betraf bislang nur meine Videoideen, nicht die Zeitspanne von Kennenlernen bis Beinebreitmachen. Also, Tori, *Fokus!*

»Cool! Ich bin Tori«, stelle ich mich erneut vor und strecke ihm die Hand entgegen. Er nimmt sie in seine.

»Ben. Freut mich, dich kennenzulernen, Tori.«

»Die Freude ist ganz meinerseits«, erwidere ich. »Ohne Witz, ich freu mich echt sehr, dass du dich drauf eingelassen hast.«

»Ja …« Er zögert, steht auf und streckt sich. Ich muss den Blick heben, um ihm ins Gesicht zu sehen, denn er ist deutlich größer als ich. »Worauf denn eigentlich?«

»Oh, das erfährst du, wenn wir da sind.« Ich grinse ihn verschwörerisch an. »Wir haben ein kleines Stück im Auto vor uns, wenn das okay für dich ist.«

Ich schalte die Kamera ab und erzähle ihm, wie viel Zeit er

in etwa einplanen sollte, und frage ihn erneut, ob das in Ordnung für ihn ist. Es ist das erste Mal, dass ich ein Video dieser Art mache, und ich will nicht, dass er mittendrin abhaut, weil er keinen Bock mehr oder einen anderen wichtigen Termin vergessen hat. Aber Ben hat keine Verpflichtungen, er hat Zeit, er hat Lust, er ist »all in«, wie er mir mit einem unverschämten Augenzwinkern versichert.

»Und nur, dass du es weißt«, füge ich hinzu und zücke mein Handy, um ihm meinen YouTube-Account zu zeigen. »Ich bin wirklich YouTuberin. Ich habe nicht geplant, dich zu entführen oder irgendwo hinterrücks abzumurksen.«

»Ich weiß«, antwortet er, ohne auf mein Display zu gucken. Seine Augen blitzen mich amüsiert an. »Ich habe dich schon erkannt.«

»Wirklich?«

»Ja.«

»Das hast du aber gut versteckt.«

»Verdammt, hätte ich dich gleich nach einem Autogramm fragen sollen?«, scherzt er, und mein Herz macht bei diesen Worten einen verräterischen Satz. Ich hätte wirklich jemanden auswählen sollen, der nicht in mein persönliches Beuteschema fällt.

»Das wäre ja wohl das Mindeste«, töne ich los, um meine Verlegenheit zu überspielen.

Ben zerrt den Kragen seines T-Shirts runter. »Kannst du es mir vielleicht direkt aufs Herz schreiben? Ich lasse es mir dann später tätowieren.«

Ich erhasche einen Blick auf weiches, dunkelblondes Brusthaar und gebräunte Haut, bevor er sein T-Shirt wieder loslässt und wir uns für einen Moment bloß dämlich angrinsen. Ehrlich gesagt weiß ich nicht, was ich sagen soll. Normalerweise bin ich die mit der großen Klappe und den lautesten

Sprüchen, aber hübsche Männer mit Humor und Manieren waren schon immer mein Kryptonit.

»Okay … Wollen wir dann?«, frage ich schließlich. Wir marschieren durch den Sand hinauf zum Parkplatz, während ich die Kamera erneut einschalte und auf Ben richte. »Erzähl uns mehr über dich. Wer bist du und was treibst du so?«

»Mein Name ist Ben, eigentlich Benjamin, aber …« Er reibt sich über den Nacken und lacht leise auf. Seine Wangen färben sich tatsächlich leicht rot. »Ben reicht. Ehrlich, wenn mich jemand Benjamin nennt, kriege ich Ausschlag.«

»Das merke ich mir, Benjamin«, necke ich ihn und frage ihn noch ein paar andere Dinge, auf die er mal ausführlich, mal mysteriös antwortet. Vor allem aus seinem Job macht er ein großes Geheimnis, aber ich schätze, das ist okay. Vielleicht hat er gerade keinen und will es nicht zugeben, vielleicht ist er aber auch irgendeine kleine Berühmtheit und ich checke es einfach nicht. Immerhin befinden wir uns in Los Angeles. Da ist es schon nicht unwahrscheinlich, dass er irgendeine große Nummer ist.

Als wir meinen Jeep erreichen, beende ich den Clip und stecke die Kamera in die dafür vorgesehene Halterung an meiner Windschutzscheibe.

Ja, Benjamin, die Befragung ist noch nicht vorbei, denke ich, als ich seinen neugierigen Blick sehe. Denn das ist es, was ich an dieser Art von Video so sehr mag: Ich lerne immer wieder neue Menschen kennen.

Er verschwindet auf der Beifahrerseite, während ich einsteige. Ich habe gerade den Schlüssel in die Zündung gesteckt, als er mir plötzlich eine Polizeimarke hinhält.

Mein Herz macht erneut einen Satz, aber dieser fühlt sich nicht mal halb so gut an wie der letzte.

Was zur Hölle passiert hier gerade?

In Zeitlupentempo nehme ich die goldene Marke mit der Aufschrift *Detective* wahr, bevor mein Blick zu Bens Gesicht gleitet. Er lächelt mich schief an.

So funktioniert keine Verhaftung, oder?

»Nur, dass du es weißt: Ich bin beim LAPD und plane nicht, dich zu kidnappen oder hinterrücks abzumurksen.«

Oh.

Erleichtert lache ich auf.

Ben schwingt sich ins Auto und steckt die Marke in seine Hosentasche. »Dachte, das solltest du wissen, bevor du einen wildfremden Mann in dein Auto einlädst.«

Meine Wangen werden heiß, weil ich mir ertappt vorkomme. Dabei liegt es nicht mal an Ben, dass ich mir keine Gedanken gemacht habe – ich bin einfach grundsätzlich jemand, die immer an das Beste in anderen Menschen glaubt. Ein bisschen mehr Misstrauen könnte mir wahrscheinlich nicht schaden.

»Da bin ich ja beruhigt, Benjamin«, entgegne ich und starte den Motor, ohne ihn noch einmal anzusehen. Schlimm genug, dass ich seinen Blick auf mir ruhen spüre. Er hält mich jetzt vermutlich für die gutgläubigste Person aller Zeiten. »Für einen Augenblick dachte ich schon, du willst mich festnehmen.«

Seine Stimme wird ein paar Oktaven dunkler. »Hätte ich denn einen Grund dazu?«

Oh, fuck.

Wie soll ich dabei bitte noch einen kühlen Kopf bewahren?

BEN

Ich habe keine Ahnung, wo Tori mich hinbringt, aber ich habe genug Videos von ihr gesehen, um zu wissen, dass mich ein aufregender Tag erwartet. Und etwas Besseres hätte mir für den Start in mein Sienna-freies Leben wohl kaum passieren können.

Ihre Wangen sind gerötet, als sie den Jeep zurücksetzt und auf die Straße biegt, die uns vom Venice Beach in Richtung Downtown L.A. zurückbringt. »Du bist also Detective?«, fragt sie nach, ohne auf meinen Spruch einzugehen. »Deswegen redest du vor der Kamera nicht über deinen Job.«

»Ich bin gerade bei der Drogenfahndung.« Über meinen Job zu reden ist nicht leicht, weil vieles davon unter Geheimhaltung steht. »Aber eigentlich habe ich es auf die Intelligence abgesehen. Und da kommt es nicht so gut, wenn alle Welt weiß, wer du bist und was du tust.«

»Ich verstehe.« Sie wirft mir einen Blick zu, den ich nicht deuten kann.

»Was?«, frage ich neugierig.

Sie wirkt verlegen. »Ich habe bloß nicht damit gerechnet, dass du ein Cop bist.«

»Was hast du denn dann gedacht, was ich bin?«

Tori tippt sich mit einem Finger gegen das Kinn. »Gute Frage. Sportler vielleicht? Du wirkst ziemlich fit, und nichts für ungut, aber du hast diesen typischen Sportler-Look an dir. Dieses Herzensbrecherding, du weißt schon.«

»Autsch.« Ich lege eine Hand auf mein Herz. »Höre ich da etwa Vorurteile raus?«

»Vielleicht.« Sie beißt sich auf die Unterlippe. »Ich hatte im College mal was mit einem Footballer. Ist nicht gut gelaufen.«

»Dann ist jetzt wahrscheinlich nicht der richtige Zeitpunkt, dir zu gestehen, dass ich auch mal Football gespielt habe, oder?«

»O verdammt, Benjamin«, stößt sie hervor. »Du hast gerade einige Punkte verloren.«

»Ach.« Ich winke ab. »Ich bin mir sicher, dass ich die auf diesem Abenteuer wieder aufholen kann.«

Und als wäre mein Satz eine Erinnerung an ihre eigentliche Mission, stellt sie die Kamera wieder ein, damit sie den Rest unseres Gespräches aufzeichnet. Tori verspricht mir, dass ich nicht auf meine Worte achten muss, weil sie sämtliche Stellen rausschneiden wird, in denen es um meine Arbeit geht.

»Außerdem schicke ich dir das Video, bevor es online geht«, erklärt sie mir. »Ohne deine Freigabe lade ich es nicht hoch. Ich will ja schließlich, dass du mit dem Ergebnis glücklich bist.«

»Hört sich gut an«, erwidere ich und meine es auch so. Aber auf eine viel tiefer gehende Weise – denn wenn Tori mir das Video später schickt, bedeutet das, dass wir über diesen Tag hinaus Kontakt haben werden, und irgendwie erfüllt mich dieser Gedanke mit Vorfreude.

* * *

»Gibst du mir einen Tipp?«, bitte ich Tori kurze Zeit später.

»Hm«, macht sie lang gezogen und streicht sich eine widerspenstige Locke hinters Ohr. »Ich habe so etwas in der Art schon mal für YouTube gemacht, aber dieses Mal ist es anders.«

»Okay.« Ich betrachte sie eingehend und versuche, mich an die Videos zu erinnern, die ich von ihr gesehen habe. Wäre ich jetzt auf der Arbeit, würde ich ihren Account aufrufen und alles auf ein Whiteboard schreiben, was annähernd passen könnte, bevor ich es mit einer Karte von Los Angeles' Umland abgleichen würde. »Ein Abenteuer kann echt viel bedeuten«, überlege ich laut. Sie schmunzelt. »Und du hast schon ziemlich viele krasse Sachen gemacht.«

Ihr Lächeln wird breiter. »Das stimmt.«

»Was hat dir davon am meisten Spaß gemacht?«, frage ich sie, weil es mir wichtiger ist, sie kennenzulernen, als herauszufinden, wo wir hinfahren.

»Die ganzen Hollywood-Sachen.« Ihre Antwort kommt wie aus der Pistole geschossen. »Ich habe schon als kleines Mädchen immer davon geträumt, Schauspielerin zu werden, aber als Woman of Color in Hollywood war es zumindest vor ein paar Jahren noch nahezu unmöglich, Rollen zu bekommen, die nicht geradezu mit Vorurteilen beladen sind. Deswegen habe ich mit YouTube angefangen. Da muss ich mich nicht verstellen, sondern kann sein, wer ich wirklich bin.«

»Und sieh dich an, trotzdem warst du schon ein paarmal in Hollywood.«

»Ja.« Sie lacht leise auf. »Und es hat mir wirklich viel Spaß gemacht. Vor allem die Motion-Capture-Sache letztes Jahr. Da waren richtig krasse Leute dabei, die mir echt viel übers Schauspielen beigebracht haben.«

»Das Video habe ich gesehen. Respekt, echt. Ich könnte das nicht.« Die Fortschritte, die sie im Laufe der vier Wochen gemacht hat, waren sogar für einen Laien wie mich sichtbar – und das Kurzvideo, das dabei entstanden ist ... »Das Ergebnis war auch einfach so krass. Ich hätte dir sofort abgekauft, dass du demnächst in einem Action-Game zu sehen bist.«

»Danke.« Ihre Wangen röten sich. »Da waren unglaublich viele talentierte Menschen dran beteiligt. Es war ein absolutes Privileg, so etwas für meinen Account machen zu dürfen.«

»Du hast dir dieses Privileg sicher hart erarbeitet.«

»Na ja, ja, vielleicht. Vermutlich schon.« Die Röte auf ihren Wangen verdunkelt sich. Ich verkneife mir ein Lächeln und wende den Blick ab, um sie nicht rund um die Uhr anzustarren. Aber ich kann einfach nicht anders. Allein die letzte Stunde hat gereicht, um vollkommen fasziniert von Tori zu sein. Es kommt selten vor, dass ich eine Frau treffe, die so viel Interesse an Action und Adrenalin hat wie ich.

»Hast du überhaupt schon gefrühstückt?«, fragt mich Tori plötzlich und geht vom Gas. In der Ferne taucht ein Diner am Straßenrand auf. »Es ist echt früh. Wir können gerne anhalten. Wir haben noch ein bisschen Zeit.«

»Gegen einen Kaffee hätte ich keine Einwände.«

»Also gut, Benjamin«, neckt sie mich. »Dann wollen wir mal sehen, dass du deine tägliche Dosis Koffein intus hast, bevor du dich ins Abenteuer stürzt.«

TORI

Im Diner ist wenig los, also hole ich nach einem kurzen Gespräch mit den Angestellten die Kamera raus, um auch diesen Moment unseres gemeinsamen Abenteuers einzufangen. Ben bestellt einen Kaffee, schwarz, und einen Bagel mit Rührei und Avocado.

Ich selbst entscheide mich für einen schwarzen Tee und lasse mir den gleichen Bagel für später einpacken.

Argwöhnisch begutachtet Ben die Tüte mit meinem Bagel, bevor sein Blick zu seinem eigenen Teller zurückgleitet. »Wenn dieser Bagel nicht so verdammt lecker aussehen würde, würde ich den Hinweis mit der Tüte annehmen.«

Meine Wangen zucken. »Ich habe eben einen empfindlichen Magen«, verrate ich ihm.

Er trinkt etwas von seinem Kaffee. Sein intensiver Blick lässt mich währenddessen nicht los. Es muss an seinen Ermittlerfähigkeiten liegen, denn ich fühle mich merkwürdig nackt unter seiner sorgsamen Musterung.

»Hast du nicht Höhenangst?«

Ertappt weiten sich meine Augen, bevor ich eilig den Kopf schüttle. Das soll doch eine Überraschung werden! Er kann unmöglich jetzt schon erraten, was ich mit ihm vorhabe.

»Nein?« Er lacht leise. »Das sieht nicht aus wie ein Nein.«

Reiß dich zusammen, Tori, ermahne ich mich und hole tief Luft. »Ja, ich habe Höhenangst, aber nein, das ist nicht der Grund, wieso ich meinen Bagel für später aufbewahre.«

Da ist es wieder, dieses unwiderstehliche Grinsen. »Wow.«

»Wow, was?«

»Lass dich lieber nie erwischen«, rät er mir belustigt. »Du bist keine besonders gute Schwindlerin.«

Frustriert stoße ich die Luft aus und zucke hilflos mit den Schultern. »Was soll ich machen? Ich bin nun mal ein zutiefst ehrlicher Mensch, ich kann einfach nicht lügen.«

Bens Hand legt sich über meine. Für einen Moment geraten meine Gedanken durcheinander, weil der plötzliche Körperkontakt ein angenehmes Schaudern über meinen Körper jagt.

Mein Magen schlägt einen Salto und in seinen Augen sehe ich die gleiche Überraschung, die ich verspüre. Was passiert hier gerade zwischen uns?

Ben reißt sich zuerst zusammen. »Ich mag es, dass du ehrlich bist.« Seine tiefe Stimme jagt mir noch einen Schauder über den Rücken. »Es gibt viel zu wenig Menschen da draußen, die ihr Herz auf der Zunge tragen.«

Er lässt meine Hand los – widerwillig, wie es mir scheint. Oder wie ich es mir wünsche, denn meinetwegen könnte er meine Hand gerne noch länger in seiner halten.

Beinahe schüttle ich den Kopf über mich selbst. Es ist kein Wunder, dass ich meine Videos sonst immer allein mache. Wenn ich mich jedes Mal in meinen Videopartner verknallen würde, würde ich ja nie ein glückliches und erfülltes Leben führen.

Er würde nicht mit dir flirten, hätte er kein Interesse an dir, flüstert mir eine manipulative Stimme in meinem Hinterkopf zu.

Hastig trinke ich etwas von meinem Tee, der mittlerweile schon abgekühlt ist, und versuche, mich unter Bens intensivem Blick nicht zu winden. Ob ihm klar ist, was er da gerade in meinem Inneren angerichtet hat?

»Hat es dir die Sprache verschlagen?«, fragt er schließlich.

»Oh«, mache ich verlegen. »Ich habe gar nicht geantwortet, oder?«

Lachend schüttelt er den Kopf.

Ich vergrabe das Gesicht in meinen Händen. Nie wieder Videos mit attraktiven Männern. Nie wieder!

»Danke«, sage ich schließlich. »Fürs Draufhinweisen. Und für das Kompliment.«

»Willst du mir verraten, wo du gerade in Gedanken warst?«

Ha, als ob!

»Lieber nicht.« Meine Wangen werden heiß, also leere ich meinen Tee eilig. »Ich muss noch kurz zur Toilette, und dann sollten wir weiter. Wir haben noch eine gute Stunde Fahrt vor uns.«

BEN

Mit jeder verstreichenden Minute, die ich mit Tori verbringe, mag ich sie mehr. Dabei bezweifle ich, dass sie sich ihrer Außenwirkung wirklich bewusst ist. Sie wirkt fast schüchtern, was in ihren Videos selten rüberkommt. Da erscheint sie mir meist ziemlich mutig.

Ich frage mich, ob Holly, Pascal oder Quinn sie kennen. Sicher haben sie schon Videos von ihr gesehen, aber haben sie Tori womöglich sogar schon einmal getroffen? Wären sie genauso begeistert von ihr? Spielt das überhaupt eine Rolle?

Eigentlich zählt doch nur meine Meinung – und die ist eindeutig: Ich will mehr über sie erfahren. Will wissen, wo sie herkommt, wie sie zu der Frau geworden ist, die sie heute ist. Will wissen, ob das, was da in meiner Seele widerhallt, vielleicht größer werden könnte.

Stärker.

Mehr.

Gedankenverloren schiebe ich mir den Rest meines Bagels in den Mund und rufe nach der Kellnerin, um unsere Rechnung zu begleichen. Als Tori von der Toilette zurückkehrt, habe ich unseren Platz bereits geräumt und halte die Kamera ausnahmsweise mal auf sie, was ihr ein breites Lächeln entlockt.

»Bereit für ein Abenteuer, Victoria Varma?«

»Da kannst du deinen Arsch drauf verwetten, Benjamin.«

Sie klatscht mit mir ab, und ich führe sie aus dem Diner zurück zum Auto. Draußen bedankt sie sich für das Essen und nimmt mir die Kamera ab, um den Akku zu überprüfen und die Kamera wieder in der Halterung im Auto zu befestigen.

Ich steige ein und reibe mir die Hände. Aufregung macht sich in meinem Magen breit. Eine gute Stunde noch, dann

werde ich erfahren, ob ich mit meiner Vermutung richtig-
liege – und Tori die Überraschung ihres Lebens bereiten
kann.

TORI

Kurz bevor wir den Flughafen in Taft erreichen, weihe ich Ben
zumindest in einen Teil des Plans ein.
»Den Rest unseres Abenteuers wird mein Team begleiten«,
verkünde ich. »Kelly und Ryan sind bereits vor Ort. Ryan
übernimmt dann die Kamera, und Kelly kümmert sich um
alles Weitere, allem voran Bilder und Kurzclips für Social
Media. Sie hat auch eine Einverständniserklärung dabei, die
du gleich noch unterschreiben müsstest, damit wir die Clips,
die heute entstehen, auch wirklich nutzen können.« Mir wird
klar, dass ich das deutlich früher hätte ansprechen müssen,
denn wenn Ben jetzt abspringt, habe ich ein echtes Problem.
»Das hätte ich schon sagen sollen, als ich dich in Santa Monica eingesammelt habe.«
Leise lachend fährt er sich mit einer Hand durchs Haar.
»Das ist kein Problem, solange nirgendwo rauskommt, dass
ich aktuell bei der Drogenfahndung bin.«
Ich atme erleichtert aus. »Wie gesagt: Du bekommst alle
Videos, Clips und Fotos von uns vorab zur Prüfung.«
»Hört sich gut an.«
»Gut.« Ich werfe ihm einen kurzen Blick zu, bevor ich die
Kamera wieder einschalte. Ben sitzt immer noch vollkommen
entspannt auf dem Beifahrersitz, einen Arm ans Fenster ge-
lehnt, den anderen locker in seinem Schoß. »Ahnst du, wo es
hingeht?«
»Ich habe eine Idee.«

»Und du bist kein bisschen aufgeregt?«, frage ich ungläubig nach.

»Ein ganz bisschen«, verspricht er mir verschmitzt und zeigt mit Daumen und Zeigefinger ein *mini* bisschen an.

Ich schnaube. »Dann ist dir wohl doch noch nicht klar, dass du gleich aus einem Flugzeug springen darfst.«

»Ha, ich hab's gewusst!«

»Hast du das schon mal gemacht?«

»Wäre es denn schlimm, wenn ja?«

»Hm.« Darüber muss ich erst nachdenken. Wenn ich ganz ehrlich bin, hatte ich gehofft, dass ich meinen Zuschauenden einen Ben liefern kann, der eine große Klappe, aber trotzdem Höhenangst hat.

»Ich kann ein bisschen bibbern, wenn dir das lieber wäre?«, schlägt er überheblich vor.

Ich verdrehe die Augen, doch eine Antwort bleibt mir erspart, weil wir auf den Parkplatz biegen und ein paar Augenblicke später von Kelly und Ryan in Empfang genommen werden.

* * *

Mir schlottern die Knie, während wir auf das Gebäude zugehen, in dem wir in unseren Fallschirmsprung eingewiesen werden sollen. Ich habe das noch nie gemacht, das Allerhöchste der Gefühle war ein Sprung vom Zehnmeterbrett – und dabei hätte ich vor laufender Kamera beinahe das Bewusstsein verloren, weil mir so schwindelig vor Angst war. Im Video sieht es eindeutig so aus, als wäre ich aus Versehen runtergefallen und nicht freiwillig gesprungen – und so wird es bei diesem Abenteuer wohl auch sein. Gut, dass ich nicht allein, sondern an einen professionellen Fallschirmspringer gekettet bin. So habe ich gar keine andere Wahl, als mich meiner Höhenangst zu stellen und mich ein weiteres Mal aus meiner Komfortzone zu bewegen. Dafür bin ich im Internet schließlich bekannt.

Ben hingegen scheint nicht im Geringsten nervös zu sein. Er hat Kelly und Ryan begrüßt, als wären sie langjährige Freunde von ihm, und sich todesmutig ihren Fragen gestellt, bis ich meine Sachen fertig gepackt und im Auto verstaut hatte.

Und nun hält er mir die Tür zum Gebäude auf, um mich zuerst eintreten zu lassen.

»Danke«, bringe ich über die Lippen.

»Du bist ganz schön blass. Geht's dir gut?«, entgegnet er besorgt.

»Bloß nervös.« Aber da ich mich nicht von meiner Angst besiegen lasse, straffe ich die Schultern, um uns bei den Angestellten des kleinen Flughafengeländes anzumelden. Wir sind die Einzigen, die hier sind – was durchaus so gedacht ist, denn das kleine Unternehmen ist auf mich zugekommen, um mich zu diesem Abenteuer einzuladen. Extra-Promotion für die Sky-Diving-Schule, eine neue Challenge für mich.

»Ah, da ist sie ja, die Frau der Stunde«, begrüßt mich ein sportlich aussehender Mann mit grauen Schläfen. Er tritt hinter dem Tresen hervor und streckt mir seine Hand entgegen. »Andrew Peters«, stellt er sich vor. »Wir haben telefoniert. Ich bin der Inhaber dieser Sky-Diving-Schule.«

»Freut mich sehr, Sie kennenzulernen. Und vielen Dank für die Einladung.«

»Sehr gerne, kommen Sie. Möchten Sie und Ihr Team etwas trinken?«

Er versorgt uns mit Getränken und stellt uns seine beiden Mitarbeitenden Dean und Diego vor, die den Fallschirmsprung mit uns durchführen werden.

»Ben?«, fragt Diego überrascht, als er meine Begleitung erblickt.»Lang nicht mehr gesehen.«

Die beiden schlagen miteinander ein.

Und ich verstehe die Welt nicht mehr.

Zwei Stunden entfernt von Los Angeles.

Zwei Stunden!

Wieso kennen die beiden sich? Was geht hier vor? Ich werfe Kelly einen fragenden Blick zu, denn wann immer mich eine Überraschung erwartet, ist sie verantwortlich dafür. Doch dieses Mal zuckt sie genauso verwirrt mit den Schultern.

Ich versuche, meine Nerven zu beruhigen. Ben ist Cop. Natürlich kennt er Menschen. Und dieser Flugplatz ist der einzige in der Nähe von Los Angeles, von dem aus überhaupt Fallschirmsprünge angeboten werden. Wenn er das also schon mal gemacht hat, dann vermutlich hier.

Es liegt also gar nicht so fern, dass er vor Ort jemanden kennt.

Oder?

»Ihr kennt euch?«, rollt es mir über die Lippen, ehe ich das Misstrauen in mir aufhalten kann.

»Wir haben …«, setzt Diego zur gleichen Zeit an wie Ben.

»Wir sind hier schon mal zusammen gesprungen.«

Diego lacht.»Genau.«

Er klopft Ben auf die Schulter, bevor er sich einen Teil der Ausrüstung schnappt, um mit einer Einweisung zu beginnen.

Ben kommt zu mir, stellt sich so dicht neben mich, dass sich unsere Arme beinahe berühren. Das macht es mir schwer, überhaupt zuzuhören. Nicht nur ist mir kotzübel, weil ich gleich aus 10 000 Fuß aus einem Flugzeug springen und im freien Fall auf die Erde zurasen werde – auch die Aussicht auf eine weitere Berührung von Ben lässt meine Nerven komplett eskalieren.

Wahrscheinlich habe ich gleich doch noch einen Kreislauf-zusammenbruch, weil mein Körper damit einfach nicht mehr umgehen kann.

Und all das zeichnet Ryan munter mit der Kamera auf.

Der Verfall der Victoria Varma.

Das wäre doch mal ein netter Videotitel.

Ich bin komplett in meine eigenen Gedanken versunken, während Diego mich ein paar Minuten später mit einem Overall, einer Schutzbrille und Gurtzeug ausstattet und alles überprüft. Worauf habe ich mich hier eingelassen?

»Fallschirmspringen ist ein sehr sicherer Sport«, dringt Diegos Stimme zu mir heran. Ich blinzle und sehe in seine braunen Augen, die amüsiert funkeln. »Die Wahrscheinlichkeit, dass unser Flugzeug einen Defekt hat, ist größer, als während des Sprungs zu verunglücken.«

Ich huste trocken. »Sehr beruhigend.«

Diego und die anderen lachen. Kelly am lautesten. Klar, sie muss ja nicht im freien Fall auf die Erde zurasen. Ich deute mit dem Finger auf sie. »Lach nicht so laut, sonst kriegst du zum nächsten Geburtstag einen Fallschirmsprung geschenkt.«

Abrupt klappt sie den Mund zu, doch ihre Mundwinkel zucken immer noch. Mein Blick gleitet weiter zu Ben, der in ein Gespräch mit Mr Peters versunken ist. Als er meinen Blick auf sich spürt, zwinkert er mir zu.

Ich seufze – und finde mich damit ab, dass ich heute womöglich sterben werde. Wenn nicht durch den Fallschirmsprung, dann durch das Herzflattern, das Ben in mir auslöst.

Aber darüber kann ich mir keine großen Gedanken mehr machen, denn Mr Peters schließt sein Gespräch mit ihm ab und wendet sich dann der Gruppe zu. »Wenn alle bereit sind, würde ich vorschlagen, dass wir uns auf den Weg zum Flugzeug machen. Es kann losgehen!«

»Yeah!« Diego streckt motiviert eine Faust in die Luft.

Ryan achtet darauf, dass er mein inzwischen vermutlich grün angelaufenes Gesicht aufzeichnet, während wir durch eine Glastür auf das Flughafengelände treten.

Die Mittagshitze schlägt mir entgegen und lässt den Schweiß auf meinem Rücken ausbrechen. Meine Knie und Hände zittern, während ich Mr Peters zu der kleinen Maschine folge, die nicht unweit von hier geparkt ist.

Ben taucht neben mir auf. »Bereit?«

Ich schüttle den Kopf. »Nicht wirklich.«

Sein Lächeln verschwindet und weicht einem besorgten Blick. »Du musst nicht springen, wenn du nicht willst.«

Aber damit hat er mich. »Natürlich will ich«, entgegne ich, obwohl das nicht weiter entfernt von der Wahrheit sein könnte. Wer macht so was schon freiwillig? »Sonst hätte ich das Angebot nicht angenommen.«

»Nur weil du etwas in der Vergangenheit angenommen hast, heißt das nicht, dass du es durchziehen musst, wenn du Angst hast.«

»Wer hat denn keine Angst vor seinem ersten Fallschirmsprung?«

»Auch wieder wahr.« Nun grinst er doch wieder. »Als ich das erste Mal gesprungen bin, habe ich mir vorher fast vor Angst in die Hosen gemacht.«

Wir klettern über eine Ladeluke in den leeren Frachtraum des Flugzeugs.

»Wie oft bist du denn schon gesprungen?«, frage ich ihn entsetzt. Ryan hält immer noch die Kamera auf uns.

»Oft genug …« Ben schmunzelt und holt etwas aus seiner Hosentasche, um es mir hinzuhalten. »Um diesen Sprung heute mit dir zu machen, wenn du das möchtest.«

BEN

Ich halte ihr das Stück Papier hin, das mich berechtigt, ihr Tandempartner für diesen Sprung zu sein. Tori entgleiten sämtliche Gesichtszüge. Ich weiß nicht, worüber sie mehr schockiert ist – die Tatsache, dass sie mich mit der Aussicht auf einen Fallschirmsprung nicht in eine mittelschwere Lebenskrise gestürzt hat, oder die Aussicht darauf, ihr Leben in meine Hände zu legen.

Sie packt meinen Arm und sieht mich eindringlich an. »Du willst mich doch verarschen, oder?« Ihr Blick fliegt zu Kelly, die mit dem Handy in der Hand vor uns steht und jede von Toris Reaktionen einfängt. »Ist das ein Witz? Habt ihr das geplant?«

»Nichts davon ist geplant«, verspreche ich ihr. »Dass du mich heute in Santa Monica aufgespürt hast, war Zufall.« Ich zögere kurz, doch die Worte wollen so dringend heraus, dass ich sie nicht aufhalten kann. »Oder Schicksal.«

Sie sieht mich wieder an. In ihren Augen kann ich sehen, wie sie mit sich ringt, wie sie verarbeitet, was sie gerade erfahren hat, wie sie in ihre Kraft zurückfindet.

»Okay«, sagt sie schließlich. »Wenn Mr Peters mir bestätigen kann, dass dieser Zettel echt ist, springe ich mit dir.«

Der Druck auf meinen Schultern löst sich. Ich kann kaum fassen, dass sie mir wirklich so viel Vertrauen entgegenbringt.

»Absolut echt«, bestätigt Mr Peters vom Cockpit aus. »Den hat mein Kollege Donny ausgestellt.«

»Ja, Scheiße.« Tori lacht auf. »Dann soll es wohl so sein.«

»Wenn das geregelt ist, können wir ja starten. Wenn Sie bitte alle Platz nehmen und sich anschnallen würden.«

Er schließt die Ladeklappe, während wir uns auf den

Klappsitzen hinsetzen und anschnallen. Adrenalin rauscht durch meine Adern und füllt mich mit der gewohnten Vorfreude. Ich bin dieses Gefühl durch meinen Job so sehr gewohnt, dass ich trotzdem hoch konzentriert bin. Tori hingegen klappert mit den Zähnen. Sie ist furchtbar nervös, und ich fühle mich schlecht, sie überhaupt in dieses Flugzeug gelassen zu haben.

Aber sie wollte es so.

Und wenn wir erst oben sind, kann sie sich immer noch dagegen entscheiden.

Auf meiner anderen Seite sitzt Diego, mit dem ich schon häufiger zusammen gesprungen bin. Er reicht mir die GoPro, die für Toris Sprung gedacht ist. Während das Flugzeug auf die Startbahn fährt und beschleunigt, gibt er mir eine kurze Einweisung, damit ich auch sämtliche Reaktionen von Tori während des Sprungs einfangen kann.

Als wir unsere Sprunghöhe erreicht haben, gibt Mr Peters das Signal zum Bereitmachen.

Ich schnalle mich ab und stehe auf. Tori folgt mir nach kurzem Zögern.

»Ryan und ich springen zuerst«, sagt Diego. »Wenn du nicht möchtest, kannst du immer noch mit den anderen zurückfliegen.«

»Ich möchte«, krächzt sie und nickt, als ob sie sich damit selbst bestätigen will.

Diego wünscht ihr einen guten Sprung, bevor er sich umdreht und selbst bereit macht. Ich ziehe Tori zu mir heran, um sie an meinem Gurt zu befestigen und alles doppelt und dreifach zu überprüfen. Ihr blumiger Duft steigt mir in die Nase.

»Es tut mir leid, solltest du Erbrochenes ins Gesicht bekommen«, verkündet sie, während ich die GoPro auf uns ausrichte.

»Entschuldigung angenommen.« Ich muss dem Drang widerstehen, an ihrem inzwischen zusammengebundenen Haar zu schnuppern. Sie riecht wirklich verdammt gut. »Ich habe dich jetzt überall festgemacht«, erkläre ich und mache einen Schritt zurück, wodurch sie gezwungen ist, sich mit mir zu bewegen. »Hast du das gespürt?«

»Ja.«

»Gut.«

Die Ladeklappe geht auf, und einen Augenblick später verschwindet Ryan in der Luft. Tori kreischt auf. Diego folgt ihm keine fünfzehn Sekunden später.

Ich schiebe Tori vor, bis wir an der Kante der Ladeklappe stehen und in die Tiefe schauen können. Tori hält tapfer den Blick nach vorn gerichtet. »Bist du sicher?«, frage ich sie ein letztes Mal, die Kamera weiterhin auf ihr Gesicht gerichtet.

»Ja«, stößt sie atemlos hervor, also lasse ich uns nach vorne kippen. Adrenalin jagt durch meinen Körper.

Toris Schrei gellt in meinen Ohren. Die Luft lässt meinen Overall flattern, während ich die Arme und Beine ausstrecke, um unseren Flug abzubremsen.

Ich bin mir nicht ganz sicher, ob Tori den Flug genießt, denn ihr Schrei ist inzwischen verklungen und sie ist dazu übergegangen, hinduistische Götter anzubeten.

Ich habe kaum Zeit, darüber nachzudenken, als auch schon mein Höhenmesser piepst und mich daran erinnert, den Fallschirm zu öffnen. Dieser bremst unseren Fall ruckartig ab, was Tori ein weiteres Kreischen entlockt.

Dann aber beginnt sie zu jubeln.

TORI

Tränen rinnen mir über die Wangen – eine Mischung aus Überwältigung und dem Wind, der trotz der Schutzbrille an meine Augen gedrungen ist. Meine Hände zittern, mein Rücken ist schweißgebadet, doch mein Herz könnte geradezu platzen vor Glück.

Die Welt unter uns ist ganz klein. Ein großer ockerfarbener Fleck, unterbrochen von Städten und Straßen, auf der einen Seite begrenzt durch das Meer, auf der anderen durch das Gebirge der Sierra Nevada.

Obwohl wir immer noch hoch in der Luft segeln, ist meine Angst verschwunden. Irgendwie fühle ich mich jetzt sicher. Der Fallschirm ist aufgegangen und lässt uns langsam Richtung Boden sinken. Bens Körper drückt sich gegen meinen und vermittelt mir ein Gefühl von Ruhe.

Er deutet auf den riesigen Fleck zu unserer Linken. »Los Angeles. Wenn man ein bisschen höher abspringt und klare Sicht hat, könnte man auf der anderen Seite sogar bis San Francisco sehen.«

»Wirklich?« Ich drehe den Kopf, doch dieses Mal ist die Aussicht wohl zu diesig.

»Dafür muss man schon echt Glück mit dem Wetter haben«, erwidert er. »Geht es dir gut?«

»Ja!« Dieses Mal kommt meine Antwort deutlich kräftiger aus mir heraus. »Das ist der Wahnsinn!«

»Ja, nicht? Pass auf.« Einen Augenblick später vollziehen wir eine schnelle Kurve. Die unerwartete Richtungsänderung lässt mich nach Luft schnappen, doch als mir klar wird, dass er den Fallschirm steuert, lache ich los.

Wie geil.

Wir fliegen. Was für ein atemberaubendes Gefühl!

»Da unten ist der Flughafen«, erklärt Ben und deutet auf die Start- und Landebahn, die winzig klein unter uns liegt. »Wir versuchen, direkt daneben zu landen.«

»Okay.«

Wir segeln durch die Luft, zwei aneinandergekettete Körper, die der Zufall erst vor wenigen Stunden zusammengebracht hat, und ich komme nicht umhin, mich zu fragen, ob Ben recht hat.

War das wirklich Schicksal?

Ich mag ihn. Der Gedanke, ihn nach dem heutigen Tag einfach ziehen zu lassen, stimmt mich traurig. Ich will ihn besser kennenlernen.

Aber vor allem möchte ich mich häufiger so fühlen, wie ich es in seiner Gegenwart tue.

Frei. Leicht. Sorglos. Behütet.

Als unsere Beine das weiche Gras neben der Landebahn berühren und Ben mein Gurtzeug von seinem löst, drehe ich mich noch im Sitzen um. Der Fallschirm legt sich wie ein schützender Kokon auf uns.

»Schicksal«, wispere ich und blicke in seine Augen, die mich aufmerksam beobachten.

Seine Mundwinkel zucken und entblößen ein schiefes Lächeln. »Das denke ich auch.« Er legt eine Hand an meine Wange. Mein Herz macht einen Satz. »Darf ich?«

»Ich bitte darum.«

WASSER

Mitternachtsfunkeln,
Mondscheinküsse,
Wellenflüstern und jedes Gespräch
wie eine wärmende Umarmung.

Rot schimmernde Salzgeschmacklippen,
smaragdgrünes Haar, und der Wind
heult leise, dann lauter,
doch wir ignorieren seine
flehende Warnung.

Laura Labas wohnt mit ihren zwei Katern in der schönen Kaiserstadt Aachen. Schon früh verlor sie sich im geschriebenen Wort und kreierte eigene Geschichten, die sie mit ihren Freunden teilte. Mit vierzehn Jahren beendete sie ihren ersten Roman. Spätestens da wusste sie genau, was sie für den Rest ihres Lebens machen wollte: neue Welten kreieren. Heute schreibt sie nach ihrem Master of Arts in Englisch und Deutscher Literaturwissenschaft immer noch mit der größten Begeisterung und Liebe und vertieft sich in Fantasy, Drama und Romance.

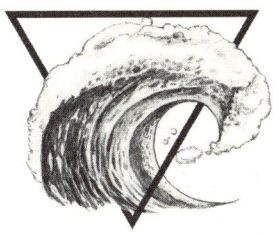

Laura Labas

Seda

Vor dem allumfassenden Hass existierte Liebe. Brennende Leidenschaft. Das Verlangen nach etwas. Nach jemandem. Der rohe Wille, zu besitzen und sich in der Dominanz zu entfalten.

Ich war noch ein Teenager, gerade vor meinem siebzehnten Geburtstag, als ich *ihn* das erste Mal sah. Er war die schönste Kreatur, die ich je hatte erblicken dürfen. Es war … verheerend.

Trotz dessen, dass ich als Meerjungfrau unter meinesgleichen als atemberaubend schön angesehen wurde, stieß ich in den Augen der Menschen auf wenig Ehrerbietung. Obwohl sie die essenzielle Schönheit in mir erkannten, spürten sie bei meinem Anblick eine allumfassende Furcht in sich aufsteigen. Darin begründet, dass ich das Raubtier und sie die Beute waren.

Deshalb wusste ich, dass *er* mir nie gehören würde. Und deshalb betrachtete ich ihn begierig aus der Ferne. Ein Jahr floss ins nächste über. Die Gezeiten schwappten über mich hinweg, und nach meinem Abschluss an einer menschlichen Highschool in New Orleans wankte ich ziellos durchs Leben.

Meine entfremdeten Eltern lebten in Babylon, nachdem sie mich in New Orleans zurückgelassen hatten. Ich hätte sie begleiten können, schätze ich. Doch obwohl magische Schattenstädte Meerwesen Zuflucht boten, erstickten sie unser Volk mit strengen Regeln und Gesetzen.

»Du wirst für dich selbst sorgen müssen, Seda«, hatte Mutter gesagt, weil es von ihr erwartet worden war. Eigentlich konnte sie es nicht erwarten, mich zurückzulassen.

Ich galt vielleicht als unvergleichliche Schönheit, doch selbst meine Eltern hatten mich als Kuriosität erkannt. Mein Wille war zu stark. Mein Egoismus zu groß. Das war kein typischer Wesenszug für unsereins, und es setzte mich von ihnen ab wie eine schwarze Schuppe in einem bunten Fischschwanz.

So hatte ich meine Eltern ziehen lassen und war meinen eigenen Weg gegangen. Die einzige Verbindung, die ich zu meiner Herkunft aufrechterhielt, war die der Seeperlen.

Eines Nachts hatte ich durch Zufall die Aura einer solchen Perle wahrgenommen. Sie war in den Händen von einem Ghul gelandet, der sicher nichts Gutes damit vorhatte.

Ich hatte weder die Meerjungfrau gekannt, der die Perle einst gehört hatte, noch war ich arrogant genug zu glauben, ich könnte die Welt verändern.

Trotzdem folgte ich dem Ghul und stahl ihm die Perle. Seitdem hatte ich es mir zur Aufgabe gemacht, weitere Perlen ausfindig zu machen, zu stehlen und zu verwahren.

Das war die einzige Sache, die ich für meinesgleichen tun konnte. Innerlich gab ich sogar zu, dass ich es tat, weil ich einsam war. Manchmal. Mit den Perlen fühlte ich mich, als hätte ich eine Familie, auch wenn alles eine Illusion war.

Mein Weg, der von da an immer von der Suche nach den Perlen begleitet wurde, führte mich wenig abenteuerlich erst auf die Middleschool und dann auf die Highschool. Und jetzt, mit fast einundzwanzig Jahren, kellnerte ich in einer Touristenbar mit gewöhnungsbedürftigem Interieur. Von gruseligen Schrumpfköpfen über gar kitschige Voodoopuppen mit zugenähtem Mund bis zu fingerlangen, spitzen Nadeln gab es alles. Hinter der Mahagonitheke musste ich mich mit Glaskugeln, in Kunstblut getauchten Messern und nackten Kunstschädeln auseinandersetzen. Die Flaschen mit Hochprozentigem waren mit zweifelhaften bunten Labels versehen, die einen schnellen Tod, einen qualvollen Tod und grausame Pein der Innereien versprachen. Touristen fuhren förmlich darauf ab, und ich verdiente genug Geld, um sie abzufüllen.

Seit ich gelernt hatte, meinen knochigen Körper mit fließenden Kleidern zu umhüllen, schien ich weniger Angst hervorzurufen, und die Grenze zwischen Mensch und Meerwesen war nicht mehr ganz so harsch gesteckt. Vielleicht half auch mein langes, fast weißes Haar, das einen Teil meines spitzen Gesichts verhüllte. Ehrlich gesagt, mir war die Furcht der Menschen egal.

Nur eine Person konnte in mir ein Gefühl der Unzulänglichkeit heraufbeschwören. Und das hatte rein gar nichts mit Voodoo oder Magie zu tun, sondern allein mit meinem klopfenden Herzen und seiner Perfektion.

Ich hatte ihn seit unserem Abschluss nicht mehr gesehen. Er war nach Europa aufgebrochen, um ein Jahr lang fremde Orte zu bereisen und Frauen zu erobern. Ich hingegen versauerte weiterhin in New Orleans unter dem Deckmantel, frei und unabhängig zu sein. Als würde ich jemals offen zugeben, in Einsamkeit und Unglück zu leben. Eher würde ich eine Wüste betreten und verdursten.

Doch dass ich so empfand, wurde mir erst schmerzlich bewusst, als er eines Tages wieder die *Voodoo-Queen*-Bar mit seinen Freunden betrat. Er. Jean. Ein Name, der die Macht besaß, mich erschauern zu lassen. Wie warmes Wasser, das in meinen Nacken geträufelt wurde.

Die vier Männer setzten sich an den freien Tisch unter einer Schrumpfkopfgirlande und mit schwarzen Kerzen auf einem reinweißen Wachshügel in ihrer Mitte.

Jean hatte sich verändert. Vorher hatte er gestrahlt wie ein Anglerfisch in der schwärzesten See. Jetzt schien sein Licht gedimmt. Tiefe Augenringe zeugten von schlaflosen Stunden, in denen er sich in seinem Bett hin und her wälzte. Sein rastloser Blick und die hastigen Gesten während der Unterhaltung standen im Widerspruch zu dem in sich gekehrten und ausgeglichenen Jungen, den ich während unserer Schulzeit voll Faszination beobachtet hatte. Etwas war mit ihm geschehen.

Seiner Schönheit tat diese Veränderung keinen Abbruch. Sie war unantastbar. Das mitternachtsfarbene Haar, das er in seinem Nacken zu einem kurzen Zopf zusammengebunden hatte. Ein paar seidig wirkende Strähnen, die in sein scharf geschnittenes Gesicht fielen. Wie von einem Steinmetz in Ekstase vom edelsten weißen Opal gemeißelt. Und Augen so blau wie das Meer, in dem ich schon lange nicht mehr geschwommen war.

»Willkommen in der *Voodoo-Queen*-Bar, was darf ich euch bringen?«, fragte ich aalglatt.

Die Typen blätterten noch in den klebrigen gelb-weißen Menüs, die ich selbst nicht mal unter Zwang angefasst hätte, während Jean seinen Blick nicht von mir wenden konnte. Ich widerstand dem Drang, das Gesicht hinter meinen Haaren zu verbergen. Stattdessen tat ich etwas, das ich mich bei ihm noch nie zuvor getraut hatte: Ich erwiderte seinen Blick.

Seit ich gelernt hatte, dass Menschen von meinen hellblauen Augen abgeschreckt wurden, hielt ich meine Lider meistens gesenkt. Nicht so sehr, weil ich Mitleid verspürte, sondern weil ängstliche Menschen meine Nerven zerrissen. Wenn sie sich im Blick einer Meerjungfrau verloren, war es, als würden sie in die dunkelsten Ecken ihrer Seele blicken.

Jean aber zuckte nicht zurück. Er verkrampfte nicht und er schrie auch nicht auf. Wenn es nicht unmöglich gewesen wäre, schien er sich gar das erste Mal seit dem Eintreten zu entspannen.

»Ich kenne dich«, sagte er. Seine Stimme strich wie eine zarte Flosse über meine Ohren. Ich erzitterte. »Seda, nicht wahr?«

Anerkennend neigte ich den Kopf. »Eure Bestellungen?«

Es wunderte mich nicht, dass er sich an meinen Namen erinnerte, schließlich hatte mich jeder an unserer Highschool gekannt. Wenn auch niemand je freiwillig mit mir gesprochen hatte.

Meinen Namen aus seinem wohlgeformten Mund zu hören, verärgerte mich in gleichem Maße, wie es mich zufriedenstellte. Ungefähr so wie eine Murmel, die in eine passende Kuhle rollte. Man erfreute sich, dass man sein Ziel erreicht hatte, gleichzeitig endete abrupt der Spaß an dem Spiel, was den Ärger in mir erklärte.

Ich wollte Jean. Und ich wollte das Spiel.

Beides zusammen würde es nie geben. Mein unlösbares Dilemma. Deshalb bevorzugte ich das Spiel, denn währenddessen wusste ich um meine Freude. Würde die Freude, Jean zu haben, da heranreichen können?

Debattierbar.

Diskussionswürdig.

Ungesittet und den Nächsten unterbrechend schrien sie ihre Bestellungen raus. Grölend. Primitiv. Einzig Jean erhob nicht die Stimme. Ich verstand ihn über die aus den roten

Boxen plärrende Reggae-Musik nur, weil ich als Meerjungfrau ein sensibleres Hörvermögen besaß.

Er wirkte wieder zufrieden. Die Fahrigkeit war von ihm abgefallen, und er lehnte sich in dem Stuhl aus unbehandeltem Holz zurück. Gemütlich war anders, doch Touristen im Allgemeinen und Betrunkene im Besonderen störte Unbequemlichkeit selten.

Ich konnte mich nicht an den letzten Moment erinnern, an dem ich mein Verhalten nicht mehr unter Kontrolle gehabt hatte. Könnte es der Nachmittag gewesen sein, an dem ich von einer Gruppe Mädchen abgefangen und beleidigt worden war? An dem mich die große Rothaarige an den Schultern gepackt und auf einen Haufen Müllsäcke geworfen hatte? Als ich ihre Augen unter meinen Fingerkuppen zerquetscht hatte? Möglich.

Viele Jahre waren vergangen. Jetzt aber agierte mein Körper ein weiteres Mal ohne mein Zutun.

Ich wollte mein Kinn nicht heben und Jean ansehen.

Ich wollte nicht möglichst aufreizend das Haar von meinem herzförmigen Ausschnitt streichen.

Ich wollte ihn nicht mit meinen Augen ausziehen.

»Du hast den Karamell vergessen«, wies mich mein Kollege zurecht, als ich das trompetenförmige Cocktailglas aufs Tablett stellen wollte.

Ich sah von ihm zum Glas. Mit den spitzen Fingernägeln strich ich über die klebrige Arbeitsplatte.

»Ich bin weg«, sagte ich, löste die grellrote Schürze von meiner Hüfte und warf sie neben den Cocktail.

»Was? Du hast noch vier Stunden!« Bob oder Billy, oder wie auch immer sein Name war, starrte mich entsetzt an. »Das kannst du nicht machen. Ora wird dich feuern.«

»Geht nicht«, erwiderte ich spitz. Ich holte aus dem Regal

meine schwarze Samttasche, die nicht ganz zum hellblauen Stoff meines Kleids passen wollte. »Ich kündige.«

Ich glitt um die Theke herum und an Jeans Tisch vorbei in den hereinbrechenden Abend. Ohne die angenehme Klima-anlage fühlte es sich an, als würde ich gegen eine Feuerwand laufen. Das einzig Gute war die hohe Luftfeuchtigkeit, die sich sanft auf meine blasse, fast weiße Haut legte.

»Habe ich dich verschreckt?« Er war mir gefolgt. Ich lä-chelte, blieb jedoch nicht stehen.

Die *Voodoo-Queen*-Bar befand sich am Rand des French Quarters und zehn Minuten von meiner vorübergehenden Bleibe entfernt. Ich hatte mir ein Apartment im ehemaligen Rotlichtviertel sichern können, ohne meine Niere für die Miete verkaufen zu müssen. Nicht, dass das ein Problem ge-wesen wäre. Meine Niere würde nachwachsen.

Ohne sich beirren zu lassen, schlenderte Jean neben mir her, als gehörten wir zusammen. Als er sich eine Zigarette an-zündete, rümpfte ich unwillkürlich die Nase.

Er zeigte auf die Kippe. »Kein Fan?«

Es war besser zu schweigen. Meine Abneigungen würden ihn zu keinem anderen Menschen machen, und er sollte sich meinetwegen nicht zurücknehmen, wie es die meisten Leute taten. Wenn sich Menschen um einen anderen sorgten, war es ganz natürlich, empathisch zu agieren und Rücksicht zu nehmen.

Einer der Hauptgründe, warum ich Menschen eigentlich nicht ausstehen konnte. Warum sein eigenes Glück für je-mand anderes opfern?

Jean hingegen war eine Ausnahme.

»Musst du wohl mit leben«, sagte er auf mein Schweigen hin und inhalierte weiter diesen fürchterlichen Mix aus Teer und Nikotin.

Ich fletschte die Zähne. Seine Perfektion hatte scharfe Kanten bekommen, an denen ich mich schneiden wollte.

Die Sonne war bereits untergangen, als wir das Ufer des Mississippis erreichten. Eine Weile schlenderten wir in unheimlichem Einklang an der Promenade entlang, bis wir zu einem verrotteten Steg gelangten.

Er sagte nichts. Folgte mir einfach ohne offensichtlichen Grund, was mich ... nervös machte. Ich konnte mich nicht daran erinnern, wann mein Herz das letzte Mal derart schnell geschlagen hatte. Was erwartete er von mir? Fühlte er sich von mir ... angezogen?

Mit schief gelegtem Kopf blieb er am Anfang des Stegs zurück. Das Wasser schwappte schmatzend gegen die Stelzen. Rückwärts ging ich weiter. Mein Blick auf Jeans kantiges Gesicht gerichtet. Seine blauen Augen dunkel und schattenversprechend, als er mit der Zunge über seine Lippen fuhr. Versuchte er, mich aus der Luft zu schmecken? Stellte er sich vor, wie es wäre, in mich einzutauchen?

In mir stieg der Wunsch auf, nachzugeben. Dem drängenden Gefühl nachzugeben und mich von ihm in die Arme nehmen zu lassen, bloß weil ich mich danach sehnte.

Doch noch wehrte ich mich dagegen. Noch traute ich ihm nicht. Ich wollte ihm zeigen, wer ich wirklich war, und dann ...

Zum ersten Mal verlangte es mich danach, kein Spiel zu spielen. Obwohl es das Einzige war, das mir bekannt war.

Wir waren allein. Die Jachten links und rechts versperrten die Sicht auf mich. Niemand befand sich an Bord. Allein Jean konnte mich sehen.

Ich ließ die Tasche zuerst fallen. Wartete eine Sekunde, dann fasste ich an meinen Rücken und zog den Reißverschluss auf. Es brauchte nur die Schwerkraft sowie das Reißen des rauen Windes, und mein Kleid fiel raschelnd zu Boden. Eine eisblaue Pfütze. Ich stieg aus ihr hervor, elegant. Die Sandalen ließ ich zurück.

Jean war wie erstarrt, als er meinen nackten Körper in sein Gedächtnis aufzusaugen schien.

Meine Nacktheit schlug einen Bann um Jean, und das Spiel drohte vorzeitig zu enden. Doch nicht sie war es, die ich ihm hatte zeigen wollen. Ich wollte ihn. Aber ich wollte mehr noch unser Spiel. Deshalb verlangte es mich nach seiner Abscheu. Weil es bedeutete, dass ich ihn weiter ansehen konnte, weiter bewundern und mir weiter seine Berührungen vorstellen konnte, ohne etwas von mir zu geben. Ich würde weiterhin meine Gefühle für mich behalten können und nicht verletzt werden.

Ruckartig drehte ich mich um und sprang kopfüber ins kalte Wasser, das augenblicklich meine Lunge füllte. Ich fand im Bruchteil einer Sekunde zu meiner wahren Gestalt. Mein Fischschwanz, der sich ab meiner Hüfte gebildet hatte, erstrahlte in schimmerndem Lila unter der Oberfläche. Ich konnte es nicht sehen, aber ich wusste, dass mein Mund sich ausgeweitet hatte. Meine Zähne, nun klein und nadelförmig, hatten sich um ein Dreifaches vermehrt und würden mir das menschliche Sprechen unmöglich machen. Kiemen schlitzten wie Krallenspuren meinen Hals auf, und meine Augen glühten übernatürlich unter dem gesponnenen und wabernden Netz meiner Haare. Meine Finger hatten sich verlängert und zu spitzen, schwarzen Krallen verformt, damit ich meine Beute halten und reißen konnte. Selbst meine weiße Haut erhielt einen bläulichen Schimmer, als würde sie das Wasser reflektieren. Schwarze, hauchdünne Linien breiteten sich auf meinen Schultern aus und umgaben, wie ich wusste, auch meine Augen. Mein persönliches Fischernetz.

Nachdem ich mich ein paarmal um meine eigene Achse gedreht hatte, durchstieß ich die glatte Oberfläche.

Wie ich es vorausgeahnt hatte, hatte Jean Reißaus genommen.

Jemand wie er würde sich bis morgen Abend eingeredet haben, dass alles seiner Fantasie entsprungen war. Dass er sich meinen Fischschwanz eingebildet hatte. So genau hatte er mich vermutlich unter Wasser nicht gesehen. Eine clevere Täuschung.

Es war einerseits traurig, dass ich recht behalten sollte. Andererseits half es mir, in meiner Vorstellung von ihm und mir zusammen zu leben. Das Spiel, das ich allein spielte, war noch intakt. Meine Erwartungen, die er bestimmt nicht erfüllen würde, konnte ich in meiner Imagination aufrechterhalten.

So war es besser und ...

... dann war er doch wieder da.

Mein Herz pochte mir bis zum Hals. So stark und so schnell, dass ich glaubte, etwas war falsch mit mir. Konnte es sein, dass er mich wirklich mochte? Egal, in welcher Form?

Wie aus dem Nichts rannte er lediglich in Shorts bekleidet über den Steg und sprang neben mir in den Fluss. Schockiert von seinem Verhalten tauchte ich unter. Er hatte die Augen weit aufgerissen, sah mich ganz genau an, ehe sein Körper wieder nach oben getrieben wurde. Zum ersten Mal, seit ich mich erinnern konnte, war ich verunsichert.

Zögerlich, was ich auch nicht von mir kannte, umkreiste ich ihn und tauchte dann wieder auf. Ich konnte in gewandelter Gestalt sowohl im Wasser als auch außerhalb atmen.

Er strich sich das dunkle Haar zurück, machte die perfekt gezeichneten Brauen sichtbar, während er mit seinen Beinen paddelte. Seine Augen glänzten amüsiert, als sie auf meinem Gesicht landeten.

Ich fauchte. Zeigte ihm meine scharfen Zähne. Er zuckte nicht mal mit der Wimper. Wieder und wieder stellte ich ihn auf die Probe, wieder und wieder blieb er bei mir.

Du hast keine Angst?, fragte ich telepathisch, was wir Meerwesen eigentlich nur untereinander zu tun pflegten. Menschen waren nicht immer empfänglich für diese Art von Kommunikation, und Hexenwesen stählten ihren Verstand, um unsereins nicht eindringen zu lassen.

Ich ging kein Wagnis damit ein, es zu versuchen. Viel eher wollte ich austesten, ob er mich wirklich wollte.

Sein intensiver Blick verunsicherte mich. Ein derart neuartiges Gefühl, mit dem ich kaum umzugehen wusste.

»Weil du eine Meerjungfrau bist?« Sein Blick folgte mir, als ich mit der Flosse das Wasser um uns herum aufschwappen ließ. »Du bist beeindruckend, Seda.«

Wenn sich Meerjungfrauen besonders wohlfühlten, stellten sich ein paar unserer Schuppen auf. Offenbar erfreute ich mich am Klang seiner Stimme.

Ich könnte dich auseinanderreißen. Dich den Fischen zum Fraß vorwerfen und dann an deinen Knochen nagen.

Er schwamm auf mich zu, bis er dicht vor mir war. Ich spürte seinen Körper an meinem. Wie er seine Füße bewegte und mit seinen Händen wedelte, um an der Oberfläche bleiben zu können. Statt jedoch von seiner Schwäche und Menschlichkeit angewidert zu sein, fühlte ich mich von ihm angezogen wie am ersten Tag, als wir uns begegnet waren.

Hass und Liebe.

Nachdem ich mich in meine menschliche Form zurückgewandelt hatte, begleitete er mich nach Hause. Ein Anflug von Scham überkam mich beim Anblick des maroden Gebäudes und meines heruntergekommenen Apartments. Schnell fand ich zu mir selbst zurück und ging diese Angelegenheit so an wie alles in meinem Leben: Es war mir gleich, was andere dachten.

Das Apartment bestand aus zwei Zimmern, einem Bad und einer Küche. Alles war so sauber geschrubbt, wie es mir möglich gewesen war, doch es bedurfte mehr als eines Putzschwamms und Seife, um der Wohnung Glanz zu verleihen. Ich besaß ein Bett mit Metallgestell, einen Wohnzimmertisch aus glasiertem Holz, an dem ich mich zurechtmachte, und einen Teppich. Das zweite Zimmer blieb ungenutzt. Im Bad gab es die große Wanne, die mich davon überzeugt hatte, einzuziehen.

Jean setzte sich nach einem kurzen Blick zum Bett auf den Teppich vor dem Tisch.

»Hast du Hunger?«

Er sah mich direkt an. Mir wurde flau im Magen. Was war dieses Gefühl?

Ich bekam plötzlich schwerer Luft. Atmete hektischer, als würde die Hitze in mir alles verbrennen.

»Willst du dich setzen?«, fragte er, anstatt zu antworten.

Als würde ich meinen Körper nicht mehr selbst beherrschen können, bewegte er sich von allein. Ich setzte mich im Schneidersitz dicht neben Jean, sodass sich unsere Knie berührten. Die Hitze, die in mir ihren Anfang genommen hatte, schien alles um mich herum zu verglühen. Ein Blick in Jeans Augen verriet mir, dass ich nicht allein damit war.

Er hatte das Spiel zunichtegemacht.

Er war nicht davongelaufen.

Er war an mir interessiert, obwohl ich kein Mensch war.

Das warf unzählige Fragen auf. Als Schattenwesen war ich oft davor gewarnt worden, Menschen zu vertrauen. Es würde selten ein gutes Ende nehmen, doch dass es ein Ende nähme, wäre nicht von der Hand zu weisen.

Ich wollte nun weder daran denken noch an seine kuriose Reaktion auf meinen Fischschwanz. Das Spiel, das mir noch wenige Stunden zuvor so wichtig erschienen war, wich dem Drang, etwas zu riskieren.

Wäre es so schlimm, mich zu öffnen? Meine Familie war schon immer zu vorsichtig gewesen. Deshalb hatten wir uns getrennt. Sie waren nicht ich, und ich war mehr als sie. Daran glaubte ich fest. Einmal ... Einmal würde ich es wagen, jemanden einzulassen.

Seine warmen Lippen, die ich stundenlang beobachtet hatte, legten sich zärtlich auf meine. Er wartete. Ich gierte nach mehr und erwiderte seinen zunächst scheuen Kuss ohne Zögern.

Mit den Händen auf seinen Schultern richtete ich mich auf und übte gleichzeitig mehr Druck auf seinen Mund aus. Bis ich ihm ein leises Stöhnen entlocken konnte und seine Mauern unter mir wie Millionen Kieselsteine auseinanderfielen.

Ich warf ein Bein um seine, damit ich mich rittlings auf ihn setzen konnte. Den Mund, den er geöffnet ließ, löste er mit seiner Zunge auf meinen Lippen ab. Erst neckte er mich, dann begegnete ich ihm mit meiner Zunge und lud ihn zu mir ein. Er füllte mich aus, erkundete meinen Mund, während ich mich emotional mit ihm zu verknoten schien.

Das durfte nicht sein. Ich wollte ihn besitzen und mich nicht in ihm verlieren. Meine Selbstbeherrschung löste sich in Luft auf, als seine warmen, weichen Hände das Kleid über meinen Kopf zogen und anschließend meinen Körper erkundeten.

Ich bog mich ihm entgegen, bot ihm meine bleiche Kehle dar, die er mit federleichten Küssen übersäte.

»Warum?«, fragte ich, weil es mir keine Ruhe ließ.

»Weil du mich verstehst«, sagte er bloß und setzte dem Gespräch mit einem tiefen Kuss ein Ende. Es reichte aus. Ich verstand, was er meinte. Er besaß eine Dunkelheit, die mir imponierte, und die andere abstieß.

Wie im Rausch entledigten wir uns auch seiner Kleidung, bis sich unsere nackten Körper aneinanderschmiegten. Ich ließ mich von ihm besitzen, während ich ihn gleichzeitig mit meiner Weiblichkeit in Besitz nahm.

Die Nacht schritt voran, und wir liebten uns ein weiteres Mal, ehe ich in einen wohligen Schlaf glitt.

Mein Verstand vergaß das Spiel, das ich all die Jahre verfolgt hatte. Mein Herz sehnte sich nach seinem Körper und seiner Aufmerksamkeit. Ich fand mich auf einer Wolke schwebend, die er mit seinem Lächeln kreiert hatte.

Ein Lächeln, das zunehmend angespannter wurde. Tage weiteten sich wie Tinte auf Papier zu Wochen aus. Bald schon musste ich einen neuen Job als Kellnerin annehmen, und Jean begleitete mich zu den Schichten, die manchmal bis tief in die Nacht hinein dauerten. Seine Miene verschloss sich häufiger vor mir, und ich fürchtete mich vor dem, was das bedeuten konnte. Ich verbat mir allerdings, darüber nachzudenken. Meine Gefühle für ihn waren zu stark geworden. Mein Herz war von ihm ausgefüllt. Selbst wenn er nicht im gleichen Maß empfand.

Ich spürte einen tiefen Schmerz in ihm, doch wann immer ich mich danach erkundigte, lenkte er mich mit seiner geschickten Zunge ab.

Ich war schwach geworden.

Allerdings hatte ich noch nicht mein ganzes Sein aufgegeben. Es gab immer noch etwas, das ich ihm nicht gezeigt hatte. Er hatte zwar mein Meerjungfrauendasein akzeptiert und begleitete mich gerne zum Fluss, wo ich meine Bahnen im Schutz der Dunkelheit zog, aber ich hatte ihn nie mitgenommen, wenn ich mich auf die Suche nach Seeperlen begab.

Perlen waren das metaphorische Herz von Meerwesen. Wir wurden damit geboren, und irgendwann nach unseren ersten Lebensjahren spalteten sie sich von unserem Nabel ab. Wir hüteten sie wie einen Schatz, da sie große Macht besaßen. Zum einen konnte die Meerjungfrau oder der Meermann damit kontrolliert werden, zum anderen hatten Hexenwesen einen Weg gefunden, dunkle Magie mit ihnen zu kreieren. Am wertvollsten war so eine Perle jedoch, wenn das Meerwesen bereits tot war. All die Magie des Wesens sammelte sich dann in der Perle.

Deshalb schlich ich mich eines Nachts durch die vollgestellte Wohnung raus, während Jean tief und fest schlief. Seit er zu mir gekommen war, hatte er sich in meinem Apartment eingerichtet. Es gab mehr Möbel. Mehr Kleidung. Mehr *alles*. Ich wusste nicht, ob es mir gefiel. Doch ich hatte ihn eingelassen, und das war nun mein Leben.

In New Orleans lebten unzählige Schattenwesen, unentdeckt von den meisten Menschen. Es gab kein bestimmtes Viertel, in dem sie sich tummelten. Es existierten einzig Etablissements wie die Spielhölle *Devil's Jaw* in Storyville oder die *Nightshade Bar* in Seventh Ward, wo sich unsereins auf engstem Raum zusammenfand.

Dort würde ich meine nächste Perle finden. Ich hatte mir in den vergangenen Jahren ein weites Netzwerk aufgebaut, in dem ich als exzentrische Käuferin magischer Artefakte galt. Dafür ging auch ein Hauptteil meines Gehalts drauf. Ich musste die Fassade aufrechterhalten, um weiterhin meine Kontakte dafür nutzen zu können, Perlen zu finden.

Dieses Mal hatte ich von einer türkisfarbenen Perle gehört,

die einer toten Meerjungfrau gehört hatte. Es war nicht auszuschließen, dass der Verkäufer den Tod zu verantworten hatte, um ihren Wert zu steigern. Aber ich war nicht auf Rache aus. Auch wenn es mir in den Fingern kribbelte, wollte ich nur die Perle retten und verwahren.

Als ich die *Nightshade Bar* betrat, war sie gut gefüllt. Mitternachtsblaue Einrichtung, Lichterketten, die in Regenbogenfarben schillerten, und Musik, die aus mehreren Boxen dröhnte. Goblins, Trolle, Ghule und andere Wesen hatten sich hier versammelt.

Ich erzitterte und wandte mich ab. Selbst mir waren manche Wesen nicht geheuer.

Nachdem ich ein Glas Weißwein geordert hatte, lungerte ich an der Theke herum, ehe die Uhr zur halben Stunde läutete. Die Transaktion geschah direkt vor meinen Augen an einem der Tische. Eine Pixie mit blassgrüner Haut und spitzen Ohren offerierte einem finster dreinblickenden Typen einen klimpernden Sack Gold. Der Typ öffnete die Samtschatulle und offenbarte eine türkisfarbene Perle.

Mein Herz klopfte heftig.

Dann wurde die Schatulle schon wieder geschlossen. Die Perle wechselte den Besitzer und das Geld wurde eingesteckt. Ich ließ den Typen ziehen und konzentrierte mich einzig auf die Pixie, die sich einen Drink bestellte. Ich wusste nicht, was sie mit der Perle wollte, und es war mir auch egal. Sie würde sie nicht behalten.

Als sie die Bar zwanzig Minuten später verließ, folgte ich ihr.

Es wäre vermutlich nicht unmöglich gewesen, sie niederzuschlagen, aber rohe Gewalt war nicht meine Art. Deshalb wartete ich, bis sie ihr Zuhause, gar nicht weit von der Bar entfernt, erreicht hatte. Von der gegenüberliegenden Straßenseite aus konnte ich ihre Silhouette beobachten, und eine Weile später wurde das Licht im zweiten Stock gelöscht. Es war ein Leichtes, in die Wohnung einzubrechen. Schlösser stellten für meine übermenschliche Kraft kein Hindernis dar. Ich versuchte, möglichst leise zu sein, aber das Knirschen vom Holz, während ich das Schloss brach, ließ sich nicht vermeiden. Die Pixie schlief seelenruhig in einem Einzimmerapartment mit separater Küche und Bad. Ich spürte die Magie, die in Wellen von der Perle ausging, sodass ich das Versteck schnell ausfindig machen konnte. Die Pixie hatte sich nicht viel Mühe gemacht. Vorsichtig öffnete ich den Backofen und holte die dunkle Schatulle daraus hervor. Ich musste mir ein Seufzen verkneifen, als die Perle in meinen Besitz überging.

Ohne Umschweife verließ ich das Wohnhaus und kehrte nach Hause zurück. Die gesammelten Perlen verwahrte ich in einer Truhe im Keller. Dort hatte ich ein Loch in die Wand gehauen und es mit einem blinden, mannshohen Spiegel verdeckt. Möglichst leise, um Jean im Obergeschoss nicht zu wecken, schob ich den Spiegel zur Seite und zog die Truhe hervor. Das hier war meine fünfzehnte Perle.

Ich holte die Perle hervor und bettete sie auf das Kissen in der Truhe. Ich bildete mir ein, dass sie wohlig aufleuchtete.

Nach einem kurzen Moment stellte ich alles an seinen angestammten Platz und schlich zum Bett zurück. Jean lag auf der Seite, die Decke um seine Beine verknotet. Das schwarze Haar fiel wirr in seine Stirn. Mein Herz zog sich zusammen.

Ein Mensch sollte nicht so schön sein wie er. Und die Traurigkeit, die Verzweiflung, die er Tag für Tag mit sich führte und an der er mich nicht teilhaben lassen wollte, machte ihn noch schöner. Ich legte mich neben ihn und schlief friedvoll ein.

Als ich erwachte, war Jean bereits aufgestanden. Es duftete nach frisch gebrühtem Kaffee und Donuts. Erst vor wenigen Tagen hatte ich mit Jean meine Leidenschaft für mit Zuckerguss glasierte Donuts geteilt.

Mit einem Lächeln auf den Lippen schritt ich zunächst ins Badezimmer, um mich herzurichten. Etwas klares Wasser, und schon fühlte ich mich regeneriert. Meine Haut strahlte, und die Müdigkeit fiel von mir ab.

In der Küche mit den gemusterten Fliesen fand ich einen gedeckten Tisch vor. Jean war gleich am Anfang unserer Beziehung damit aufgetaucht, weil er es als wichtig erachtete, in getrennten Räumen zu essen und zu schlafen. Er hatte sich heute Morgen die Mühe gemacht, Geschirr und Besteck rauszulegen. Der frisch gebrühte Kaffee befand sich noch in der Kanne, die Donuts in der Verpackung. In der Mitte der beiden Teller hatte Jean ein Glas zu einer Vase umfunktioniert, in der sich eine weiße Rose fand. Ich betrachtete sie einen Augenblick. Freude ließ mein Herz anschwellen. Hatte ich einen Ort gefunden, an dem ich glücklich sein konnte?

Ich griff bereits zur Kaffeekanne, als etwas anderes meine Aufmerksamkeit auf sich zog. Ein gefalteter Zettel, den Jean unter einen der beiden Teller geklemmt hatte.

Nichts ahnend faltete ich das Papier auseinander und las die wenigen Worte, die er darauf gekritzelt hatte. Schlagartig zogen sich meine Adern und Gefäße zusammen.

Dann lief ich los. Ich verließ die Wohnung, rannte die Treppe hinunter und stürmte ins leere Untergeschoss. Zum Zimmer mit meinen Perlen. Der Spiegel war zur Seite geschoben. Die Truhe stand geöffnet vor dem klaffenden Loch in der Wand. Und die Perlen …

Ein erstickter Schrei entfloh mir. Sie waren fort. Jean hatte sie alle genommen.

»Nein«, flüsterte ich und japste nach Luft. Mit einer Hand kratzte ich über meinen Hals, als würde ich damit meine Kiemen aufreißen und wieder atmen können.

Ich fiel auf die Knie. Mein Herz war zersplittert, und die scharfen Kanten schnitten in mein Sein, das ich bis vor wenigen Wochen vor allen Wesen dieser Welt beschützt hatte. Bis Jean aufgetaucht war.

Die Worte, die er so achtlos niedergeschrieben hatte, lösten in mir einen alles vernichtenden Hass aus.

Sorry, Seda, ich brauchte die Perlen. Meine Spielschulden sind zu hoch.

Sorry, Seda? Nach dieser intensiven Zeit, die wir erlebt hatten, in der wir zusammengewachsen waren, wie Pflanzen in Symbiose lebend, war ich nicht mehr wert als das?

Und dann die erschreckende Erkenntnis – er hatte nie so gefühlt wie ich. Von Anfang an war es ihm nur um die Perlen gegangen. Er hatte sich in mein Leben geschlichen, weil er bereits gewusst hatte, dass ich sie sammelte. Ich hatte keine Ahnung, wer es ihm gesagt haben könnte, aber ich wusste ganz genau, in wessen Schuld er stand. Einem der wenigen in der Stadt, der Seeperlen als Bezahlung akzeptieren würde.

Ich rappelte mich auf, obwohl ich mich so schwach fühlte wie Seetang in der Strömung kämpfend. So war es also, betrogen zu werden. Hass, Zorn und Abscheu, darin würde ich mich wieder kleiden.

Auf bloßen Sohlen verließ ich das Haus und steuerte das *Devil's Jaw* an. Wann immer wir an der Spielhölle vorbeigegangen waren, hatte Jean eine wahre Kunst daraus gemacht, nicht dorthin zu sehen. Obwohl das Gebäude, das sich auf zwei Stegen ausbreitete und über Wasser verbunden war, beeindruckend wirkte, hatte er nicht ein Wort darüber verloren. Ich hatte angenommen, es hätte abschreckend auf ihn gewirkt, doch so war es nicht. Er wusste ganz genau, wie es in der Spielhölle aussah, weil er bei Adnan Schulden gemacht hatte. Adnan Marjuri, dem Ghul, der die Spielhölle geerbt hatte und nun mit eiserner Hand führte.

Ich war ihm noch nie begegnet, doch heute war ein guter Tag, um das zu revidieren.

Das *Devil's Jaw* war rund um die Uhr geöffnet. Deshalb war es nicht ungewöhnlich, um diese frühe Uhrzeit Eintritt zu verlangen. Leider benötigte man eine Eintrittskarte, die ich dem Waldtroll natürlich nicht zeigen konnte. Anstatt Zeit zu verschwenden und zu betteln, sprang ich an einer versteckten Stelle in den Fluss und schwamm unter dem östlichen Steg hindurch. Ich musste nicht lange nach einem guten Weg suchen, um die Spielhölle zu betreten. Zwischen den Stegen gab es ein paar geöffnete Fenster, da wahrscheinlich niemand damit rechnete, dass jemand erst durch das Brackwasser schwimmen würde, um dann hier einzusteigen.

Noch während ich mich an der Fensterbank hochzog, wandelte ich mich wieder in Menschenform. Nackt stand ich inmitten eines in Schwarz- und Rottönen gehaltenen Raumes mit runden und eckigen Spieltischen und einem Dutzend Spielerinnen und Spielern.

»Wo ist Adnan Marjuri?«, fragte ich mit mörderischer Präzision, jedes Wort aufs Schärfste betont.

»Wer bist du? Du hast hier nichts zu suchen!«, rief ein Waldschrat mit Geweih und einem skelettartigen Körper.

»Bringt mich zu Adnan«, forderte ich. »Du!« Ich deutete auf den Bergtroll neben der Tür. »Jetzt sofort.«

Ich platzierte den Wunsch in seinem Verstand, und er rührte sich endlich unter den Protesten der anderen. Lächelnd folgte ich ihm in den Korridor mit dem roten Teppich, an den verschiedensten Räumen vorbei, in denen allesamt Geld verprasst wurde. Adnan musste das reichste Schattenwesen in ganz New Orleans sein.

Schließlich erreichten wir eine Art Thronsaal. Ein anderes Wort fiel mir für die Opulenz, die mich förmlich zu erschlagen drohte, nicht ein. In seiner Mitte stand ein hochlehniger Stuhl, mit dunklem Stoff bezogen und goldenen Ornamenten im Holz. Auf ihm saß ein überraschend junger Adnan Marjuri und ließ sich von einem oberkörperfreien Mann mit Trauben füttern. Seine eigenen Hände lagen beringt, aber offenbar nicht für diese Tätigkeit geeignet, und gefaltet in seinem Schoß. Er trug einen weißen Turban, eine weiß-goldene Tracht, die bis zu seinen Unterschenkeln reichte, sowie eine dazu passende Stoffhose und kostbar aussehende Pantoffeln.

Ein schwarzer Vollbart wuchs aus seiner unteren Gesichtshälfte und lenkte minimal von dem verschmitzten Lächeln ab. Der Teint braun, die Haut faltenlos. Auf seiner Schulter saß ein brauner Falke, der mich sofort mit seinem Blick fixierte.

Mein Herz klopfte seltsamerweise, als ich in Adnans Blick eintauchte. Anders als bei Jean wurde ich nicht von seinem Äußeren geblendet. Ich spürte eine Verbundenheit in erster Sekunde, die sich auf tiefere, intimere Ebenen erstreckte. Als würden sich tausend Leben zwischen uns spannen, und in jedem hätten wir zueinandergefunden.

Wie absurd.

Die Blicke der ein Dutzend Anwesenden richteten sich sofort auf mich. Meine Nacktheit war anziehend genug.

»Und wer bist wohl du?«, fragte Adnan leise.

Ich stellte mich bis auf zwei Meter vor ihn. »Dir wurde etwas gegeben, was mir gehört.«

»Was mag das sein?« Amüsiert zog er die Brauen hoch. Mit

einer Hand hielt er den gut aussehenden Mann davon ab, ihn weiter zu füttern.

»Fünfzehn Perlen von Meerjungfrauen. Ich weiß, dass Jean sie dir gegeben hat, um seine Schulden zu begleichen. Versuch erst gar nicht, das abzustreiten.«

»Oh, das wäre mir nie in den Sinn gekommen.« Er erhob sich und trat auf mich zu. »Aber die Perlen gehören nun mir.«

»Sie sind mir gestohlen worden«, sagte ich mit bebender Stimme und hasste mich sogleich für diese offenbarte Schwäche.

»Fort ist fort.« Sein Atem streifte meinen Nacken. Ich erschauerte. Er war gefährlich. Vermutlich mehr noch als ich. Die Hände verschränkte er hinter seinem Rücken. Der Falke war mir für meinen Geschmack viel zu nah, doch ich wich nicht zurück. »So spielt das Leben, Meerjungfrau. Empfindest du keinen Genuss, daran teilzunehmen?«

Ich biss mir auf die Unterlippe. Das Spiel. Wie konnte jemand wie er wissen, was in mir vorging?

»Du weißt nicht, was du sagst«, entgegnete ich, während meine Gedanken rasten. Ich hatte es wahrlich vergessen. Meine Position in dieser Welt. Alles war ein Spiel, und bis Jean aufgetaucht war, hatte ich die Fäden in den Händen gehalten. *Ich* hätte das große Ganze erkennen können.

Doch wollte ich dahin zurück? Ich hatte mit Jean mehr gekostet, obwohl er mich letztlich verraten hatte. Gefühle, die ich einst als Schwäche abgetan hatte, hatten mich auch stark und selbstbewusst werden lassen. Zuvor hätte ich mich niemals gewagt, Adnan und die Spielhölle aufzusuchen.

Adnan beugte sich vor. Der Falke rührte sich nicht, als seine Lippen meine Ohrmuschel streiften.

»Mach deine eigenen Spielregeln, Seda«, raunte er und platzierte einen Kuss unter meinem Ohr. »Zeig mir, was du kannst. Sei mehr als eine leere Hülle. Fühle mehr als alle anderen.«

»Und wenn es wehtut? Wenn ich den Schmerz nicht mehr ertragen kann?«

»Ist dir nicht aufgefallen, dass du stärker bist, als du geglaubt hast?«

Er zog sich wieder zurück, wartete und wandte sich dann lächelnd ab, weil ich nichts erwiderte.

Ich drehte mich um und verließ das *Devil's Jaw* erhobenen Hauptes. Jean hatte mein Herz genommen, und er hatte es zerstört. Meine erste Reaktion war, Rache zu nehmen. Ihn ebenfalls zu vernichten.

Doch war es das, was ich wirklich wollte?

Der Schmerz, dieser unerträgliche Schmerz, rührte nicht aus dem Betrug, sondern aus der Angst, was mit den Perlen geschehen würde. Ich hatte den Wehrlosen in New Orleans helfen wollen. Meine heimliche Mission.

Auf der Straße blickte ich mit tränenverschleiertem Blick in den Himmel auf. Mit jäher Klarheit wurde mir bewusst, dass ich vielleicht egoistisch war, aber nicht kalt. Ich wollte mir selbst helfen, doch ich wollte mich auch nicht mehr verschließen. Wollte Seeperlen bewahren und vielleicht genauso gebrandmarkten Wesen, wie ich durch Jean eines geworden war, helfen, weil es sich richtig anfühlte. Dazu brauchte ich einen sicheren Zufluchtsort. Ein Netzwerk aus Verbündeten, denen ich rückhaltlos vertrauen konnte. Einen Hafen, an dem wir uns zusammenfinden konnten und der sicherstellte, dass ich nicht mehr allein durchs Leben gehen musste.

Doch um das zu bewerkstelligen, erforderte es Macht. Und diese würde ich mir nehmen.

D. C. Odesza ist das Pseudonym einer jungen deutschen Autorin. Seit ihrem Studium in Germanistik und Geschichtswissenschaft schreibt sie Fantasygeschichten und spannungsgeladene Romane, die sich durch tiefe Gefühle, sinnliche Momente und tief bewegende Handlungen auszeichnen.

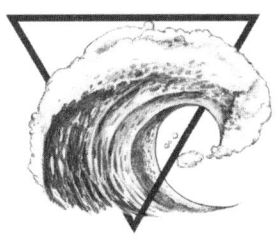

D. C. Odesza

When the sea saves us

AVA

»Ups, Verzeihung«, entschuldige ich mich bei dem Mann, den ich im Gehen angerempelt habe.

»... werde kurz – Fuck!«, flucht er.

Meine Freundin Grace, die sich bei mir untergehakt hat, beginnt zu kichern. Mir hingegen ist der Zusammenprall verdammt unangenehm. Der Drink des Mannes schwappt über seine Hand, landet teilweise auf seinem nackten Bauch und den dunkelblauen Badeshorts.

»Komm weiter, Ava!«, versucht Grace mir über die laute Musik auf dem Partyschiff, das vor der australischen Küste auf dem Meer schaukelt, zuzuflüstern. Doch ich bleibe wie angewurzelt stehen.

Als ich in meinem dunkelblauen, knappen Partykleid mit großer Sonnenbrille auf der Nase und dem breiten Sonnenhut zu dem Mann aufsehe, trifft mich der Schlag. *Er ist hier?*

Zuerst wandert mein Blick über sonnengebräunte Haut, unter der sich definierte Muskeln abzeichnen. Danach huschen meine Augen zu seinem Gesicht. Er trägt ebenfalls eine verspiegelte Sonnenbrille, hat ebenmäßige Gesichtszüge und geschwungene Lippen, die nun stöhnend geöffnet sind. Die Halssehnen treten sichtbar hervor, während sein Kiefer genervt mahlt. Er ist unverkennbar sauer. Nein, stinksauer. Sein kastanienbraunes Haar ist zerzaust, und wäre mir nicht der Ring an seinem Mittelfinger aufgefallen, hätte ich ihn vermutlich nicht wiedererkannt. Aber der goldene Siegelring ist unverwechselbar – ein dunkelblauer Stein mit der Gravur eines springenden Pferdes. Diesen Ring trägt bloß einer, den ich bisher getroffen habe. *Wayne Lenoy.*

Als Grace mich weiterziehen möchte, damit wir uns zwischen den anderen Gästen auf dem Partyschiff aus dem Staub machen, packt mich eine große Hand an der Schulter.

»Wo willst du hin, Kleine?«, fragt mich der Typ neben Wayne. Als ich zu diesem hochschaue, grinst mich aus rabenschwarzem Haar ein Lächeln an, das nichts Gutes verspricht.

»Ich … äh … treibe einen neuen Drink auf, natürlich«, erkläre ich mit schwerfälliger Zunge. Gott, bin ich schon so betrunken?

Skeptisch schaut der Typ zu mir herab.

»Tatsächlich? Also willst du wirklich nicht die Biege machen?«

Grace zerrt weiter an meinem Arm, bis ich den Kampf aufgebe und meine Freundin mit den Worten »Ich komme gleich nach« loslasse.

»Okay, ich bin bei den anderen.«

Ohne der Szene weiter Beachtung zu schenken, mischt sie sich zwischen die anderen Gäste. Ihr blonder, wippender Pferdeschwanz verschwindet kurz darauf in der feiernden Menge.

»Nein, ich mache nicht die Biege. Gehen wir zur Bar. Ich

gebe einen neuen Drink aus«, schlage ich vor, um die unangenehme Situation schnellstmöglich hinter mich zu bringen.

»Schon gut, spar dir dein Geld«, unterbricht uns Wayne. Seine Stimme klingt weiterhin unterkühlt und angespannt. »Der verschüttete Drink ist bei Weitem nicht das Schlimmste an diesem Abend.«

Oh, da hat aber einer üble Laune.

»Kein Ding, ich komme wirklich dafür auf.« Schnell greife ich zu meiner kleinen schwarzen Clutch und wühle nach den zusammengerollten Geldnoten. Da die Tasche so winzig ist, hatte kein Portemonnaie hineingepasst. Doch Wayne ist bereits verschwunden. Bloß sein Freund steht weiterhin vor mir wie eine unüberwindbare Mauer. Er hat nicht vor, mich einfach so gehen zu lassen.

Fragend schaue ich zu ihm auf. »Er hat einen harten Tag«, erklärt er mir genervt, als er flüchtig in Waynes Richtung schaut.

Sehe ich. Und ich habe dabei geholfen, dass er noch übler wurde. »Tut mir leid«, sage ich leicht lallend. »Wirklich.«

»Schon gut. Zumindest wolltest du es wiedergutmachen.« Er schiebt seine blau getönte Sonnenbrille ins Haar und zwinkert mir zu.

»Wenn du meinst.« Ich ziehe meine Finger mit den Geldnoten aus der Tasche, als ich angerempelt werde und einen Schritt nach vorn wanke.

Der gut aussehende fremde Mann umfasst meine Schulter. »Hoppla. Das Karma scheint es wohl gerichtet zu haben. Viel Spaß noch. Vielleicht sehen wir uns später wieder.«

Auf dem überfüllten Schiff mit mehr als drei Decks? Wohl kaum. Ich nicke dennoch, bevor ich mich umdrehe und meine Freundinnen im hinteren Bereich der Jacht suche.

Wayne Lenoy ist hier. Kaum zu fassen. Da mache ich einmal

Urlaub auf der anderen Seite der Erdkugel, weit weg von Großbritannien, und treffe ausgerechnet Wayne Lenoy. Nicht, dass es mich stören würde. Bestimmt erinnert er sich nicht einmal mehr an mich.

Als ich meine Freundinnen gefunden habe, die eine weitere Flasche Champagner köpfen, herrscht eine ausgelassene Stimmung auf dem Partyboot. Die meisten Gäste tanzen auf dem Oberdeck, nutzen die zwei Whirlpools, trinken, feiern und grölen lautstark. Würde Grace nicht ihren vierundzwanzigsten Geburtstag feiern, wäre ich bestimmt nicht hier.

Als die Sonne hinter dem Meer untergeht und die Wolkenkratzer der Stadt Brisbane in farbenfrohes und goldenes Licht taucht, ist es kurz vor 23 Uhr. Immer wieder ertappe ich mich dabei, wie ich mich in der unmittelbaren Nähe suchend umschaue. Möglicherweise entdecke ich ja Wayne und seinen Freund zwischen den anderen Gästen. Doch ich kann ihn nicht finden.

Zu Grace, Samira und mir gesellen sich ein paar Männer, mit denen wir uns angeregt unterhalten. Es sind oberflächliche Gespräche über das Wetter, den legendären Surferstrand Golden Coast und unsere nächsten Urlaubspläne.

Als ich aufstehe, bemerke ich, dass mein Sichtfeld bedrohlich schwankt. Es liegt wohl nicht an dem leichten Wellengang, sondern daran, dass ich ein oder zwei Gläser zu viel getrunken habe.

»Mensch, Ava, bist du schon betrunken?«, fragt mich Samira kichernd. Ich blinzele. Ihr wilder Afrobob taucht plötzlich ein zweites Mal vor mir auf. Verwirrt kneife ich das rechte Auge zusammen. Sehr gut, sie hat doch bloß einen Kopf.

»Nein, nicht mehr als Grace«, lache ich laut und so aufgesetzt, wie ich es nicht von mir kenne. »Ich geh kurz auf die Toilette und bin gleich zurück.« Meine Worte verlassen schwerfällig und nuschelnd meine Lippen. Gott, ich sollte auf Wasser umsteigen, wenn ich bis Mitternacht durchhalten will. Auf meinen mörderisch hohen High Heels bahne ich mir schwankend einen Weg durch die Menge. Einige Männer lächeln mir zu, andere Gäste ziehen an mir vorbei, ohne mich zu beachten.

Wo waren noch mal die Toiletten?

»Entschuldigung«, spreche ich ein Pärchen an, das sich an der Treppe zum Unterdeck aufhält. »Wo sind die Toiletten?«

»Unten, den Gang entlang, dann links.«

Ich nicke dankbar, bevor ich die Stufen wackelig hinuntersteige. Eisern umklammere ich das Metallgeländer, um nicht umzuknicken oder versehentlich auf einer Stufe auszurutschen. Diese verdammten Schuhe. Sie malträtieren meine Füße, was das Laufen beinahe zur Höllenqual werden lässt.

Als ich endlich die Toiletten erreicht habe, ist natürlich Warten angesagt. Ich hole mein Smartphone hervor und schalte es an. Eine Flut an Nachrichten erwartet mich. Alle von Liam. Da ich ohnehin alles doppelt sehe, fühle ich mich von den Mitteilungen erschlagen. Sie jetzt zu lesen, wäre keine gute Idee. Er würde sehen, dass ich die Nachrichten gelesen habe, und mich womöglich anrufen. Dann wäre der Abend gelaufen. Für mich ist unsere Beziehung vorbei. Endgültig. Er erhält keine weitere Chance. Unsere fünfjährige Beziehung bestand bloß aus verpassten Chancen.

Es war kein leichter Schritt, die Beziehung zu beenden und nach vorn zu schauen, dennoch fühlt sich diese Entscheidung noch immer richtig an. Liam war mein erster richtiger Freund, mit dem ich viele Hochs und noch mehr Tiefs erlebt habe. Ich habe ihn geliebt, sehr sogar, aber irgendwann ertrug ich seine Launen nicht mehr. Wir stritten uns immer häufiger, er verbrachte immer mehr Abende mit seinen Freunden und traf sich hinter meinem Rücken mit anderen Frauen. Auch wenn er mir hoch und heilig versprach, dass nichts mehr lief. Als ob Dates kein Vertrauensbruch wären. Statt mit Freunden abends um die Häuser zu ziehen, habe ich gelernt und an unserer Zukunft gearbeitet. Doch er ging feiern, brach sein Studium ab und kündigte seinen Job. Irgendwann finanzierte ich unseren Lebensunterhalt allein.

Mieser Scheißkerl. Ich schalte das Handy aus, als ich endlich an der Reihe bin.

Als ich mir danach die Hände wasche, schaue ich in den Spiegel. Obwohl ich ziemlich betrunken bin, gefalle ich mir. Mein Make-up sieht umwerfend aus. Wann habe ich mich zuletzt so richtig herausgeputzt? Mein braunes Haar, das ich sonst nur zu einem Knoten hochgebunden trage, fällt in Wellen über meine Schultern. Meine Augen sind auffällig schön von schwarzem Eyeliner und Kajal umrahmt. Ich gefalle mir so gut wie seit Langem nicht. Nachdem ich meine Lippen in einem blassen Altrosaton nachgemalt habe, verlasse ich die Toilette – zeitgleich mit einem Mann, der rechts von mir aus einer Tür tritt.

Sofort schaue ich zu ihm hoch. Wayne Lenoy. Verdammt! Was soll das? Dieses Mal trägt er nicht bloß Badeshorts, sondern ein weißes, an den Ärmeln hochgerolltes Hemd. Als er mich bemerkt, runzelt er die Stirn. Da weder er noch ich eine verdunkelte Sonnenbrille tragen, blickt er mir länger als nötig ins Gesicht.

»Ava?«, errät er sogar meinen Namen.

Shit. Um wegzulaufen, ist es zu spät. Auf den hohen Schuhen ist eine Flucht ohnehin unmöglich, wenn nicht sogar peinlich.

»Hey«, begrüße ich ihn knapp und merke, dass wir nebeneinander über den Gang laufen, als würden wir zusammengehören.

»Ich hätte dich beinahe nicht wiedererkannt«, meint er. Und ich nicht damit gerechnet, dich hier auf dem Schiff vor der Küste Australiens anzutreffen.

»Tja, hättest du genauer hingeschaut, wer dich vorhin angerempelt hat, und nicht diese finstere Miene aufgesetzt, hättest du mich schon früher bemerkt.« Er reibt sich nachdenklich über das Kinn, dann wandern seine Blicke an mir auf und ab. »Du warst die Frau, die mir vorhin den Drink über Hand und Shorts geschüttet hat?«

»Sieht ganz so aus, sorry noch mal.« Entschuldigend zucke ich die Schultern, bevor wir die Treppe gemeinsam hochgehen.

»Wie geht es dir?« *Ehrlich?* Das ist die erste Frage, die er mir stellt, nachdem wir vor anderthalb Jahren eine Nacht miteinander verbracht haben? Nach der ich am nächsten Morgen allein im Hotelzimmer aufgewacht bin? Ein Wunder, dass er überhaupt weiß, wie ich heiße. Ob er sich auch erinnert, dass eigentlich gar nichts lief? Er war an dem Abend total fertig, betrunken und hat mir sein Herz ausgeschüttet, bis wir irgendwann angekleidet auf dem Bett eingeschlafen sind. Als ich wach wurde, war er verschwunden. Das Erlebnis konnte ich nie vergessen.

Eigentlich kenne ich Wayne Lenoy nicht wirklich. Ich habe ihn damals in der Londoner Hotelbar angetroffen, in der ich neben dem Studium als Aushilfsbarkeeperin gejobbt habe. Da Wayne die Hotelbar nicht nach der letzten Runde verlassen wollte, wurde ich damit beauftragt, ihn zu seinem Zimmer im elften Stock zu geleiten. Auf dem Weg dorthin begann er über Gott und die Welt, seine Familie, Zweifel, Sorgen und Probleme zu reden. Damals wollte ich ihn bloß unbeschadet in sein Zimmer bringen und dann nach der anstrengenden Schicht nach Hause fahren. Er war mir fremd, auch wenn er eine einnehmende, charismatische Art an sich hatte. Und irgendwie habe ich mich von ihm überreden lassen, noch einen letzten Drink mit ihm gemeinsam auf dem Zimmer zu trinken. Dann erzählte ich ihm etwas von mir, und so kam es, dass wir irgendwann auf dem Bett einschliefen. Im Nachhinein eine unvergessliche Nacht. Unvergesslich eben, weil nichts gelaufen ist. Denn wie ich später erfahren habe, gehört Wayne Lenoy zu den Kerlen, die sich des Öfteren mit Frauen amüsieren. Und diese Typen führen eher selten betrunken therapeutische Unterhaltungen im Bett.

»Gut, mir geht es fabelhaft«, nuschele ich und hole tief Luft, als wir das Oberdeck erreichen. Die Seeluft durchströmt wohltuend meine Lunge. »Ich hoffe, dir auch? Falls du Redebedarf hast, ich hab demnächst wieder freie Termine.« Ohne darüber nachzudenken, stoße ich ihm mit dem Ellenbogen scherzhaft in die Rippen.

Er lacht belustigt auf. Dann verhakt sich mein Absatz an einer Stufe, die ich nicht gesehen habe, und Wayne bekommt im letzten Moment meinen Arm zu fassen, bevor ich falle.

»Vorsicht! Wie es aussieht, bist du heute die Betrunkene von uns beiden. Vielleicht solltest du eine kurze Pause einlegen?«

Ich schmunzele. »Das habe ich auch schon gemerkt. Ich steige auf Wasser um. Schönen Abend noch, Mister Wayne.«

Bevor ich weiter in seinen tiefblauen Iriden versinke und dummes Zeug von mir gebe, befreie ich mich aus seinem Griff und schwanke zum hinteren Teil des Schiffs, wo meine Freundinnen sitzen.

»Woher kommt auf einmal dieses Grinsen?«, fragt mich Adam, als ich auf ihn zugehe.

»Ich hab sie wirklich wieder getroffen«, antworte ich.

»Wen?«

»Die Frau, von der ich dir erzählt habe.«

»Du hast von sehr vielen Frauen erzählt. Welche genau?«

An der Reling am Bug angekommen, stütze ich die Unterarme auf das Geländer und wende mich Adam zu.

»Die, mit der ich die eine Nacht im Hotelzimmer verbracht habe, in der nichts lief. Es war dieselbe, die mich vorhin angerempelt hat.«

»Wenn das kein Zeichen ist«, nimmt er mich auf den Arm.

»Ein Zeichen, das du übersehen hättest, wenn ich mich nicht mit ihr unterhalten hätte.«

Mit selbstgefälligem Gesichtsausdruck lehnt er sich gegen die Reling, prostet mir zu und nimmt einen Schluck von seinem Gin Tonic.

»Ach komm, du wolltest bloß, dass sie den Drink bezahlt.«

»Um deine miese Laune zu vertreiben. Seit wir auf dem Schiff sind, machst du ein Gesicht, als befänden wir uns im Seniorenheim. Du solltest abschalten und nicht länger über deinen Vater nachdenken. Wie es aussieht, ist es der Kleinen gelungen, dich abzulenken. Wo ist sie?«

»Keine Ahnung.«

Adam verzieht das Gesicht, als wäre ich verrückt, und stößt mich an. »Such sie doch, bevor sie sich jemand anderes schnappt.«

»Lass den Scheiß. Ich renn ihr nicht hinterher.«

»Das sagt auch keiner. Wenn du sie nicht suchst, dann mache ich das.« Das ist ihm leider absolut zuzutrauen.

»Verdammt, Adam. Ich will bloß von diesem bescheuerten Schiff kommen, auf das du mich gelockt hast.«

»Warum habe ich das wohl getan? Um dich abzulenken, weil du ansonsten nur in deinem Hotelzimmer oder in Meetingräumen gehockt hättest, während wir in Australien sind. Beweg dich«, versucht Adam mich erfolglos zu motivieren. »Na gut, warte hier, Wayne, dann suche ich sie eben allein.«

Genervt verdrehe ich die Augen, bevor ich mich vom Geländer abstoße, aber Adam ist bereits hinter mir verschwunden. *Großartig.* Wo steckt er?

Als ich ihm folge, schließe ich im Gehen mein Hemd. Die Musik hämmert so ohrenbetäubend laut aus den Boxen. Ich kann es kaum erwarten, wieder anzulegen. Die vielen Menschen, die laute Musik, die grellen Scheinwerfer stressen mich mit jeder Minute mehr. Zuerst suche ich Adam auf dem obersten Deck. Meine Augen wandern über hübsche Frauen, die meine Blicke als Einladung betrachten und mir entgegenlächeln. Ich ignoriere sie, suche weiter und schiebe mich an tanzenden Pärchen und an einer Truppe trinkender Kerle vorbei und entdecke endlich Adam auf dem Heck. Er sitzt auf dem Rand eines Whirlpools bei einigen Frauen, mit denen er sich amüsiert unterhält. Im sprudelnden Wasser kann ich Ava jedoch nicht entdecken.

Als Adam sein Hemd aufknöpft und es loswird, um sich zu den vier Frauen ins Wasser zu gesellen, fällt mir eine kniende Person am Heck auf. Da einige Partygäste den Blick auf die zusammengekauerte Person immer wieder versperren, hätte ich sie beinahe übersehen. Aber ich erkenne das dunkelblaue Kleid und die kastanienbraunen Haare.

»Hey, Wayne!«, ruft mir Adam aus dem Wasser zu und streckt die Hand in die Höhe. Ohne auf seine Rufe zu achten, schaue ich wieder zu der Frau am Heck. Ist es Ava?

Aber plötzlich ist sie verschwunden.

Wo ... wo ist sie hin?

Mit suchenden Blicken schaue ich mich um.

AVA

Mir ist so verdammt übel. *In meinem Kopf dreht sich alles, wenn ich die Augen schließe, und mein Magen rumort.* Als ich spüre, wie Magensäure meine Speiseröhre hochkriecht, erhebe ich mich rasch vom Sitzpolster der Lounge.

»Gehen wir zum Whirlpool«, schlägt Samira vor und verlässt die Bank. Eilig dränge ich mich an ihr vorbei und verschwinde zwischen fremden Menschen.

Da ich mein Kleid nicht ruinieren will und der Weg zur Toilette zu weit ist, entscheide ich mich für die Reling. Mit zusammengepressten Lippen hocke ich mich hin, halte mein Haar zurück und übergebe mich auf das offene Meer.

Gott, verdammt. So sollte der Abend nicht enden. Ein weiteres Mal würge ich und befördere die letzten Drinks, die ein Vermögen gekostet haben, über Board.

Als ich flüchtig einen Blick über die Schulter werfe, um zu sehen, wo meine Freunde sind und ob ich von Fremden beobachtet werde, rutsche ich mit der Hand von der Kante der Schiffsreling ab. Ehe ich realisiere, was passiert, kippe ich vornüber ins Meer. *Was? Nein!*

Panisch will ich aufschreien, lande aber zu schnell kopfüber in den Wellen und schlucke Wasser.

Wie wild zappele ich, um an die Oberfläche zu gelangen und um Hilfe zu rufen. Aber das enge Kleid und die unbequemen Schuhe machen es mir unmöglich, vernünftige Schwimmbewegungen auszuführen. Als es mir endlich gelingt, aufzutauchen, schnappe ich gierig nach Luft. Wieder schlucke ich Wasser und kann bloß ein Krächzen von mir geben. Auch wenn tagsüber sommerliche Temperaturen herrschen, ist das Meer nachts eisig kalt.

Mittlerweile ist das Partyschiff weitergefahren. Ohne mich. »Hey!«, rufe ich, aber alle Gäste scheinen woanders hinzuschauen. Niemand beachtet mich. Niemand sieht mich.

»Wart…« Eine Welle schwappt über meinen Kopf, und plötzlich überkommt mich blanke Panik. Ich befinde mich betrunken im offenen Meer. Die Lichter der Großstadt sind unendlich weit von mir entfernt. Bestimmt eine Meile.

Hektisch rudere ich mit den Armen und versuche verzweifelt, dem Schiff zu folgen. Ich will noch nicht sterben, nicht hier ertrinken, ohne dass es einer bemerkt.

»Samira! Grace!«, schreie ich verzweifelt. Wieder drückt mich eine Welle unter Wasser. *Bitte nicht!*

Als ich erneut auftauche, huste und nach Luft ringe, verstummt die Musik auf dem Schiff und grelle Scheinwerfer suchen das Meer ab. Ich strecke den Arm in die Höhe und entdecke vor mir jemanden, der durch die dunklen Wassermassen auf mich zu krault. Dicht hinter ihm springt ein weiterer Mann ins Wasser.

»Ich bin … hier!«

Bevor ich wieder nach unten gezogen werde, erreichen mich Hände, die unter meine Arme greifen. Danach geht alles ganz schnell. Mir wird auf eine Rettungsboje geholfen.

»Hier, halt dich daran fest«, spricht eine männliche Stimme zu mir. Hände umfassen meine Gelenke, um meine Finger zu den Griffen zu führen. Eisern umfasse ich die Boje, bevor noch ein Mann auf mich zuschwimmt. Weiterhin Wasser aushustend und nach Luft japsend, schließe ich die Augen und spüre, wie mir die Tränen kommen.

Erst als wir nach einer gefühlten Ewigkeit die Jacht erreichen und mich Hände auf das Heck heben, öffne ich sie wieder. Viele Menschen, viele Gesichter drängen sich um mich. Der eine Rettungsschwimmer ist bei mir, kniet zu meiner Linken, und zu meiner Rechten erkenne ich den anderen Mann. Ich blinzele angestrengt: Wayne Lenoy.

»Wie geht es dir?«, erkundigt er sich mit tropfnassem Haar. *Miserabel.* Trotzdem bin ich erleichtert, dass ich gefunden wurde und das Schiff nicht weitergefahren ist.

Wasser rinnt über sein Kinn, tropft aus seinen dunkelbraunen Haarspitzen. Er war im Meer?

»Es geht schon …«, bringe ich mit kratzigen Stimmbändern hervor und will mich erheben. Unzählig viele Augenpaare sind auf mich gerichtet. Grace schiebt ein paar Leute zur Seite.

»Ava, Ava! Verdammt, was machst du für Sachen?« Der Rettungsschwimmer macht ihr Platz, als sie auf die Knie fällt und mein Gesicht umfasst.

»Halb so wild.« Ich will bloß der Blamage entkommen. Alle starren mich an.

»Warte, ich helfe dir.« Plötzlich greift Wayne nach meinem linken Arm, legt ihn über seine nackte, nasse Schulter und hilft mir auf.

»Party kann weitergehen!«, brüllt ein Kerl in meiner Nähe. »Frau über Bord wieder an Bord!«

Mehrere lachen, während sich mein Magen schmerzhaft verknotet. Immerhin läuft die Musik wieder, und die glotzende Menschentraube, die sich um mich gebildet hat, löst sich allmählich auf. Ich vergrabe mein Gesicht in der freien Hand.

»Ist wirklich alles in Ordnung?«, bohrt er weiter. Nein, nichts ist in Ordnung.

»Schon okay, Wayne. Setz mich einfach dort am Tisch ab.«

»Du siehst nicht okay aus.« Nein, eher so, als würde ich am liebsten vor Scham doch auf dem Meeresgrund versinken wollen.

Ich presse die Lippen aufeinander, als er mich absetzt. Samira bringt mir ein Handtuch und legt es um meine Schultern.

»Geht es dir wirklich gut?«, erkundigt sie sich. Ich nicke schwach lächelnd, umfasse das Handtuch und bete, dass dieser Abend schnell ein Ende haben wird. Gerade möchte ich nichts lieber, als in meinem Hotelzimmer die nasse Kleidung loswerden, duschen und mich unter der Bettdecke verkriechen.

Eine halbe Stunde später legt das Schiff am Hafen an. Ich kann gar nicht schnell genug von Bord gehen, und da die nassen Pumps immer wieder von den Fersen rutschen, tappe ich barfuß über das Schiff. Ich halte die Schuhe in der linken Hand und in der anderen das Handtuch. Mein Kleid ist immer noch triefend nass und klebt wie eine zweite Haut an meinem Körper, sodass ich mit jeder Minute mehr friere. Eigentlich dachte ich, Wayne würde sich irgendwann auf der Jacht von mir verabschieden, noch mal fragen, wie es mir geht, um sein Gewissen zu beruhigen, und dann mit seinem Freund weiterfeiern und über mich lachen.

Er blieb jedoch bei mir am Tisch sitzen, bestellte sich einen Kaffee und mir einen heißen Tee. Es war so beklemmend, seinen Blicken ausgesetzt zu sein. Selbst jetzt, als ich das Schiff verlasse, folgt er mir mit seinem Kumpel Adam über das Gate der Jacht.

Bald werde ich endlich allein sein und mich in meinem Bett verkriechen.

»Willst du erst mal ins Hotel gehen, um dich umzuziehen?«, fragt Grace.

Sie will wirklich noch weiterfeiern? Für mich ist die Party nach dem Sturz ins Meer gelaufen. Samira schaut mir mitfühlend entgegen. Ich muss sicher einen erbärmlichen Anblick abgegeben.

»Ich werde im Hotel bleiben. Geht weiter feiern und lasst euch den Abend nicht vermiesen.« Ich deute mit der Hand auf das Taxi, um ihnen zu zeigen, dass sie einsteigen sollen. Unser Hotel ist nicht weit weg. In weniger als zehn Minuten werde ich es erreicht haben.

»Ich begleite sie zu ihrem Hotel«, höre ich unvermittelt Wayne hinter mir mit selbstsicherer Stimme sagen. Bitte was? O nein, das kann er knicken.

Samira und Grace tauschen verstohlene Blicke aus, bevor sie breit lächeln und mich anstrahlen, als wäre Waynes Vorschlag grandios. Vermutlich hegen sie schmutzige Hintergedanken.

»Das würdest du tun?«, fragt Samira und schaut in ihrem silbernen knappen Rock und dem bauchfreien hellen Batiktop zu ihm auf. Sie sieht aus, als würde sie mit mir tauschen wollen.

»Ich meine, wir wollen nicht, dass ihr was passiert. Sie ist durchgefroren und immer noch betrunken.« Klar, und ihr überlasst mich einem für euch fremden Mann. Was soll da schon passieren?

»Macht euch keine Sorgen, ich kümmere mich um sie.« Ganz bestimmt. Das glaube ich ihm sogar.

Aber nein, ich komme allein zurecht. Als beide in das Taxi gestiegen sind, marschiere ich schwankend zur Ampel und drücke die Taste am Fußgängerübergang. Zwischen hohen Palmen erheben sich vor mir mehrstöckige gläserne Hotels mit ausladenden Balkonen. Die Bars und Restaurants sind gut besucht.

»Du hast es ja auf einmal so eilig«, stellt Wayne fest, der gemeinsam mit Adam zu mir aufgeschlossen hat. Aus dem Augenwinkel beobachte ich, wie das Taxi auf der viel befahrenen Hauptstraße davonrauscht.

»Es ist wirklich nett, dass du mich in mein Hotel begleiten möchtest, aber ich komme ab hier allein klar.«

Wayne sieht nicht von meiner Antwort überzeugt aus. Als die Ampel vor mir auf Grün umspringt, betrete ich die Straße. Wayne folgt mir in seiner großen, einnehmenden Präsenz, wie auch Adam. Beide unterhalten sich in gedämpftem Tonfall hinter mir, als ich einen Blick über die Schulter wage. Das gefällt mir nicht. Sprechen sie gerade ihre Vorgehensweise ab, wie sie mich weiter abfüllen und danach entführen können? Warum nur hege ich so furchtbare Gedanken? Wayne war wohl der Einzige, der überhaupt bemerkt hat, dass ich ins Meer gefallen war. Die Jacht wäre sonst fröhlich mit den feiernden Gästen an Bord weitergefahren. Zudem ist er ins Meer gesprungen, um mich zu retten. Er hat nicht nur zugesehen oder Hilfe gerufen, sondern sofort reagiert. Also warum bin ich so skeptisch?

Unbemerkt greife ich in meine Handtasche, um nach der Schlüsselkarte zu suchen. In der anderen Hand halte ich noch immer meine tropfenden dunkelblauen Absatzschuhe.

»Alles klar, meld dich«, schnappe ich Adams Worte auf, dann biegt er rechts auf dem Fußgängerweg ab, als ich links wähle.

Verwundert ziehe ich die Augenbrauen zusammen und schaue ihm nach. Als ich das Gesicht nach vorn drehe, entdecke ich parallel zu mir laufend Wayne. »In welchem Hotel wohnst du?«

Ich lächele geheimnisvoll. »Würdest du gern wissen, was?«

»Schon, damit ich mir sicher sein kann, dich heil ins Bett

zu bringen.« Klar, mein Freund. Ich ahne, was er mit *ins Bett bringen* meint.

Mit einem schwerfälligen Blick schaue ich zu ihm auf. »Willst du dich bei mir für damals revanchieren? Ich glaube, mit meiner Rettung hast du das mehr als genug.« Und das meine ich ernst. Abrupt bleibe ich stehen, hole tief Luft. »Ich danke dir wirklich, Wayne.« Denn höchstwahrscheinlich wäre ich ohne seine Hilfe ertrunken.

Er kneift die Augen zusammen.

»Lass mich dich in dein Zimmer bringen.«

Stur schüttele ich den Kopf. »Der Abend war peinlich genug.« Vor meinem Sichtfeld tanzen immer noch dunkle und helle Schlieren. Außerdem knurrt mein Magen, und ich kann nicht garantieren, dass ich, wenn ich die Augen im Liegen schließe, nicht erneut meinen Mageninhalt hervorbringe.

Nun erscheint ein amüsiertes Grinsen in seinem sehr attraktiven Gesicht, in dem ich keinen Hintergedanken ablesen kann. Sein Blick ist offen, und seine Lippen sind zu einem freundlichen Lächeln verzogen, keinem, das irgendeinen schmutzigen Plan verfolgt.

»Es war das Aufregendste seit Langem. Peinlich ist das falsche Wort. Jetzt lass dich nicht bitten.« Ohne auf meine Reaktion zu warten, greift er nach meiner Hand.

»Als aufregend würde ich das, was geschehen ist, nicht gerade bezeichnen.« Hoffentlich werde ich morgen einen gewaltigen Blackout haben, damit die letzten Minuten aus meinem Gedächtnis ausradiert werden. »Aber gut, du lässt eh nicht locker. Bring mich in mein Zimmer. Ich wohne genau dort, im *Ocean's Star Hotel.*« Ich deute auf ein eher unauffälliges Dreisternehotel, das nicht vergleichbar ist mit dem Fünfsternehotel, in dem ich früher an der Bar gejobbt habe.

Er leckt sich über die Lippen. »Wie gut, dass meines näher

liegt«, raunt er mir ins Ohr, sodass sich ein seltsames Kribbeln in meiner Mitte ausbreitet. Sein warmer Atem streift flüchtig meinen Hals.

Und schon biegt er mit mir rechts zu einem imposant beleuchteten Hoteleingang zwischen hohen Palmen ab.

»Aber …«

»Vertraust du mir nicht?«, erkundigt er sich, als ich wieder stehen bleibe. Andere Hotelbesucher laufen an uns vorbei. Ein Paar unterhält sich amüsiert, bevor es in edler Abendrobe durch die Drehtüren des Hotels tritt. Mein Blick wandert hoch zum Hotellogo. Ein übler Scherz, oder? Das *Ritz*?

Sofort setze ich einen Schritt zurück. Am Eingang stehen Pagen, ein Mercedes mit getönten Scheiben fährt vor. Kaum parkt das Auto, begrüßt der Page freundlich die Gäste.

»Nein, nicht wirklich«, gebe ich müde zurück. »Ich meine, wir haben eine Nacht in einem Hotelzimmer verbracht, aber ich kenne dich nicht.«

Wayne war damals so betrunken und kaum in der Lage, mir etwas zu tun. Wobei ich auch nicht glaube, dass er Frauen um den Finger wickelt, um danach im Hotelzimmer gegen ihren Willen Dinge zu machen … Er schnippt vor meinem Gesicht.

»Ich schwöre dir, ich habe nicht vor, dich heute Nacht zu vögeln. Beruhigt dich das?«

Wahnsinn. Das nenne ich mal eine offene und ehrliche Ansage. Obwohl mich seine Worte beruhigen, ja, verpassen sie mir doch einen fiesen Stich ins Herz. Ganz so, als wäre ich nicht ansprechend genug für eine Nacht. Nun ja, nach meinem unfreiwilligen Nachtbaden im Partykleid kein Wunder. Ich sehe sicher grauenvoll aus.

»Ein wenig«, gebe ich ehrlich lächelnd zurück. »Ich behalte mein Handy bei mir. Solltest du wirklich andere Dinge vorhaben, dann …«

»Rufst du deine feiernden Freundinnen an, die den Anruf womöglich in einem Club kaum hören werden, aber ganz bestimmt irgendwann zur Rettung eilen. So clever ist dein Plan nicht, Ava.«

Das weiß ich auch. »Aber die Polizei von Brisbane wird ganz sicher nicht im Club feiern.«

»Hoffentlich müssen wir das nicht heute Nacht herausfinden«, scherzt er mit diesem offenen, warmen Lachen. »Wollen wir?«

Mein Herz schlägt vor Nervosität bedrohlich schnell, mein Verstand ruft mir jedoch zu, einfach nur schlafen zu wollen. Egal wo. Nüchtern werde ich ganz sicher diese Antwort bereuen.

»Ja, in Ordnung. Du hast mich überzeugt.«

Warum bin ich so misstrauisch? Es gibt so viele Dates, die sich direkt nach dem Essen ein Zimmer nehmen, ohne sich wirklich zu kennen.

Wayne hat dir kein Essen ausgegeben, dafür einen Tee, und dein Leben gerettet, und du verhältst dich, als würde er dich heute Nacht überfallen.

Als er vorgeht, hole ich barfuß zu ihm auf und hake mich bei ihm unter. »Können wir vielleicht einen Nebeneingang nehmen, ich will die vornehmen Gäste nicht verschrecken.«

Wayne lacht amüsiert, bevor er den Arm aus meinem zieht und ihn stattdessen um meinen Rücken legt.

»Wieso denn? Du warst spontan im Meer baden, was ist so schlimm daran? Wir gehören auch zu den vornehmen Gästen, Ava.«

Stimmt, ich werde das Personal wie auch die Gäste ohnehin nicht wiedersehen. Wayne scheint das Gefühl von Scham oder Beklemmung kein bisschen zu kennen.

Wir betreten das beleuchtete und sehr nobel eingerichtete

Foyer, werden vom Personal begrüßt und laufen wie ein Paar, das wir eigentlich nicht sind, über spiegelglatten sandfarbenen Marmor zum Gang mit den Aufzügen. Anders als in meinem Hotel ertönt aus Lautsprechern eine entspannte Loungemusik, und die Angestellten sind sehr zuvorkommend. Was mir eigentlich nicht fremd sein sollte, da ich ebenfalls den Gästen im Hotel, in dem ich gearbeitet habe, jeden Wunsch von den Augen ablesen sollte. Auch den Wunsch, nachts tiefsinnige Gespräche mit einem betrunkenen Mann auf seinem Zimmer zu führen, der mir seine Sorgen, Zweifel und Probleme anvertraut hat, ohne mich zu kennen. Das nenne ich einen Vertrauensvorschuss. Gut, ich wusste damals nicht, wer er war. Erst am nächsten Tag erfuhr ich, wem ich da auf dem Bett durchs Haar gestrichen und wessen schönen Lippen ich gelauscht hatte, als ich mit der Wange an seiner Brust lag.

Der Lift fährt uns in die vierzehnte Etage. Eine Weile habe ich mit meinem Schwindel zu kämpfen und weniger mit dem Gedanken, dass ich womöglich in seinem Bett einschlafen werde. Oder wollte er mich bloß mitnehmen, damit ich mich aufwärmen kann, und dann in mein Hotel schicken?

Als wir vor einer modernen Tür in einem Mahagoniton mit der goldenen Nummer 1477 ankommen, schließt Wayne auf.

Er schaltet das Licht an und bittet mich herein. Mir klappt beinahe die Kinnlade herunter. »Wundere dich nicht über die Unordnung. Ich teile mir die Suite mit Adam, der ein ziemlicher Chaot ist.« Wayne schiebt mit dem rechten Fuß ein paar weiße Laufschuhe zur Seite. Ich hingegen bewundere ich den modern eingerichteten Wohnbereich, von dem zwei Zimmer abzweigen, sowie ein cremefarbenes gefliestes Badezimmer.

»Willst du duschen?«

»Bevor es zur Sache geht und wir über den Preis sprechen,

gerne«, necke ich ihn lachend und biege schnurstracks ins Badezimmer ab.

Als die Tür hinter mir zufällt und ich sie verriegelt habe, atme ich durch. Gott, was mache ich hier?

Duschen? – beantworte ich meine Frage in Gedanken. Auf dem Waschtisch aus poliertem Marmor stehen zwei helle Keramikschalen. Ich beuge mich zum Spiegel vor, das Grauen schaut mir erbarmungslos entgegen.

Ich habe gewusst, dass ich furchtbar aussehen muss, aber nicht wie ein Zombie, der die Apokalypse überlebt hat. Mein Haar steht zerwühlt und feucht von meinem Kopf ab. Unter meinen Augen zeichnen sich tiefschwarze Mascaraspuren ab, als hätte ich schwarze Tränen vergossen. Und so eine Frau schleppt Wayne Lenoy auf sein Zimmer?

Ich stoße mich vom Waschtisch ab und reiße dabei versehentlich mehrere Männerpflegeprodukte um. Eine Deodose landet klappernd auf dem Boden.

Unvermittelt höre ich Waynes Stimme. »Alles in Ordnung da drin?« Verdammt, er steht direkt hinter der Tür. Wenn er wollte, könnte er den Riegel von außen öffnen.

»Ähm, klar, alles bestens. Ich hab nur versehentlich ein Deo vom Waschtisch gestoßen.« Nachdem ich mir als Monster im Spiegel entgegengeblickt habe.

»Wenn dir schwindelig wird oder ich helfen soll, sag es.«

Röte steigt mir ins Gesicht. Er wäre wirklich bereit, mir beim Duschen zu helfen.

»Nein, musst du nicht.«

»Würde ich aber gern.« In seiner Stimme schwingt ein anzüglicher Tonfall mit. Ich beiße mir auf die Unterlippe, bevor ich das Handtuch wie auch meine Handtasche loswerde und mich daranmache, den Reißverschluss an der Seite meines Partykleids zu öffnen.

»Sicher, um zu spannen.«

»Bin ich so durchschaubar?«

Ich lache auf. »Nein, gar nicht. Ich komme wirklich zurecht.« Das Kleid landet um meine nackten Füße, bevor mein BH und Slip folgen. »Bleib bitte vor der Tür.«

»Werde ich, falls ich kein Poltern oder das Krachen von Glas höre. Dann kann ich nicht garantieren, vor der Tür zu warten.«

Klar. Er traut mir ernsthaft zu, dass ich durch die gläserne Duschwand falle? Nun ja, ich bin immer noch dezent betrunken. Wieder grummelt mein Magen. Der Tee hat ihm nicht genügt. Aber Wayne fragen, ob er etwas zu essen aufs Zimmer bestellen kann, will ich nicht.

»Okay, wenn ich schreie, dann darfst du mir zu Hilfe eilen, in Ordnung? Das haben wir ja schon auf dem Meer geübt.«

Sein belustigtes Lachen dringt durch die Tür. Ich kann ihn mir genau vorstellen, wie er mit der Stirn an der Tür angelehnt dasteht und jederzeit abrufbereit ist. Ein Schrei, und er stürmt das Bad.

»Deal. Viel Spaß unter der Dusche. Ich bestell uns noch etwas zu essen aufs Zimmer.« Kann er Gedanken lesen?

»Musst du nicht meinetwegen.«

»Dein Magen hat vorhin mächtig geknurrt. Ich denke schon, dass ich das muss. Pizza, Pasta oder Salat?« *Alles?*

»Pizza ohne Ananas oder so, eine einfache Margherita reicht.«

»Gleich solche Ansprüche«, amüsiert er sich.

Ich seufze. »Sorry. Bestell, was du gern isst.«

»Mache ich ohnehin.« Verdammt, er kann ziemlich schlagfertig sein. Aber das gefällt mir.

Ich schalte die Dusche ein und trete unter das wohlig warme Wasser. Es vertreibt das letzte bisschen Gänsehaut und die Kälte aus meinem Körper. Als ich mich mit einem Männerduschgel gewaschen habe, steige ich aus der Kabine und bemerke zu spät, dass ich natürlich keine Wechselkleidung dabeihabe. Ich wickele mich in ein weißes Hotelhandtuch, bevor ich zum Waschtisch laufe und mit den Fingern mein Haar durchkämme. Die schwarzen Schlieren um meine Augen sind verschwunden.

Gott sei Dank, denn ich bin mir nicht sicher, ob einer der Männer Abschminktücher auf Lager hätte.

Als ich die Haare angeföhnt habe, klopft es an der Zimmertür. Ich höre kurz darauf das Klappern von Geschirr. Wayne unterhält sich mit dem Hotelangestellten, dann fällt die Tür zu. Mein Herz schlägt wieder unsagbar schnell.

»Du kannst dich aus dem Badezimmer trauen. Er ist fort.«

Glaubt er, ich würde mich hier drin verstecken? Nun ja, so abwegig ist der Gedanke nicht. Ich sammele meinen Mut und verlasse das Bad. Im Wohnbereich finde ich Wayne, der mit nacktem Oberkörper ein zusammengelegtes weißes Shirt aus dem Schlafzimmer bringt.

»Ich dachte mir, du möchtest das vielleicht anziehen, da dein Kleid noch trocknen muss.« Sein Blick in meine Richtung sorgt für ein nervöses Flattern zwischen meinen Rippen. Er betrachtet mich mit diesen unverschämt tiefblauen Augen so intensiv, dass mir heiß wird.

»Danke. Sehr aufmerksam.«

»Liebend gern. Fang schon mit dem Essen an, ich geh auch schnell duschen.« Stimmt, er ist ebenfalls durchnässt, woran ich überhaupt nicht gedacht habe.

An der Couch angekommen, beuge ich mich über die Lehne und halte das Handtuch an meine Brust gepresst. Er hat tatsächlich eine Pizza Margherita bestellt, dazu Wasser und für sich eine Pizza mit Salami und Peperoni.

»Und?«, fragt er unvermittelt direkt hinter mir stehend. Ich zucke zusammen, da seine Nähe überraschend kommt. Er befindet sich so dicht an mir.

»Sieht sehr lecker aus.«

»Freut mich.« Als ich mich aufrichte, höre ich ihn kurz tief einatmen. »Du duftest nach mir«, stellt er fest.

Sofort drehe ich mich zu ihm um und ertappe ihn dabei, wie er die Finger der rechten Hand, an der der Siegelring prangt, nach mir ausgestreckt hat. Wollte er sich eine Haarsträhne greifen?

»Ich hoffe, es ist kein Problem, dass ich dein Duschgel benutzt habe. Der Duft ist wirklich ...«, bringe ich nervös hervor, »toll.«

Seine Augen strahlen. »Ich weiß.« Wieder hebt er seine Hand, ohne zu zögern, und streicht eine Strähne aus meiner Stirn. »Du siehst schon viel besser aus.«

Zwischen der Couchlehne und ihm gefangen, öffne ich die Lippen. Warum muss er so verdammt gut aussehen? Sein noch teilweise feuchtes Haar hat er aus der Stirn gestrichen. Bloß zwei Strähnen fallen über seine charismatischen Augenbrauen. Als meine Augen flüchtig über seine nackte, muskulöse Brust wandern und anschließend wieder hoch zu seinem Gesicht, hat er die Distanz zwischen uns weiter verringert. »Haben wir uns eigentlich das letzte Mal geküsst?«, fragt er mich mit gesenkter Stimme.

Jede Faser meines Körpers ist angespannt. »Nein, nicht dass ich ... mich ...« Ich schlucke schwer. »... daran erinnern kann. Du hast viel über dich erzählt, was ich alles für mich behalten habe, dann ...«, sanft gleiten seine Finger, die zuvor die Strähne vorsichtig aus meinem Gesicht gestrichen haben, über meine Wange, » ...bist du eingeschlafen, ich kurz nach dir. Am nächsten Morgen warst du weg.«

»Das werde ich dieses Mal nicht sein«, erklärt er mir mit einem schwachen, entschuldigenden Lächeln. Der Schwung seiner Lippen ist magisch anziehend, genauso wie seine große sportliche Statur und der Duft, der ihn umgibt. Derselbe Duft, den ich auf der Haut trage, vermischt mit einer Note Salzwasser.

»Es war in Ordnung. Wir hatten bloß ein Gespräch. Ich konnte verstehen, dass es dir unangenehm war, mit mir über deine Probleme gesprochen zu haben.«

»Nein, mir war es nicht unangenehm«, versichert er mir und senkt sein Gesicht zu meinem herab. »Ich hatte am nächsten Tag sehr früh ein Meeting, das ich trotz der höllischen Kopfschmerzen besuchen musste. Danach wollte ich dich im Hotel suchen, aber du warst nicht mehr da. Eine Woche später, als ich dich erneut hinter der Bar erwartet habe, sagte mir ein Mitarbeiter, dass du den Job gekündigt hast.« Richtig, weil es meine letzte Arbeitswoche war, als ich ihn auf sein Hotelzimmer begleitet habe. Danach zog ich um, mein Studium war beendet.

»Sag nicht, du hast …« Perplex runzele ich die Stirn. »Nach mir gesucht?«

»Doch, ich wollte mich bei dir bedanken, und ich wollte …« Seine Augen wandern zu meinen Lippen. »Das hier tun.« Zärtlich umfasst er mein Kinn, um gleich darauf seine Lippen auf meine zu legen.

Wäre ich nicht bereits vom Alkohol leicht berauscht, würde dieser Kuss, der so sanft, vorsichtig und doch intensiv ist, für Schwindelgefühle sorgen. Zögerlich hebe ich meine Hand zu seinem Hals, um an ihm Halt zu finden, und stelle mich auf die Zehenspitzen. Seine weichen Lippen bewegen sich auf meinen, bevor er den Mund öffnet und seine Zunge meine sucht. Ich erwidere den Kuss, spüre seine Bartstoppeln auf meinem Mund und die immer größer werdende Neugier. Er küsst höllisch gut. So sinnlich und verboten neckend, wie ich nie zuvor geküsst worden bin.

Je intensiver und inniger der Kuss wird, den keiner von uns beenden will, desto mehr traue ich mich, ihn zu berühren. Mit den Fingern fahre ich über seine athletische Brust, spüre seinen Herzschlag und seine weiche Haut. Ohne mich zu bedrängen, umfasst er meine Halsseite und streicht über meinen Unterkiefer, während seine andere Hand meine Taille locker hält.

Nach einer kleinen Ewigkeit lösen sich unsere Lippen voneinander. »Also …« Er holt tief Luft. »Wenn du nicht willst, dass ich mein Versprechen breche, sollten wir kurz eine Pause einlegen.« Sofort drängen sich seine Worte in meinen noch berauschten Verstand.

Ich schwöre dir, ich habe nicht vor, dich heute Nacht zu vögeln. Das waren seine Worte. Er will sich wirklich zurückhalten, sein Versprechen wahren?

Mit geöffneten Lippen hole ich flach Luft und nicke. »Dann eine Pause.« Dennoch kann ich mein Schmunzeln kaum verbergen, als er sich von mir abwendet und geräuschvoll durchatmend durch sein Haar fährt, während er zum Bad geht.

Sieht aus, als würde ihm sein Versprechen mächtig zusetzen. Aber es beruhigt mich, dass er es nicht während des Kusses über Bord geworfen hat. Nein, es zeigt mir, dass er mich nicht abgeschleppt hat, um mich ins Bett zu kriegen.

Während ich das Prasseln des Wassers im Bad höre, werde ich eilig das Handtuch los und schnappe mir das weiße T-Shirt. Er hat sogar schwarz-grau karierte Boxershorts für mich rausgelegt. Ich lächele dankbar. Schnell ziehe ich mich um.

Als er das Badezimmer mit nassem Haar und einem Handtuch um die Hüfte geschlungen verlässt, grinst er schief. »Steht dir ausgezeichnet.« In den übergroßen Klamotten sehe ich sicherlich albern aus. Trotzdem fühle ich mich in ihnen wohl.

»Freut mich, dass dich mein Anblick zum Lächeln bringt.« Er kommt auf mich zu, greift nach meiner rechten Hand und zieht mich zur Couch. »Du hättest ruhig mit dem Essen beginnen können, bevor deine Pizza kalt wird.«

»Ich habe Anstand und wollte auf dich warten.« Er nimmt neben mir auf dem cremefarbenen Sofa Platz, reicht mir den Teller mit meiner Pizza und nimmt seinen.

»Wie lange bist du noch in Brisbane?« Ich nehme ein Stück Pizza und beiße ab. Er schenkt mir einen knappen Seitenblick. »Noch zwei Tage. Und du?«

»Noch zwei Tage. Moment ... Nimmst du auch den Flieger am Mittwoch um ...«

»11:50 Uhr nach London Heathrow? Ja.«

Die Freude, ihn womöglich morgen und auch übermorgen zu sehen, steht mir sicher unverkennbar ins Gesicht geschrieben. Schnell schaue ich auf mein Pizzastück und beiße erneut ab.

»Schmeckt dir deine Pizza?«

»Sehr. Ich bezahle sie dir natürlich.«

»Fühl dich eingeladen, auch wenn ich immer noch auf meinen Ersatzdrink warte, den ich verschüttet habe, weil eine unachtsame kleine Person über das Schiff gewankt ist.«

»Hey, du wolltest keinen Ersatzdrink, sondern warst ziemlich übel gelaunt. Was hat dir eigentlich den Tag so vermiest?«

»Der Job, der Stress, der Ort. Keine Ahnung.« Sein Blick verdüstert sich. Doch dann hellt er sich auf, während er wieder in meine Richtung schaut. »Vielleicht hilft eine nächtliche Therapiesitzung mit dir, wie beim letzten Mal?«

»Ich höre dir gern zu.«

»Auch morgen Abend?« Oh, er lässt wirklich nichts unausgesprochen. Ich beuge mich über den Teller zu ihm vor und lächele. »Auch morgen Abend. Ich bin im Urlaub und habe bis auf halsbrecherische Abgänge auf Schiffen bisher nichts weiter geplant. Nur relaxen, lesen und die Seele baumeln lassen.«

»Das hört sich verlockend an, das können wir gern zusammen machen«, bietet er mir an und umfasst anschließend meine Schulter. »Bist du dabei, oder hast du einen Freund?«

An seine Direktheit muss ich mich erst noch gewöhnen.

»Wieso?«

»Weil ich nicht weiß, ob ich mein Versprechen halten kann.«

»Du meinst, dass du nicht mit mir schlafen wirst?«

Sein Blick trifft mein Herz. »Das hast jetzt du gesagt, Ava. Aber du hast recht. Unter anderem auch Sex, wobei es mir genügt, wenn wir uns vorerst kennenlernen, unterhalten, daten und vielleicht das hier tun.« Als er sich zu mir vorbeugt, muss ich schmunzeln. Warm treffen seine Lippen meine und verursachen dieses irrsinnige Kribbeln in meinem Körper. Die Aussicht, mit ihm in Brisbane die nächsten Stunden zu verbringen, klingt verlockend.

Als sich unsere Lippen lösen, schaue ich tief in seine dunkelblauen Augen. »Nein, ich habe keinen Freund. Ich bin Single«, antworte ich.

»Trifft sich gut. Ich ebenfalls«, erwidert er und schiebt seine Finger in mein Haar. Dann greift er zu einem Pizzastück von mir und hält es mir vor den Mund. Bereitwillig öffne ich die Lippen und beiße ab.

Als ich kurz darauf gähne, stellen wir die Teller zurück auf den Couchtisch. Es dürfte kurz nach ein Uhr nachts sein.

Hätte ich nicht so viel getrunken und einen abenteuerlichen Abstecher ins Meer gemacht, wäre ich länger wach geblieben. Aber wie es aussieht, werde ich dieses Mal vor Wayne einschlafen. Allerdings sieht er ebenfalls erschöpft aus.

Er begleitet mich zum Bett, und obwohl mir das Wiedertreffen wie ein Traum vorkommt, aus dem ich Angst habe, aufzuwachen, falls ich die Augen schließe, schlafe ich dicht neben ihm auf die Seite gerollt ein. Sein Duft schwebt unter meiner Nase. Sein Herzschlag ist unter meinem Ohr zu spüren.

»Vertagen wir die Therapiesitzung auf morgen«, sind die letzten Worte, die in meinen schläfrigen Verstand vordringen. Ich lächele.

Andreas Suchanek, 1982 geboren, veröffentlicht seit mittlerweile zehn Jahren in den Genres Science-Fiction, Fantasy, Krimi, Kinderbuch und Lovestory. Der in Karlsruhe lebende Autor verfasste schon in seiner Jugend eigene Geschichten und Romane. Er machte sein Fachabitur, schloss erfolgreich eine Ausbildung im IT-Bereich ab und absolvierte ein Studium der Informatik. Den bislang größten Erfolg feierte er mit seiner Urban-Fantasy-Reihe *Das Erbe der Macht*, die unter anderem den Deutschen Phantastik Preis in der Rubrik *Beste Serie* gewann.

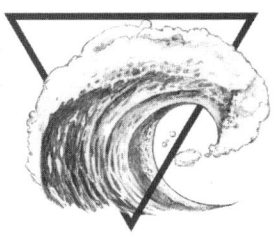

Andreas Suchanek

Von Wasser geküsst

VON ERDE BERÜHRT

»Deshalb habe ich keine Wahl, ich muss das Team verlassen. Also, wenn dir das recht ist. Demnächst. Außer ihr braucht mich. Oder so.« Ich schluckte und strich mir ein Haar aus der Stirn. »Falls es nicht passt ...«

»Arthur.« Neal, mein bester Freund, verbarg sein Gesicht in den Händen.

Er saß auf einer der Holzbänke in der Umkleidekabine des Sportplatzes. Ein ungewohnter Platz für ihn. Normalerweise saß er auf einem der Mannschaftsboote auf dem See, ruderte oder segelte. Jeder hier an der Strongridge Academy, der besten Sportakademie des Landes, liebte Sport. Außer mir.

»Das letzte Mal habe ich dich in der Krankenstation abgeholt.« Besorgnis lag in Neals sturmgrauen Augen. »Dieser Sport ist zu brutal für dich.«

Was wahrscheinlich noch nie jemand über Lacrosse gesagt hatte. In meiner Familie hatte ich immer nur gehört, dass es toll sei. Rau, ehrlich, männlich, mit viel Körperkontakt. Nicht, dass ich Körperkontakt gegenüber abgeneigt gewesen wäre, aber ich verstand darunter etwas anderes als meine Brüder. Unsere Gemeinsamkeiten: blasse Haut und Sommersprossen. Doch während der Rest der Bande mit breiten Schultern und kräftigem Körperbau gesegnet war, gehörte ich eher in die Kategorie Spargeltarzan. Meine wasserblauen Augen hatten Liam sogar zu der Frage veranlasst, ob Dad vielleicht einen Bastard – mich – anerkannt habe. Was dieser für meinen Geschmack mit zu wenig Nachdruck verneinte. Glücklicherweise besaß ich ausreichend seelische Hornhaut, schließlich hatte ich das bereits ein paar Jahre durchlebt.

»Es ist eine Sportakademie«, sagte ich schwach. »Was soll ich denn sonst machen?«

»Fußball?«

»Zu viele hübsche Jungs in kurzen Hosen. Da kann ich mich nicht auf den Ball konzentrieren.«

»Du bist auf der Strongridge, da sehen alle gut aus.« Neal lächelte mich mit diesem einnehmenden Lächeln an, das nur er so hinbekam.

»Aber beim Lacrosse tragen sie Helme«, gab ich zu bedenken. »Außerdem habe ich hier im Team einen Big Bro.«

Neal verdrehte die Augen.

»Was?« Aus irgendeinem Grund hatte ich ein schlechtes Gewissen.

»Nichts. Nur, dass du immer diese glasigen Augen bekommst, wenn Jackson hier reinschneit und mit seiner tiefen Stimme sagt: Hey, Kleiner, bist du bereit?«

Sofort kitzelte es in meinem verräterischen Bauch, und meine Wangen wurden heiß. Wurde ich rot? Ich eilte zu einem der Spiegel und starrte mich an. Wenigstens an dieser Front war mein Körper zuverlässig, die Haut blass wie immer. Vielleicht leuchteten die Sommersprossen heller. Hatte sich das Rot verändert?

»Das sieht man dir nicht an«, kommentierte Neal.

»Du kennst mich zu gut.«

»Ich weiß. Deshalb stimmt auch alles, was ich sage, und du solltest auf mich hören.«

Ich drehte mich um und schlug die Lider nieder. »Tue ich das nicht immer, großer Meister?«

»Warum bin ich überhaupt dein Freund?«

»Weil du mich magst?«

Seltsamerweise waren es jetzt Neals Wangen, die sich rot färbten. Aber da er im Gegensatz zu mir vom ständigen Segeln gebräunt war, fiel es nur auf, wenn man genau hinsah.

»Du sagst mir schon seit Wochen, dass du es Jackson – aka Big Bro – und dann deiner Familie sagen willst.«

Ich wusste nicht, wovor ich mehr Angst hatte. Vor der Enttäuschung im Gesicht des Jungen, der mich unter seine Fittiche genommen hatte, damit ich es ins Team schaffte. Oder vor den Bemerkungen meiner Brüder: »Wir wussten doch, dass du es nicht schaffst.«

Das Stimmengewirr vor der Umkleidekabine wurde lauter. Das Spiel stand kurz bevor.

»Du weißt, dass Jan darauf brennt, für dich einzuspringen«, sagte Neal. »Wenn du es Jackson jetzt sagst, ist es vorbei. Du bist raus.«

»Und wenn das Team ohne mich verliert?«

»Art, wenn sie verlieren, dann *wegen* dir.«

Autsch, das tat weh. Möglicherweise würde ich Neal das Privileg nehmen, mich Art nennen zu dürfen. Obwohl er dann bestimmt enttäuscht wäre. Ich kam damit einfach nicht klar, wenn andere von mir enttäuscht waren. Meine Vermutung:

Mom hatte es einmal zu oft als Trick benutzt, um mich als frechen Winzling zu manipulieren.

Meine Familie war, was Manipulation anging, ziemlich versiert.

»Wenn du deinen Teller nicht leer isst, stirbt irgendwo ein Hündchen«, hatte sie einmal gesagt.

Mit großen Augen hatte ich alles aufgegessen und dann den Teller abgeleckt. Nachdem meine Brüder absichtlich etwas übrig gelassen hatten, weinte ich zwei Tage lang.

Angeblich sollte das die Resilienz stärken, Hornhaut für die Seele eben und so. Hatte bei mir nie funktioniert. Noch heute hatte ich ein schlechtes Gewissen, wenn ich den Teller nicht leer aß.

»Du schweifst schon wieder ab!«

»Hm?« Ich blinzelte.

Neal kannte mich zu gut. Andererseits war mein glasiger Blick leicht zu deuten.

»Für dich ist das alles so einfach.« Ich verschränkte die Arme, aber das sah wahrscheinlich zu aggressiv aus, also ließ ich sie wieder locker. Und verschränkte sie hinter dem Rücken. »Du bist ein Einzelkind. Du musstest dich nie gegen Brüder durchsetzen. Oder Schwestern, die sollen auch schlimm sein, habe ich gehört.«

»Hör auf, mich anzugreifen, ich wollte dir doch nur helfen.«

Habe ich erwähnt, dass seine Mutter Psychologin ist? Neal weiß ganz genau, was er tut. Sofort fühlte ich mich wieder schlecht.

»Du wolltest, dass ich hier bin, um dir Mut zu machen. Die Jungenumkleide ist jetzt nicht soooo der tolle Ort für ein Treffen.«

Das war der Vorteil von Strongridge. Hier waren nur Jungs.

Alle sportlich, alle voller Hormone, alle Anfang zwanzig. Ein Teil schwul, ein Teil bi, ein Teil einfach nur neugierig. Der Captain des Lacrosse-Teams – Jackson – wirkte leider total hetero.

»In einer Viertelstunde geht's los«, sagte Neal. »Wird auch langsam Zeit.«

»Eigentlich ist es schon zu spät.« Ich nickte ernst.

»Arthur.«

»Neal.«

»Ich komme nicht noch einmal hierher. Und ich will nichts mehr hören von dem tollen Jackson und wie er dir hilft und dass du es beim nächsten Mal bestimmt besser machst, wenn der Bluterguss verheilt ist.«

Wahrscheinlich war ich der einzige unsportliche Schüler in Strongridge.

Das Quietschen der Eingangstür ließ mich zusammenzucken. Ich wappnete mich innerlich, machte mich bereit, das Pflaster abzureißen.

»Hey, Kleiner«, grüßte Jackson nach einem kurzen Nicken in Richtung Neal. »Bist du bereit?«

»Klar.« Ich lächelte ihn an.

Zusammen mit Jackson verließ ich den Umkleideraum. Aus dem Augenwinkel sah ich noch, wie Neal sein Gesicht in den Händen verbarg.

Kurz darauf begann das Spiel.

»Sieh mich nicht so an.«

»Du meinst das, was von dir übrig ist?!« Neals anklagender Blick traf auf die Platzwunde in meinem Gesicht.

Er eilte zu mir und stützte mich, während ich zu meiner Seite des Zimmers humpelte. Normalerweise fühlte mein Bett sich weich an, heute nicht weich genug. Ein paar Rempler hatten ihre Spuren hinterlassen.

»Ich verstehe das nicht, ihr tragt doch Helme!«

Das war jetzt dezent peinlich. Selbst Jackson, der stets Verständnis dafür hatte, wenn ich eine Regel verpatzte, hatte die Augen geschlossen und genervt dreingeschaut. Morgen war die Sache garantiert Gesprächsthema Nummer eins auf der Academy und es gab Hunderte Reels davon.

»Es war Euphorie.«

»Du freust dich über Schmerzen?«

»Davor«, stellte ich klar. »Also, es ist mir tatsächlich gelungen, nicht am Tor vorbeizuschießen.«

»Art.« Neal klopfte mir auf die Schulter.

»Autsch.«

»Sorry. Aber das ist doch großartig. Dein erstes Tor.«

»Das hast du falsch verstanden. Ich habe nicht vorbeigeschossen, aber der Ball wurde trotzdem geblockt. Ich habe vor Freude meinen Helm ausgezogen und in die Luft geworfen. An den Rest kann ich mich nicht mehr erinnern.«

Neal schlug sich gegen die Stirn. »Art.«

»Sag das nicht so.« Ich ließ mich in die Kissen sinken. »Es ist ja nicht so schlimm.«

»Dein Gesicht sagt etwas anderes. Hör doch bitte endlich mit Lacrosse auf.«

Neal erhob sich und trat an seine Seite des Schreibtisches.

Unser Zimmer war exakt in der Mitte geteilt. Die Betten standen an der holzvertäfelten Wand. Neal hatte seinen Bereich mit Bildern des Sees zugepflastert, auf dem Segelschiffe oder Ruderboote unterwegs waren. Er war ein Wassermensch durch und durch. Es hätte mich keine Sekunde gewundert, wenn ihm Schwimmhäute gewachsen wären.

Meine Wand sah anders aus. Zwischen zwei Holzlatten waren Fäden gespannt, an denen mit Wäscheklammern Bilder meiner Freunde hingen. Sobald meine Eltern und Brüder auftauchten, wanderte das Ganze unters Bett und wurde gegen Bilder des Lacrosse-Teams ausgetauscht.

Neal öffnete die Schublade und zog eine Tafel Schokolade heraus.

»Du wolltest sie vor mir verstecken«, kommentierte ich.

»Hab ich doch.«

»Das ist die Schublade deines Schreibtisches.«

Neal grinste frech. »Du würdest sie niemals öffnen, oder?«

Schachmatt. Dieser Halunke. Minimaler Aufwand, maximaler Erfolg.

Die Schokoladentafel landete neben mir auf dem Bett.

»Isst du mit mir? Dann fühle ich mich aus sportlicher Sicht nicht noch schlechter.«

Neal öffnete das Papier und brach sich ein Stück davon ab.

»Du bist ein Spargeltarzan mit Waschbrettbauch, du brauchst dich nicht schlecht zu fühlen.«

»War da irgendwo ein Kompliment versteckt?«

Neal lachte und schob sich die Schokolade in den Mund. Ich tat es ihm gleich, allerdings mit der doppelten Menge. Wenn schon, denn schon.

Es war später Nachmittag, und in einer guten Stunde endeten die letzten Pflichtstunden. Da jeder hier Sport liebte, ging es natürlich mit allerlei freiwilligem Zeug weiter. Einige besonders wahnsinnige Wassersportler fuhren garantiert noch mit ihrem Boot hinaus.

»Ich fahre nachher noch raus.« Neal starrte mit verklärtem Blick zum Fenster.

War ja klar!

»Ich werde hier liegen bleiben, Schokolade essen und ein Buch lesen. Jawohl.«

»Du schaust dir wieder dieses Zeug an.«

»Überhaupt nicht wahr.« Meine Stimme klang schuldbewusst, wie immer, wenn ich log.

»Die Hausfrauen von New York?«

»Beverly Hills.« Ich schob mir noch mehr Schokolade in den Mund. Ich nannte es Hamster-Modus.

Neal betrachtete mich, wieder mit diesem verklärten Blick, vermutlich dachte er an eines seiner Boote. »Art.«

»Hm?«

»Geh und sag es ihm.«

»Jetzt?« Möglicherweise flogen ein paar Schokoladenstückchen in Neals Gesicht.

»Jackson hat dich bisher unterstützt«, sagte er. »Aber auch er muss nach diesem Spiel verstanden haben, dass du einfach nicht für Lacrosse gemacht bist. Wenn das so weitergeht, brichst du dir die Knochen. Und ganz ehrlich: Das Team feiert noch. Wieso bist du nicht dabei?«

Die Worte schmerzten. Nicht wegen der Lacrosse-Sache, aber wegen des Teams. Sie hatten mich bisher nicht gefragt, ob ich an den Feiern teilnehmen wollte. Und mir wäre es peinlich, zu fragen. Irgendwie war es jedes Mal wie ein Stich. Erinnerte mich an zu Hause. Als Jüngster mit fünf Brüdern gab es die eine oder andere Hürde zu bewältigen.

»Beweg deinen Arsch zu Jackson und sag ihm mit deinem Dackelblick, wie sehr du ihm für seine Hilfe dankst. Und dass du leider nicht länger Teil des Teams sein kannst.« Neal verschränkte die Arme.

Ich hasste es, wenn er das tat. Da fühlte ich mich direkt schlecht. Als hätte ich einen Fehler gemacht, ihn enttäuscht.

»Also gut, wenn du willst.«

»Art, du sollst das nicht wegen mir tun.« Er barg das Gesicht in den Händen. »Das macht *dich* kaputt. Und ich kann dem nicht mehr zusehen.«

Damit erhob er sich und ging hinaus.

Einfach so.

Ich sprang auf und humpelte schwerfällig hinterher. Am unteren Ende der geschwungenen Treppe der Eingangshalle verlor ich ihn. Anstatt wieder nach oben zu steigen, wandte ich mich dem Ausgang zu.

Das Lacrosse-Team feierte meist in der Sporthalle. Mit Bier und sonstigen Dingen, von denen die Lehrer nichts wissen durften. Es waren zwar alle volljährig − weswegen ab und an mal ein Auge zugedrückt wurde −, doch gern gesehen wurde es nicht.

Die Musik war schon von Weitem zu hören, dazwischen Lachen und Stimmengewirr. Ich sah andere Spieler, die nach dem Duschen ihre Montur wieder angezogen hatten, um sportlicher zu wirken. Ein paar der Jungs machten auch miteinander rum oder gingen zusammen in Richtung ihrer Zimmer. Der Alkohol löste eine Menge Zungen in mehr als einer Hinsicht.

Meine Platzwunde war mir peinlich, weshalb ich um das Gebäude herum huschte. Auf der anderen Seite schloss sich ein Wäldchen an − Jacksons Lieblingsplatz. Meist stand er da mit seinem inneren Kreis.

Ich schlug mich dorthin durch.

Vertraute Stimmen erklangen.

Gerade als ich zum Sprechen ansetzte, hörte ich meinen Namen. Ich blieb stehen und lauschte.

VON WIND GETRAGEN

Jackson saß auf einer Baumwurzel und rauchte. Während Zigaretten an der Academy verpönt waren, hatten es Joints zu ungeahntem Ruhm gebracht.

»Alter, lass mich auch mal.« Philipp, der von allen aufgrund seiner ständigen Unruhe nur Flip genannt wurde, schnappte sich den Joint.

Genüsslich zog er daran. Seine Augen waren bereits glasig. Er war Jacksons bester Freund, obwohl er sich für Lacrosse nicht begeistern konnte. Er gehörte zu den Tennisspielern.

»So geht das echt nicht weiter mit ihm.« Flip stieß eine Rauchwolke aus.

Dennis nickte schweigend. Er sprach generell nicht viel. Breitschultrig lehnte er am Baumstamm. Bisher hatte er gegrübelt, jetzt nahm er den Joint und zog selbst daran.

Während Jackson alles gab, um mich im Team zu integrieren, hatte Dennis mich stets abschätzig betrachtet. Als schwächstes Glied der Kette war das nicht verwunderlich, ich kannte das von meinen Brüdern und kam damit klar.

Flip kicherte, was eindeutig dem Joint zuzuschreiben war. »Er hat sich den Helm abgezogen. Auf dem Spielfeld!«

Ich zuckte zusammen.

Es war also keine Sinnestäuschung gewesen, sie hatten *tatsächlich* über mich gesprochen. Die vertraute Scham kam wieder auf. Ich wollte im Boden versinken.

»Jetzt lass gut sein.« Jackson rieb sich das Gesicht, seine Augen wirkten müde.

»Alter …« Dennis' Kiefer trat hervor, so fest biss er seine Zähne aufeinander.

»Lass es.«

»Du bist der Captain des Teams.« Mehr sagte Dennis nicht. Die Worte hinterließen ein Schweigen, das aussagekräftiger war als ein gebrüllter Streit.

»Er ist 'ne Null«, kam es von Jackson schließlich. »Keine Ahnung, warum er es überhaupt versucht. Am liebsten hätte ich ihn hochkant rausgekickt.«

Die Worte trafen wie ein dreifacher Pfeilschuss exakt ins Ziel. In dem Fall in mein Herz, das aber auf Magenhöhe saß. Zur Scham gesellte sich Traurigkeit. Ich hatte Jackson gemocht.

»Dann tu es!« Dennis trat mit seiner Sohle gegen den Baum, an dem er lehnte.

»Du weißt doch, wie es läuft!«, rief Jackson aufgebracht. »Sein Vater ist mit dem Direktor befreundet. Die Vorgabe ist: Mach was aus dem Jungen. Härte ihn ab. Oder willst du das Trainingscamp in die Tonne treten?«

»Das wäre nicht passiert, wenn du deinen beschissenen Mathe-Score hinbekommen hättest.« Dennis ballte die Fäuste. »Dann könnte der verdammte Direktor keinen Druck auf dich ausüben. Nicht so.«

An dem Punkt schaltete Flip sich ein. »Jetzt mal Auszeit, Jungs. Das hat sich doch sowieso bald erledigt. Noch ein Spiel und Arthur liegt im Krankenhaus.«

»Hast du eigentlich zugehört?«, fragte Jackson. »Krankenhaus ist nicht der Ort, an dem sein Vater oder der Direktor den Idioten sehen will.«

»Aber dann kannst du ihnen klarmachen, dass der Sport nichts für ihn ist. Und wenn du noch den Arm um seine Schulter legst und tief in seine Augen blickst, fängt er an zu sabbern und sagt zu allem Ja.« Flip kicherte.

Ich fühlte die Demütigung wie Stacheldraht, der durch meinen Körper gezogen wurde.

»Ich flirte sicher nicht mit dieser wandelnden Katastrophe«, sagte Jackson. »Am Ende will der Direktor noch, dass ich was mit ihm anfange, damit Daddy glücklich ist.« Die Worte klangen abfällig, als spucke er einen schlechten Geschmack aus.

Überraschenderweise zuckte Dennis mit den Schultern. »Wenn er aus dem Team austritt, darf er mir auch gerne 'nen Blowjob geben. Oder sich bücken.«

Flip schüttelte den Kopf. »Das ist so typisch, du vögelst einfach alles, oder?«

»Guten Körper hat er ja.«

»Da gibt es schönere Körper hier«, sagte Flip.

»Wie jetzt, bietest du dich an? Dachte, du spielst nur für *ein* Team.«

»Ich? No way. Aber mein Zimmernachbar quasselt mir die ganze Zeit das Ohr über unser hottes Lacrosse-Team ab. Vielleicht kannst du ja als Vertreter des Teams einspringen.« Flip grinste dreckig.

Dennis rupfte ein Blatt vom Baum, zerknüllte es und warf das Ergebnis auf die Erde. »Von mir aus.«

Ich fühlte mich mit jeder Minute elender. Wenn aus diesen Worten eines klar wurde, dann, dass ich niemals Teil des Teams gewesen war. Sie sprachen über mich wie von einem notwendigen Übel.

Wie hatte ich nur so dämlich sein können?

Am Tag der Auswahl für das Team hatte ich mich noch gewundert, weshalb ich es überhaupt in die Mannschaft geschafft hatte. Kein einziger Ball war ins Tor gegangen.

»Mein Zimmernachbar ist gut in Mathe«, sagte Flip. »Dennis springt einmal mit ihm in die Kiste, dann ist er bestimmt bereit, dir Nachhilfe zu geben, Jacksi. Du hebst deinen Score, und zack, sind wir Welpen-Arty los.«

Jackson runzelte die Stirn.»Hm. Von mir aus.«

Flip blickte zu Dennis.

»Von mir aus. Nach dem Spiel bin ich sowieso immer geil. Hoffentlich ist er gut.«

Was die Diskussion endgültig in eine völlig andere Richtung lenkte.

Ich wandte mich ab und ging davon. Irgendwie wirkte die Welt um mich herum gedämpfter. Wolken schoben sich vor die Sonne, der Wind frischte auf. Ich verließ die Feiernden, sah aber mehr als einen mitleidigen Blick in meine Richtung gehen.

Irgendwie waren meine Wangen plötzlich nass. Ich wischte die Tränen ab, lenkte meine Schritte über den Campus, fort von den belebten Bereichen. Ich wollte allein sein. Wieso war ich überhaupt hier an der Academy? Ich war ein Versager, überflüssig, eine sportliche Niete.

Jeder Einzelne war enttäuscht von mir.

Erst als ich die Hügel erreichte, die einen Blick auf den nahen See boten, blieb ich stehen. Hier sank ich auf das Gras, blickte über den See und war einfach nur. Der Ausblick hatte eine beruhigende Wirkung auf mich. Das tiefe Blau, eingebettet ins saftige Grün der Hügel. Der Wind brachte das Wasser zum Kräuseln.

Ich verbarg das Gesicht zwischen den Knien und weinte still.

VON STURM UMTOST

Jemand setzte sich neben mich.

Ich wischte mir die Augen und sah auf. »Was machst du hier?«

Neal hielt sein Smartphone hoch. »Ich bin dir gefolgt.« Wir hatten uns gegenseitig für das Tracking freigeschaltet, damit jeder immer sehen konnte, wo der andere sich befand.

»Ich habe gehört, wie ein paar Jungs darüber gesprochen haben, dass sie dich bei der Mannschaftsparty gesehen haben. Wollte hören, wie es gelaufen ist. Nicht so gut?«

»Wie kommst du denn darauf?«, platzte ich heraus.

»Hey.« Er hob die Arme. »Nicht schießen.«

Sofort fühlte ich mich schlecht. »Tut mir leid.«

»Was ist passiert?«

Ich erzählte ihm von dem Gespräch, das ich belauscht hatte. In allen Einzelheiten. Als ich geendet hatte, blickte mein bester Freund lange über den See. Seine Augen hatten von Sturm zu Orkan umgeschaltet. Er streckte das Gesicht wie immer in den Wind, der sein Haar zerzauste.

Wortlos legte er seine Hand auf meinen Rücken.

»Ich fühle mich so wertlos«, gestand ich.

»Vergiss diese Idioten.«

»Ich kriege nichts hin.«

Neal stand auf. »Komm mit.«

Ich folgte ihm, wie ich es immer tat. Eigentlich folgte ich jedem. Aber bei Neal fühlte es sich gut an. Wie Geborgenheit und Freiheit zugleich.

Wir erreichten die Marina, wo die Boote der Academy vertäut waren. Es gab alle möglichen Größen und Typen. Neal ging auf ein Segelboot zu.

»Warum gehen wir auf dieses Ding zu?«

Neal grinste verschmitzt.»Wir drehen eine kleine Runde, das bringt dich auf andere Gedanken.«

Fünf Minuten später legten wir ab. Der aufgefrischte Wind ließ uns mühelos über das Wasser gleiten. In diesem Moment konnte ich plötzlich Neals Begeisterung für das Wasser nachempfinden. Es war Weite und Freiheit, ein Schweben ohne Ketten. Und man musste sich nicht mit irgendwelchen Bällen herumschlagen.

Ich betrachtete Neal von der Seite. Er stand hinter dem Steuer, das Gesicht in den Wind gestreckt, die Augen blitzten vor Energie.

Mein Magen kribbelte. Schnell schaute ich zur Seite.»Das ist nett.«

»Nett?« Neal wandte mir seine ganze Aufmerksamkeit zu.»Sehr nett.«

Neal schnaubte.»Segeln ist die schönste Sache auf der Welt. Ich kann nicht verstehen, wie die anderen in irgendwelchen Hallen herumrennen oder mit Stöcken, an denen Netze hängen, einen Ball schlagen.«

»Ich auch nicht«, gab ich zu.»Das ist doch blöd.« Ich musste kurz lächeln.

»Dieser Gesichtsausdruck steht dir viel besser. Er ist süß. Ich meine, nett.« Neal wurde knallrot.

Irgendetwas war komisch.

Hatte er mich gerade süß genannt?

Ich starrte ihn an.

»Warum schaust du so?«, fragte er unbehaglich.

»Einfach so.« Ich zuckte mit den Schultern.

Neal steuerte uns souverän weiter über den See, wobei er immer wieder Fachbegriffe von sich gab, um mir Teile des Bootes näherzubringen. Angefangen bei so einfachen Dingen wie Backbord und Steuerbord, die ich natürlich kannte, nur ständig verwechselte. Aber schnell folgten weitere Erklärungen wie Reling, Rah, Mast.

Das war alles neu, machte jedoch eine Menge Spaß. Neal atmete schließlich tief ein und aus, als wolle er sich innerlich auf etwas vorbereiten. Einen wichtigen Vortrag oder so ... Seine Hände entwickelten ein Eigenleben, er hantierte, holte die Segel ein, warf den Anker aus. Auf der anderen Seite des Sees, gegenüber der Marina, hielten wir an.

»Warum halten wir an?«, fragte ich.

Neal kam zögernd auf mich zu. »Ich will dir den Tag nicht noch komplizierter machen ... also für dich. Oder uns. Weil ja schon alles so übel ist, weißt du. Was die da gesagt haben und so.«

»Du klingst wie ich vor einem Lacrosse-Spiel.«

»Haha«, lachte Neal total künstlich. »Du bist ja normal nicht so der Segler, aber hier... weil ich den Platz so mag. Aber wenn du sofort zurückwillst?«

»Bist du verrückt? Das hier ist toll! Irgendwie hat es meine Perspektive wieder geradegerückt. Diese Freiheit auf dem Wasser, alles ist so wild und gleichzeitig ... einfach. Das hätte ich schon früher erleben können. Ich muss aufhören, alles für andere zu machen. Und mehr an mich denken.«

»Guter Anfang.«

Plötzlich wurde mir seine Nähe bewusst. Dieser tiefe Blick, die Grübchen, wenn Neal lächelte. Sein Atem.

Das Kribbeln in meinem Bauch kehrte zurück. Es fühlte sich an wie freudige Erwartung. Die Aufregung vor einem großen Ereignis.

»Art«, sagte Neal.

»Ja?«

»Du bist mein bester Freund.«

»Das stimmt.«

»Und das bleibst du hoffentlich auch noch, falls ... ich einen Fehler mache.«

»Wieso solltest du ...«

Sein Gesicht kam näher, er zögerte. Gab sich einen Ruck. Neals Lippen legten sich sanft auf meine, wie ein Windhauch, der mich streifte. Weich und sanft, eher ein Stupsen.

Ich hatte gerade meinen besten Freund geküsst. Also er mich. Wir uns. Der Gedanke kam und ging.

Neal zog sich zurück.

»Du hast mich geküsst«, sagte ich.

Ein Meisterstück der Analyse.

Neal schwieg, als wartete er auf etwas. Ich konnte ihn nur anstarren. Es hatte sich gut angefühlt.

Diesmal war ich es, der seinem Instinkt folgte. Ich beugte mich vor und küsste ihn. Wir waren wie zwei Puzzleteile, die endlich an die richtige Stelle rutschten. Das unterschwellige Wohlgefühl, das ich immer in seiner Nähe verspürte, ergab plötzlich einen Sinn.

Dieser Kuss durfte nie enden!

Neal schmeckte nach Minze und Pfirsich. Er hatte wieder die Limonade getrunken, die er so liebte. Seine Hände griffen nach meinen Hüften, er zog mich an sich. Unser Kuss wurde leidenschaftlicher, gieriger.

Der Augenblick war perfekt.

Bis der Donner ihn unterbrach.

VON WASSER GEKÜSST

In einem Moment war es noch ein starker Wind, im nächsten ein richtiger Sturm. Die Wellen türmten sich auf, das Boot wurde hin und her geschüttelt. Neal sah kreidebleich aus. Längst trugen wir Schwimmwesten – eigentlich von Anfang an vorgeschrieben. Unter seinem Kommando hatten wir den Anker eingeholt und die Segel wieder gesetzt. Als der Sturm aber schlimmer wurde, mussten wir diese wieder einholen, um nicht zu kentern.

Inzwischen waren die Wellen so hoch, dass jedes Anlegen zum Glücksspiel geworden wäre. Wir wurden hin und her geworfen wie ein Korken auf dem Meer. Oder eben auf einem ziemlich großen See. Erst jetzt wurde mir dessen Größe wirklich bewusst.

»Ich halte uns vom Ufer fern«, brüllte Neal. »Das schaffen wir bei dem Sturm nicht.«

Ich trat neben ihn, beobachtete seine Hände, seine Bewegungen. Jeder Griff war routiniert. Wir konnten es schaffen.

Die nächste Welle traf uns so heftig, dass Neal zur Seite geschleudert wurde. Sein Kopf schlug hart auf der Oberfläche des Bootes auf, und er sackte bewusstlos zusammen. Ich konnte mich gerade noch festhalten.

Die Angst schoss durch meinen Körper, wie ich es schon vom Lacrosse-Feld kannte. Hier flog mir kein Ball entgegen, kein Schläger wurde geschwungen, es war ein verdammter See.

Meine Instinkte setzten ein. Ich stützte Neal mit meinem Körper, gab ihm Halt, damit er nicht noch mehr umhergeschleudert wurde. Meine Hände machten seine Bewegungen nach. Ich kann bis heute nicht sagen, was es war, aber meine Angst verschwand. Obwohl sich die Gewalt der Natur um uns herum auftürmte, wir auf dunklen Wellen über den See geschmettert wurden, handelte ich.

Mein bester Freund war dicht bei mir. Ich spürte noch das Echo seiner Lippen auf meinen. Um uns herum war das Element, das er so sehr liebte, außer Kontrolle geraten. Und obwohl es gefährlich war, hatte ich mich nie zuvor in meinem Leben so frei gefühlt wie in diesem Augenblick. Das Wasser schlug mir eiskalt ins Gesicht. Ich lachte.

»Wir schaffen das.« Diesmal glaubte ich meinen Worten.

Drei Stunden tobte der Sturm.

Als er endlich nachließ und wir die Marina erreichten, standen dort das gesamte Segelteam, der Direktor und das versammelte Lehrerkollegium einschließlich des Schularztes. Sie hatten sich wohl gerade auf die Suche nach uns gemacht.

Leon Markwart, der Captain der Rudermannschaft, sprang an Deck und half beim Anlegen. »Ich wusste gar nicht, dass du segeln kannst.«

»Ich auch nicht.«

»Was ist passiert?« Doktor Mugabe kam zu uns an Deck.

Ich beschrieb ihm, was geschehen war.

»Er ist seit drei Stunden bewusstlos?« Er begann sofort mit seiner Untersuchung und beendete sie mit einem »Er muss auf die Krankenstation. Wahrscheinlich eine Gehirnerschütterung. Ihr habt Glück gehabt.«

Ich wich nicht von Neals Seite.

Er wachte mitten in der Nacht auf, aber nur für ein paar Sekunden. Als er mich neben seinem Bett sah, lächelte er. Ich erwiderte es.

Natürlich waren wir das Gesprächsthema Nummer eins der Academy. Einige Studenten hatten gefilmt, wie ich das Boot in die Marina steuerte, vor mir der bewusstlose Neal. Irgendwie verschaffte mir das einen gewissen Heldenstatus.

Als Jackson mir gratulierte, erklärte ich ihm, dass das Lacrosse-Team fortan ohne mich auskommen müsse. Ich habe Flips Zimmernachbar vor Dennis gewarnt, aber ich glaube, er ist trotzdem mit ihm in der Kiste gelandet.

Zwei Tage später saß ich an meinem Schreibtisch, als die Tür aufging.

»Schau mich nicht so mitleidig an«, sagte Neal.

Ich musste lächeln. Wie schnell sich die Rollen vertauschen konnten. »Das ist nur die Narbe.«

»Gewagt, oder?«

»Ich hatte wirklich Angst um dich.«

»Verkehrte Welt.« Neal kam langsam herein, zögernd. »Weißt du, der Sturz auf den Kopf ... Doktor Mugabe hat gesagt, dass die Erinnerung zurückkommen kann. Vielleicht.«

Ich starrte ihn mit offenem Mund an. »Was?!«

»Ja. Meine Erinnerung ist weg. Komplett.«

Mein Magen wurde flau.

»Ich weiß nicht mehr, wie man putzt.« Neal nickte ernst. »Deshalb musst du das jetzt übernehmen. Ich weiß nicht, ob die Erinnerung jemals zurückkommt.« Er brach in Gelächter aus.

»Du Mistkerl!« Ich lachte mit.

Neal war plötzlich ganz nah. »Und jetzt bist du der Held der Academy, der mich gerettet hat.«

Sein Atem roch nach Pfirsich und Pfefferminz. Wo zum Teufel hatte er die Limonade auf dem Weg von der Krankenstation hierher herbekommen? Seine Augen sahen selbst in unserem Zimmer so aus, als würde sich der sturmgepeitschte See darin spiegeln.

»Du mich zuerst«, sagte ich.

»Vielleicht war die Erde einfach das falsche Element für dich.« Er strich mir sanft über die Wange. »Leon sagt, du kannst jederzeit ins Segelteam wechseln.«

»Mein Vater würde explodieren.« Ich erschauerte unter der Berührung und schluckte. »Die Idee gefällt mir.«

»Diese verwegene Art gefällt *mir*.«

Eine frische Brise wehte den Geruch des Sees in unser Zimmer. Und während das Wasser in der Ferne in der Sonne glitzerte, fanden sich unsere Lippen erneut.

FEUER

In deinen haselnussbraunen Augen
tanzt eine Flamme, die mich um den
Verstand bringt. Sie sorgt
dafür, dass alles in mir glüht,
prickelnd heiß, während
mein Herz unser ganz
persönliches Liebeslied
singt.

Marie Graßhoff, kurz vor Weihnachten 1990 im Harz geboren, versteckte sich schon im Grundschulalter zwischen Bergen aus Büchern und schrieb fantastische Geschichten. Mit zwölf beendete sie ihren ersten Roman. Nach ihrem Studium der Buchwissenschaft und Linguistik in Mainz arbeitete sie zwei Jahre als Social Media Consultant und widmete sich den Welten in ihrem Kopf nebenberuflich. Inzwischen hat sie ihren größten Traum verwirklicht und lebt als freie Autorin und Buchcovergestalterin in Leipzig. Mehr Infos findet ihr unter www.marie-grasshoff.de.

Marie Graßhoff

Feuer der Vergangenheit

KAPITEL 1: ASCHE

Der Anblick der verschneiten Kleinstadt weckt zu viele Erinnerungen. Erinnerungen, von denen ich hoffte, sie schnell zu vergessen, als ich diesen Ort vor vier Jahren verließ. Ich hätte nie erwartet, dass ich jemals hierher zurückkehren würde.

Das Gebäude vor mir ist bis auf die Grundfesten niedergebrannt. Feuer sucht diese Stadt heim wie ein wankelmütiger Liebhaber. Schon meine Großeltern erzählten die Legenden eines Geistes, der seit jeher immer wieder für Verwüstung sorgen soll.

Ich glaube nicht an ihn. Aber ich glaube an die Zerstörungskraft der Flammen. An das Leid, das sie bringen. An den Schmerz und die Einsamkeit.

Das Dach des Hauses ist zusammengestürzt, sodass der bewölkte Nachthimmel zu sehen ist, nachdem ich über die Trümmer gestiegen und eingetreten bin. Kleine Schneeflocken rieseln herab und sammeln sich in der Asche. Von dem verkohlten Holz tropft Löschwasser. Obwohl die Nacht durch den Schnee recht hell ist, sind nur die Teile des Hauses, die in den Kegeln der grellen Einsatzstellenstrahler liegen, zu erkennen. Das kühle Licht brennt in den Augen.

Ich schlinge die dünne Regenjacke enger um den Körper, ziehe die Schultern hoch und folge meinen FBI-Kollegen. »Sieht aus wie bei den vorherigen Fällen«, sagt einer von ihnen. »Hier muss eine extreme Hitze entstanden sein.« Ich steige über das, was von den persönlichen Gegenständen der Bewohner übrig ist. Zersprungene Tassen zwischen den metallenen Überresten von Möbeln. Geschmolzene Elektrogeräte und Überbleibsel von Kinderspielzeug.

»Die Versicherung wird sich freuen«, scherzt einer meiner Kollegen. Einige lachen.

Mir ist nicht danach zumute. Vor wenigen Stunden sind in dieser Hölle Menschen ums Leben gekommen. Mir steigt Übelkeit in die Kehle. Meine Hände fühlen sich nicht nur wegen der Kälte taub an.

»Da ist auf jeden Fall Brandbeschleuniger im Spiel. Anders kann so eine große Hitze nicht entstehen.«

»Aber es ist nach wie vor seltsam, dass sich die Brände trotz ihrer Intensität so effizient löschen lassen.«

Die Stimmen verschwimmen allmählich und werden zu einem stetigen Rauschen im Hintergrund.

Mein Blick fällt auf die Überbleibsel eines verbrannten Plüschaffen. Ich weiß genau, wie er sich anfühlt. Ich bin wieder ein Kind und halte ihn in den Händen. Er ist alles, woran ich mich klammern kann. Vom flammenden Inferno um mich herum werden die Schreie der Erwachsenen aufgesogen wie ein Schwamm. Ich kann nichts sehen. Und ich weiß, meine Haut sollte mir von den Knochen schmelzen, aber ich spüre die Hitze gar nicht.

»May? Geht es dir gut?«

Ich schiebe die schmerzhafte Erinnerung weg und schaue zu meinem Kollegen auf. Mist, ich habe gar nicht bemerkt, dass ich wieder abgedriftet bin.

»Du bist blass«, stellt er besorgt fest.

»Es geht mir gut.« Eigentlich nicht. Wenn ich mich zu schnell bewege, kippe ich vielleicht um. Es ist schlimm genug, wieder in dieser Stadt zu sein. Geschweige denn an so einem Ort.

»Wenn du eine Pause brauchst, dann ...«

»Nein, ich bin nur müde.« Das sind wir alle, also muss er die Lüge akzeptieren. Um ihn abzuwimmeln, trete ich über den gesicherten Weg zwischen den schwarzen Trümmern auf Jason, meinen Vorgesetzten, zu. Er ist umringt von Feuerwehrleuten und Brandschutzexperten. Einige nehmen Proben der verkohlten Überreste. Der Großteil achtet minutiös darauf, jeden unserer Schritte auf Sicherheit zu überprüfen.

»Wie viele Todesopfer waren es dieses Mal?«, erkundige ich mich. Sie haben nicht mit dem Briefing auf mich gewartet, während ich Kaffee gemacht habe. Schließlich bin ich nur die Neue. Vermutlich hätten sie auch nicht auf mich gewartet, wenn mehr Zeit gewesen wäre.

Jason hat mich nur mitgenommen, weil ich bei der Brandstiftungsserie vor fünfzehn Jahren dabei war. Aber da war ich noch ein Kind. Vermutlich weiß er genauso gut wie ich, wie gering die Chance ist, dass ich zur Lösung dieser Fälle beitragen kann. Und ich wäre an jedem anderen Ort dieser Welt lieber als hier.

»Die ganze Familie«, antwortet er jetzt tonlos. Er muss in seiner Regenjacke genauso frieren wie ich, aber er lässt es sich nicht anmerken. »Fünf Menschen.«

Wieder kein Überlebender. Genau wie bei der Brandstiftungsserie damals.

»Wir konnten noch nicht bestimmen, welcher Brandbeschleuniger benutzt wird«, sagt einer der ansässigen Fachmänner. »Aber was auch immer es ist, der Täter wird besser darin, ihn einzusetzen.«

Seltsam, dass sie noch immer an der Sache mit dem Brandbeschleuniger hängen. Auch das ist wie damals. Dabei gibt es bisher sowohl jetzt als auch vor fünfzehn Jahren keinen Hinweis darauf, dass überhaupt welcher verwendet wurde. Keine Spuren, keine Hinweise auf die chemischen Inhaltsstoffe, die irgendwo zu finden sein sollten.

»May, holst du mir bitte mal die Akten aus dem Auto«, fordert Jason mich auf.

Er soll sich endlich einen Assistenten besorgen. Ich will ihm sagen, dass das nicht mein Job ist. Aber ich weiß auch, wie es läuft. Einige Kollegen haben mir gesagt, dass es Jahre dauern kann, bis man beim FBI eine halbwegs verantwortungsvolle Position erreicht. Also schlucke ich den Ärger herunter, nicke und bewege mich vorsichtig wieder auf das zu, was von der Eingangstür übrig ist.

Vor dem Gebäude versammeln sich Feuerwehr, Polizei und Medien. Die Nacht ist in rot-blaues Licht getaucht. Eine Masse aus Schaulustigen hat sich hinter den Absperrbändern versammelt. Überall blicken mir müde, besorgte, trauernde Gesichter entgegen. Fünf Polizisten sind nur damit beschäftigt, die Menschen zu bitten, wieder nach Hause zu gehen.

Doch niemand wird das tun. Diese Stadt ist so klein, dass vermutlich viele der Anwesenden die Opfer kannten.

Ich will mich schon von der Menge abwenden, als mir ein Gesicht darin auffällt. Eine junge Frau mit weichen Zügen, roten Wangen und einer Sorgenfalte zwischen den Brauen. Eine dicke Winterjacke schützt sie vor dem fallenden Schnee. Ihr hellblondes Haar verfängt sich in ihrer Kapuze.

Ist das etwa…?

Rasch wende ich mich ab. Sie ist noch hier? Nein, das ist sie bestimmt nicht. Hat sie mich gesehen? Ich dachte, sie wäre auch gegangen. Sie hätte diesen Höllenschlund ebenfalls hinter sich gelassen, genau wie ich. Sie ist es bestimmt nicht.

Auf dem Kleinstadtrevier herrscht ein Chaos, das mir zusammen mit dem ungemütlichen Licht aus den Deckenröhren Kopfschmerzen bereitet. Es ist ein anderes Revier als das, auf das sie mich damals gebracht haben, aber ähnlich genug. Die Fenster sind nicht ganz dicht und lassen die Kälte hineinziehen. Einige der Polizisten sitzen sogar in dicken Jacken an ihren Arbeitsplätzen. Andere laufen zwischen den Tischen und Gängen hin und her, um die FBI-Agenten mit allem zu versorgen, was sie für ihre Arbeit brauchen.

Die lokalen Polizisten sehen mich mit düsteren Blicken an, als ich an ihnen vorübergehe. Sie hassen es, dass wir vom FBI hier sind.

Mir ist es egal. Ich bin es gewohnt, von Behörden entweder in den Himmel gelobt oder angefeindet zu werden. In meinem Kopf gibt es ganz andere Probleme. Neben der schrecklichen Szene, die sich mir gerade dargeboten hat, geht mir auch etwas anderes nicht aus dem Kopf: Ich muss immer wieder an *sie* denken.

Wenn sie es wirklich ist, will ich sie sehen. Mit ihr reden. Stundenlang auf der Couch vor dem Kamin sitzen und Geschichten austauschen. Wie früher.

Aber… nein. Wahrscheinlich war sie es gar nicht. Und selbst wenn sie es gewesen wäre, würde sie nichts mit mir zu tun haben wollen. Nicht nach allem, was damals geschehen ist.

Meine Kopfschmerzen werden auf dem lauten Revier immer stärker. Die tristen, eischalengelben Wände erschaffen eine deprimierende Atmosphäre. Ich kenne diese Art von Chaos. Sie ist ein Teil des Jobs.

Wie von allein bewegt sich mein Körper durch den Trubel auf einen der Officer zu, die mit grimmigem Gesicht an ihren alten Rechnern sitzen.

»Guten Abend«, grüße ich. Es ist mitten in der Nacht, aber das ist den meisten hier vermutlich egal. »Danke für Ihre Arbeit.« Er verzieht den Mund und schaut über seine Brille zu mir auf. Offensichtlich hat er kein Interesse an Höflichkeiten, also fahre ich gleich fort. »Können Sie mir sagen, ob die Schaulustigen bei den letzten Anschlägen überprüft worden sind?«

Ich muss wissen, ob sie heute dort war. Wenn ich herausfinde, dass sie es gar nicht war, werde ich mich wieder auf meine Arbeit konzentrieren können.

»Ja«, murrt er. »Es ist immerhin bekannt, dass Brandstifter gern am Tatort bleiben und sich unter die Zuschauer mischen, um ihr Werk zu betrachten.«

»Ja, daran dachte ich auch.«

Er stöhnt und fährt sich über die Schläfen, als gäbe es nichts Schlimmeres, als sich mit mir unterhalten zu müssen, dann gibt er mürrisch zurück: »Aber sehen Sie: Das hier ist eine kleine Stadt. Es ist normal, hier immer und immer wieder dieselben Menschen zu sehen. Wir haben einige Befragungen durchgeführt, aber es gab keine besonderen Hinweise oder Auffälligkeiten.«

»Sonst irgendetwas?«, hake ich nach.

Er lächelt müde. »Wir haben nichts. Aber ich stelle Ihnen zur Verfügung, was auch immer Sie wollen. Sie sind ja schließlich hier, um unsere Arbeit zu überprüfen, oder?«

Den feindseligen Ton kenne ich nur zu gut. Ich setze das übliche Lächeln auf. »Wir sind zur Unterstützung hier. Und ich schätze die Arbeit Ihrer Behörde sehr. Sie haben natürlich Einblicke, die wir uns so schnell gar nicht machen können.« Diese Worte scheinen ihn tatsächlich ein wenig zu besänftigen. Ich lehne mich an seinen vollgestellten Schreibtisch. »Haben Sie denn eine persönliche Vermutung, was dahinterstecken könnte?«

Seine Augenbrauen heben sich. Ihm ist also aufgefallen, dass ich »was« anstelle von »wer« gesagt habe.

»Sie haben also von den Legenden gehört.« Zum ersten Mal nimmt er die Hände von der Tastatur und schaut mich offen heraus an. »Die Geschichten eines Feuergeistes ranken sich schon seit Jahrhunderten um diesen Ort. Meine Großmutter hat sie mir erzählt, als ich noch ein kleines Kind war. Und sie hat sie von ihrer Mutter erzählt bekommen.« Er schürzt nachdenklich die Lippen. »Einige behaupten sogar, ihn gesehen zu haben.«

Spielt er damit auf mich an? Denn auch ich glaubte, dem Geist in den Flammen unseres brennenden Wohnhauses begegnet zu sein. Die Menschen aus der Stadt haben mich dafür gehasst. Ich erinnere mich an die teils kalten, teils bemitleidenden Blicke. Den Unglauben.

»Das ist natürlich alles Schwachsinn«, reißt er mich aus der Erinnerung. Er winkt ab. »Aber vielleicht hat der Brandstifter sich von den Legenden inspirieren lassen. Weil er oder sie weiß, dass einige es darauf schieben werden oder ... was weiß ich.«

Ich nicke verstehend, weil das wirklich nicht abwegig ist. Vielleicht ist es sogar genau das, was hier geschieht. Die Stadt hat eine umfangreiche Vergangenheit, die mit Feuer in Verbindung steht. Eine Vergangenheit, von der ich für immer ein Teil sein werde.

Ich und ... Wieder flackert dieses Bild der Frau auf, die ich im rot-blauen Licht der Polizeiwagen gesehen habe. Verdammt. Ich muss es wissen. Es bringt nichts, das vor mir herschieben zu wollen. »Können Sie bitte eine Liste der Menschen aufrufen, die an mehreren Tatorten anwesend waren?« Der plötzliche Themenwechsel scheint ihn zu irritieren, aber er nickt. Ich gehe um den Tisch herum und warte geduldig.

»Bitte suchen Sie nur die Frauen heraus«, bitte ich ihn.

Er filtert die Liste. Sie ist nicht lang. Mein Blick fällt auf den Namen, den ich gehofft hatte, nicht zu sehen: Fynn Scott.

Das ist sie.

Ich erinnere mich an sie wie an eine Naturgewalt: intensiv, unvorhersehbar und wunderschön. Die Leute haben immer gesagt, sie sei zu wild. Sie lache zu viel. Sie tanze zu viel. Aber genau das war es, was ich an ihr liebte. Ich erinnere mich an den Geschmack ihrer Lippen auf meinen. Daran, wie sich ihre Haut unter meinen Fingern angefühlt hat, und daran, wie warm mein Inneres wurde, wenn sie lächelte.

Und ich erinnere mich an ihre Tränen. An ihre verzweifelten Worte, als wir einander das letzte Mal gegenüberstanden. An Trauer und einen nie abklingen wollenden Schmerz.

Sie ist hiergeblieben. All die Jahre.

»Geben Sie mir bitte die Adresse dieser Frau.«, bringe ich mechanisch hervor.

KAPITEL 2: EIS

Das warme Licht der Straßenlaternen erhellt die verlassenen Wege der Stadt. Eine Windböe weht Schnee vom nächsten Dach auf mich herab. Die Flocken kribbeln in meinem Nacken, aber nach dem stickigen, vollgestopften Revier fühlt sich die kalte Brise auf meinem Gesicht erfrischend an.

Ich atme tief die reine Luft ein und schließe kurz die Augen, um mich für die bevorstehende Begegnung zu wappnen. Meine Finger zittern, als ich die Klingel betätige. Eine Doppelhaushälfte. Laut der Akte lebt sie allein.

Innen habe ich Licht brennen sehen, also schläft sie noch nicht. Und tatsächlich dauert es nur wenige Sekunden, bis gedämpfte Schritte erklingen und die Tür geöffnet wird.

Fynn trägt warme, weite Winterkleidung. Ihr blondes Haar fällt über ihre Schultern. Und sie sieht jünger aus als in der Dunkelheit vor dem verbrannten Gebäude. Jünger als auf dem Foto in ihrer Akte. Der Ausdruck auf ihrem Gesicht ist noch immer so weich, wie ich ihn in Erinnerung habe. So warm. So offen. Als sei in ihrem Herzen Platz für die ganze Welt.

»Hey«, flüstere ich. Was für eine beschissene Begrüßung. Aber ich weiß nicht, was ich sonst sagen soll. Nichts wäre angemessen. Es fällt mir schwer, ihren langen, schweigenden Blick zu erwidern. Jede Faser in meinem Körper schreit danach, ihm auszuweichen.

»Habe ich es mir doch nicht eingebildet, dich vorhin gesehen zu haben«, murmelt sie mit belegter Stimme.

»Ich war mir auch nicht sicher«, gestehe ich.

Ich kann ihren Blick nicht deuten, als sie mich mustert. Ich kann ihre Gesichtszüge gar nicht mehr deuten. Früher war sie ein offenes Buch für mich.

»Du bist jetzt beim FBI?«

Ihr Gesicht. Es ist so endlos vertraut.

Ich erinnere mich daran, wie wir einander auf dem Innenhof der Schule gegenübersitzen. Sie fragt mich nach dem Brand in unserem Haus. Genau wie alle anderen. Aber sie fragt nicht nach meinen Eltern. Ich weiß nicht, ob ich ihr sagen soll, was ich gesehen habe. Denn obwohl mich alle fragen, glaubt mir niemand. Niemand glaubt, was ich gesehen habe.

Aber sie hört einfach nur zu. Ihr Blick ist so einladend. Obwohl wir uns nicht kennen, ist sie der erste Mensch, bei dem ich mich wohlfühle, während ich darüber spreche.

Hätte ich dieses Gefühl doch auch jetzt. Dann würde es nicht so wehtun, sie anzusehen.

»Ich wusste nicht, dass du hiergeblieben bist«, bringe ich hervor.

Sie presst die Lippen aufeinander. Es sieht schmerzerfüllt aus. »Wohin hätte ich denn gehen sollen?«

Ihre Worte sind wie heißes Eisen in meinem Magen. Ich muss etwas sagen. Jetzt. Aber gleichzeitig ist mir klar, dass nichts genug wäre. Jemals.

Wir sehen einander still an, bis sie zur Seite tritt, um mich schweigend hereinzubitten.

Fynns Haus ist klein und gemütlich. Es ist ein anderes als das, in dem sie damals mit ihren Eltern gewohnt hat. Ich weiß nicht, ob ich nach ihnen fragen soll. Oder ob ich nach dem Büro fragen soll, an dem wir beim Eintreten vorbeigekommen sind. Die Aufzeichnungen und Dokumente, auf die ich dort einen Blick erhaschen konnte, sehen ganz so aus, als würde sie irgendwelche Ermittlungen anstellen.

Aber darüber möchte ich noch nicht sprechen. Obwohl unangenehmes Schweigen zwischen uns steht, spüre ich noch immer die alte Vertrautheit. Eine Wärme, von der ich nicht erwartet hatte, sie hier zu empfinden.

Fynn schaut ihren Tee an. »Wie lange arbeitest du jetzt schon dort?«

Eigentlich bin ich froh, dass sie den Anfang macht. Obwohl ich es hätte tun sollen. Es gibt so viel, was ich ihr sagen möchte.

»Seit sechs Monaten ist meine Ausbildung beendet.«

»Bist du freiwillig wieder hier?«

Jason hat mich der Einheit zugeteilt, weil ich von hier stamme. Ich habe alles Menschenmögliche versucht, um das zu verhindern. »Ich habe es mir nicht ausgesucht«, weiche ich aus. »Was machst du denn?«

»Ich bin Anwaltsgehilfin.« Ihre Worte fühlen sich seltsam an. Leer. Als wäre das ebenfalls nicht das, worüber sie eigentlich reden möchte.

Aber … sosehr ich es auch will, ich kann noch nicht über uns sprechen. Ich bringe es nicht fertig, obwohl mir klar ist, wie schwach mich das macht. »Fynn«, setze ich also an. Ich zwinge mich, sie anzuschauen. »Was ist in dieser Stadt los?«

Endlich hebt sie ihren Blick zu mir. Nachdenklich. Ein wenig auch, als verstünde sie die Frage nicht. »Erinnerst du dich nicht mehr?«

Ich weiß genau, was sie meint. Leider.

Das Inferno um mich herum. Flammen in so vielen Farben und Formen. Und zwischen ihnen ein Mensch. Es ist nicht mein Vater. Und er besteht nicht nur aus Flammen, sondern aus Asche und verbrannter Haut. Ich erkenne sein Gesicht nicht, aber etwas an der gebückten Art, in der er vor mir steht, sieht schmerzerfüllt aus.

Er folgt mir durch mein Elternhaus, als ich es mit letzter Kraft verlasse. Ich finde meine Eltern nicht. Er folgt mir nicht vor die Tür. Als ich in die Arme der Umstehenden laufe und mich zu ihm umwende, ist er in den Flammen verschwunden.

Ich sage den Menschen, dass ich ihn gesehen habe. Den Feuergeist. Aber ich bin sieben Jahre alt. Niemand glaubt mir.

»Ich erinnere mich«, murmele ich. »Aber ich weiß inzwischen, dass das eine Illusion gewesen ist. Die Dämpfe und Gase haben mir höchstwahrscheinlich den Verstand vernebelt.« Darüber habe ich lange in der Therapie gesprochen.

Fynn verzieht enttäuscht den Mund. Schmerzverzerrt, nahezu. »Aber wir haben es doch überprüft«, flüstert sie und lehnt sich zu mir vor. Ihr Blick intensiviert sich. »Ich habe die letzten Jahre damit verbracht, die Legenden und Geschichten dieser Stadt zu erforschen. Komm mal mit.«

Noch bevor ich sie unterbrechen kann, erhebt sie sich und geht in das kleine Büro, das ich schon beim Hereinkommen bemerkt hatte. Zögerlich folge ich ihr.

»Ich habe herausgefunden, dass die Brandstiftungen schon auf die Gründungszeiten der Stadt zurückgehen.«

Der Raum ist vollgestopft mit Bücherregalen, Schreibtischen und Aktenschränken. An den Wänden hängen alte Fotos und Zeitungsartikel. Auf einer großen Karte sind offenbar alle Brände der letzten Jahrhunderte markiert.

Ein kalter Schauer läuft mir den Rücken hinab. Wie lange hat sie gebraucht, um das alles herauszufinden? Ich kann nicht umhin, beeindruckt zu sein. Aber es passt auch zu ihr. Niemals aufgeben. Sich niemals zufriedengeben.

»Es gab damals einen Mann, der der Brandstiftung beschuldigt und hingerichtet wurde. Sein Name war Arthur Buford.« Fynn beginnt, in einem Stapel aus Dokumenten auf dem Schreibtisch zu wühlen. »Erst Jahre später fand man heraus, dass ein anderer der Täter war.« Sie zieht die Kopie eines alten Schwarz-Weiß-Fotos aus dem Haufen und hält es mir vor die Nase.

Noch bevor ich begreifen kann, was ich dort sehe, überläuft mich eine Gänsehaut vom Scheitel bis zur Sohle. Der Mann hat dieselbe Statur wie jener, den ich in den Flammen gesehen habe. Hager, etwas gebückt. Sein bärtiges Gesicht sieht freundlich, aber müde aus. »Das ist Arthur«, sagt sie und mustert mich bedeutungsschwanger. »Deinem Blick zufolge erkennst du ihn.«

Ich schlucke heftig. Es könnte Zufall sein, aber ... allein die Aura, die von ihm ausgeht. Ich könnte versuchen, es als Unsinn abzutun, aber sie hat recht. Er ist es.

»Und das ist noch nicht alles.« Sie legt das Foto zur Seite. »Ich glaube, dass er einer deiner Vorfahren ist.«

»*Was?*«, bringe ich hervor.

»Das ergibt doch Sinn! Es erklärt, warum du den ersten Brand überlebt hast. Weil du irgendeine besondere Verbindung zu ihm hast!«

In ihrem Kopf ergibt das vielleicht Sinn, aber ich kann mir noch keinen Reim darauf machen. »Wenn es eine genetische Verbindung ist, warum haben meine Eltern das Feuer dann nicht überlebt?«

Sie presst die Lippen bedrückt aufeinander. »Das ... das weiß ich noch nicht. Aber wir könnten in diese Richtung weiterdenken.«

Ich fahre mir mit den Fingern über die Augenlider. Irgendwie bereitet mir dieses Gespräch Kopfschmerzen. »Und du denkst, dass der Kerl wegen der falschen Verurteilung ... zu einem Rachegeist wurde?« Es klingt so abwegig, das auszusprechen.

Fynn nickt allerdings überzeugt.

»Bist du mit deinen Erkenntnissen zur Polizei gegangen?«

Lange sieht mich Fynn an.

»Du weißt genau, wie es ist, als verrückt abgestempelt zu werden«, sagt sie schließlich leise.

Ja. Ich weiß es. Und ich kann selbst irgendwie nicht glauben, dass es wahr sein soll.

»Es ist nicht so, dass ich nicht wüsste, wie das klingt«, flüstert sie. »Nicht mal du glaubst mir.«

Ihre Enttäuschung schmerzt mehr als gedacht. Ich will ihr glauben. Immerhin hat Fynn mir immer geglaubt. Ich weiß nicht, warum ich nicht die Stärke besitze, das zu tun. Das klingt einfach alles zu abwegig.

Bevor ich etwas sagen kann, durchreißt ein Krachen die Stille der Nacht. Wir zucken zusammen, werfen einander einen wissenden Blick zu. Dann eilen wir gleichzeitig auf den Hauseingang zu.

KAPITEL 3: FEUER

Ein Einfamilienhaus am Ende der Straße steht in Flammen. Schweigend sind wir beide auf die Straße gestürmt. Das Feuer hat die Fenster zerbrochen und züngelt sich an den Wänden des unteren Stockwerks empor.

Meine Füße tragen mich so schnell sie können über die Mischung aus Eis und Schnee. Aus den anliegenden Häusern kommen nach und nach die Menschen gelaufen.

»Alarmieren Sie die Feuerwehr«, rufe ich einem älteren Mann zu, während meine Füße mich durch den Schnee auf das brennende Gebäude zutragen.

»Da wohnen die Nelsons!«, sagt Fynn laut. »Die Schlafzimmer der Kinder sind im oberen Stockwerk.«

Das gesamte untere Stockwerk steht in Flammen. Sie sind gefangen. Was um alles in der Welt sollen wir tun? Wir können dort nicht hinein! Aber ... Ich verlangsame mein Tempo nicht, als ich das Handy aus meiner Tasche ziehe und Jasons Nummer wähle. Er geht direkt dran.

»May«, sagt er. Seine Stimme klingt verschlafen. »Was ...«

Ich rufe die Adresse durch, bevor er zu Ende gesprochen hat. »Eine weitere Brandstiftung. Ich habe es live gesehen.«

»Ich gebe allen Bescheid.« Sofort hat er wieder diesen herrischen Ton drauf. Dieses Mal beruhigt es mich ein wenig.

»Es sind Menschen in dem Haus.«

»Warte auf Verstärkung.«

Ich sehe zu Fynn, die ungebremst weiterrennt. Ich folge ihr, während ich Jason sage, dass ich warten werde. Dann lege ich auf. Hitze brodelt uns immer heißer entgegen, je näher wir kommen. Es ist aber nicht unangenehm für mich. Das war es nie.

Bevor Fynn sich weiter nähert, schließe ich zu ihr auf und packe sie am Unterarm. »Wir können dort nicht rein!«

Sie wirbelt zu mir herum und sieht mich aus weit aufgerissenen Augen an. »Du kannst es! Ich weiß es. Du hast es mir damals doch gezeigt!«

»Das war Unsinn!«, rufe ich. Wie kann sie jetzt mit so etwas anfangen? Wir haben keine Zeit für solche Märchen! »Wie kannst du noch immer daran glauben?«

»Hast du etwa alles vergessen?«

Ich kann nichts erwidern, bevor Fynn sich aus meinem Griff windet, näher an mich tritt und meine Wangen mit beiden Händen berührt. Mein Herz flimmert.

In der Erinnerung schließt sie mein Gesicht in ihre Hände und sagt, dass sie an mich glaubt. Wir sitzen einander gegenüber, so nah, dass sich unsere Knie berühren. Neben uns brennt das Lagerfeuer, das wir an der Grillstelle im Wald entzündet haben. Wir sind vierzehn Jahre alt. Sie sagt, dass sie immer für mich da sein wird.

Ich halte die Hand mehrere Sekunden direkt in die Flammen. Nichts geschieht. Keine Hitze. Keine Schmerzen.

Wir sind so aufgeregt, als sich unsere Theorie bestätigt, dass mir Feuer nichts anhaben kann. Ich habe es mir nicht eingebildet. Wenn diese Sache wahr ist, muss es alles andere auch sein. Auch der Feuergeist. Bevor ich fassen kann, was um uns herum geschieht, beugt sie sich nach vorn und küsst mich. Ihre Lippen sind weich und schmecken nach der Erd-beer-Lippenpflege, die sie immer benutzt. Kurz stockt mir der Atem, aber ihre Berührung ist so vorsichtig, dass ich mich gleich wieder entspanne. Das Kribbeln in meinem Bauch fühlt sich gut an.

Als sie sich wieder von mir löst, fragt sie, ob wir immer zusammenbleiben. Ich verspreche es ihr. Ich verspreche ihr, niemals fortzugehen.

Ja. Ich erinnere mich.

»May. Du hast damals die Wahrheit gesagt. Ich habe dir *immer* geglaubt«, beharrt sie weiter. Mein Inneres wird warm. Als würde etwas in mir schmelzen, das so lange gefroren war. »Deswegen habe ich die letzten vier Jahre damit verbracht, alles darüber herauszufinden.«

»Ich ... ich verstehe es nicht.«

»Ich auch nicht. Aber das ist jetzt egal. Wir haben keine Zeit.« Sie lässt mich los, und wie von allein trete ich einen Schritt zurück.

Sie hat recht. Wir haben keine Zeit. Dort drin sind Menschen, und die Feuerwehr wird nicht rechtzeitig da sein. Aber ... was, wenn das alles wirklich nur Märchen waren, die wir als Kinder so gern glauben wollten? Die wir glauben muss-ten, weil wir unsere Leben sonst nicht ertragen hätten?

Egal. Ich atme tief ein und aus, dann gehe ich auf die Über-reste der brennenden Tür zu und stoße sie auf. Ich spüre, wie die Hitze an meinen Haaren reißt, ziehe meinen Pullover über den Mund und kämpfe mich durch das untere Stockwerk. Es ist heiß, aber nicht ... unerträglich.

Alles ist genau wie damals. Die Flammen tanzen über den Möbeln, den Wänden, bis an die Decke hinauf. Schwarzer Rauch hängt in der Luft und erschwert mir die Sicht, lässt je-den Atemzug brennen. Familienfotos sind von den Wänden gefallen. Die Gesichter von Eltern und zwei Kindern lächeln mir verzerrt durch geschmolzenes Glas entgegen. Eine irritierende Hölle. Ich bin die Einzige, die sie jemals überlebt hat. Es fühlt sich an, als sei ich erst jetzt wirklich zurückgekehrt. Als würde ich durch die Bilder meiner Vergangenheit wandern. Alles hier ist Zerstörung und Schönheit zugleich. Langsam tragen mich meine Füße die Treppe hinauf. Vorsichtig. Ich kann nicht verbrannt werden, aber ich kann stürzen. Oder giftige Gase einatmen. Ich weiß nicht, was mich dazu bewegt, mich an der obersten Stufe umzuwenden.

Doch als ich es tue, steht er dort.

Der brennende Mann aus Flammen und Asche.

Er hat kein Gesicht, aber ich bin sicher, dass er mich ansieht. Der Feuergeist. Vielleicht bin ich tot, und das sind die letzten Bilder, die mein verwirrter Verstand mir zeigt.

Oder es war doch keine Einbildung?

Je länger ich ihn ansehe, umso mehr erkenne ich in ihm den Mann von dem Foto, das May mir gezeigt hat. Sogar die leicht gebückte Haltung ist dieselbe.

Er hat bereits seinen ersten Fuß auf die Treppe gesetzt. Will er den oberen Teil des Hauses auch noch in seine Flammen tauchen?

Ich beiße die Zähne aufeinander und rufe ein lautes »Nein«, strecke die Hand zu ihm aus und bedeute ihm zurückzubleiben. Sein starres Gesicht ist mir noch immer zugewandt, doch er bewegt sich keinen Millimeter.

»Verstehst du mich?«

Nicht die geringste Regung. Kann ich ihm den Rücken zuwenden, ohne dass er näher kommt? Ich kann hier nicht ewig herumstehen, verdammt. Die Flammen züngeln sich trotzdem weiter nach oben, auch wenn ich ihn kurz aufhalten kann.

Der Gedanke an die Familie, die hier gefangen sitzen muss, gibt mir den Ruck, mich vom Anblick des Wesens loszureißen und mich wieder in Bewegung zu setzen. Das Feuer hat die oberen Stockwerke bereits erreicht. Der Weg zur Treppe hinab sollte nicht mehr betretbar sein. Aber es muss einfach einen Ausweg geben.

Wenn ich es nicht schaffe, diesen Leuten zu helfen, dann ... dann würde es sich anfühlen, als sei alles umsonst gewesen. Immer hastiger stoße ich eine Tür nach der anderen auf. Erst am Ende des Flurs erreiche ich den Raum, in den die Familie vor den Flammen geflüchtet ist.

Mein Herz macht einen erleichterten Satz. Zusammengekauert sitzen zwei junge Kinder in den Armen ihrer Eltern. Sie müssen versucht haben, durch das Fenster zu entkommen, denn es ist zur Hälfte aufgestemmt. Vermutlich hat es sich durch die Hitze verzogen und lässt sich nicht mehr öffnen.

»Kommen Sie mit!«, rufe ich gegen das Inferno an. Meine Stimme dringt kaum bis an meine eigenen Ohren, aber die Eltern sehen einander an und richten sich zögerlich auf.

Das muss schneller gehen. Wenn es so ist wie bei meinem Zuhause damals, wird das obere Stockwerk nicht mehr lange durchhalten. Dann bricht hier alles zusammen.

Ich bedeute ihnen, sich gebückt zu halten, weil die giftigen Gase sich oben sammeln. Alle pressen sich Stoff auf die Lippen, als ich zur Seite trete und ihnen den Weg zu einer der Türen weise. Flammen züngeln sich am Treppengeländer hinauf. Die Luft wabert.

Ich lege einen Arm auf den Rücken der Frau, um sie zur Eile zu bewegen. Sie hustet angestrengt, als wir in das Nebenzimmer treten.

Hier müsste es gehen. Hier müssten sie es nach draußen

schaffen. Wenn irgendwo, dann hier. Von draußen habe ich ein Vordach gesehen. Es ist riskant, weil es sicher auch teils in Flammen steht oder zumindest destabilisiert sein sollte, aber es ist der einzige Ausweg. Es ist besser, als es gar nicht zu versuchen.

Ich renne auf das Fenster zu und bin erleichtert, dass es sich öffnen lässt. Jetzt muss es schnell gehen. Durch den Sauerstoff werden die Flammen nur noch stärker brennen. Sofern sie überhaupt ihren Ursprung in unserer Welt haben.

»Gehen Sie vor«, weise ich die Eltern an. »Dann können Sie Ihre Kinder entgegennehmen.«

»Das wird nicht funktionieren!«, schreit der Mann. Ihm steht der Schweiß auf der Stirn und die blanke Panik im Gesicht.

»Versuchen Sie es«, rufe ich. »Unten sind Menschen, die Ihnen helfen werden!«

Ich habe ihn noch nicht ganz überzeugt, als seine Frau bereits an uns vorbeigeht und sich zielstrebig aus dem Fenster drückt. »Komm schon«, fordert sie ihn auf. Rasch trete ich zur Seite, um den beiden Platz zu machen. Sobald sie sich auf das Dach vorgekämpft haben, nehme ich die Kinder eins nach dem anderen auf den Arm und reiche sie hinaus. Ich spüre selbst während der kurzen Berührungen, wie sie am ganzen Körper zittern. Tränenspuren zeichnen sich auf ihren rußigen Wangen ab.

Wenn zu mir und meinen Eltern nur jemand gekommen wäre, um uns zu retten. Ich darf nicht daran denken, sonst werden meine Knie weich.

Der Mann streckt die Hand zu mir aus, nachdem er sein zweites Kind entgegengenommen hat. Ich setze bereits dazu an, ihm zu folgen, als mir die Präsenz des Feuergeistes im Haus abermals überdeutlich bewusst wird.

Nein, ich kann noch nicht gehen. Ich muss es hinter mich bringen. Ich muss ... ich muss herausfinden, ob das alles hier einen Sinn haben kann. Ein Ende.

»Gehen Sie!«, schreie ich. »Lassen Sie sich von den Menschen herunterhelfen!« In der Ferne sehe ich Blaulicht flimmern. Hilfe ist unterwegs. Sie werden es schaffen.

»Was?«, höre ich die Frau hinter mir schreien. Aber ich habe mich bereits abgewendet.

Ich weiß es genau. Ich weiß es mit jeder Faser meines Seins, dass ich nie Frieden finden werde, wenn ich mich dieser Gegenüberstellung entziehe. Wenn ich nicht noch einmal zurückgehe. Das ist meine einzige Chance.

Im Rest des Hauses ist es so heiß geworden, dass ich Feuer einzuatmen scheine. Das Kribbeln und Brennen in meiner Lunge ist mir vertraut. Ich weiß nicht, warum ich es aushalte.

Der brennende Mann steht noch dort. Am Fuß der Treppe. Unbewegt. Ich rieche nichts, aber ich stelle mir vor, dass er nach verbranntem Fleisch riecht. Als Kind hatte ich solche Angst vor ihm.

Das Gefühl habe ich jetzt nicht mehr.

»Dein Name ist Arthur, nicht wahr?«, bringe ich über meine Lippen. Ich versuche es einfach. Ich muss Fynn jetzt vertrauen, so wie sie mir immer vertraut hat.

Er antwortet nicht. Ich weiß gar nicht, ob er das kann. Ob er einen Mund hat. Ob er Worte versteht. Vielleicht hat er mich über das Lodern der Flammen hinweg auch nicht verstanden.

»Wir wissen, wer du bist«, fahre ich trotzdem fort. »Und welches Unrecht dir geschehen ist. Dass du für Verbrechen hingerichtet wurdest, die du nicht begangen hast.« Obwohl er keine Anzeichen davon zeigt, dass er mich versteht, mache ich weiter: »Ich weiß nicht, wie du dich gefühlt haben musst, aber ich weiß, wie es ist, wenn niemand dir glaubt. Mir ist dasselbe hier passiert. Aber du kannst jetzt aufhören, dich an der Stadt zu rächen.« Das Herz wird mir etwas schwerer, als ich diese Worte ausspreche. Ich hätte mich damals auch gern gerächt. Für all die Ablehnung, all die Ignoranz. Für das Alleinsein, dem ich nur durch Fynn entkommen konnte. Aber ...»Die Menschen hier haben genug gelitten. So viel, dass sie rau und bitter geworden sind. Aber wir kennen deine Geschichte jetzt. Und wir werden dafür sorgen, dass die Welt von dir und der Ungerechtigkeit, die dir widerfahren ist, erfährt.«

Und dieses Mal regt er sich tatsächlich. Schwerfällig setzt er einen weiteren Fuß auf die Treppe. So langsam, als hielte die Schwerkraft ihn gefangen. Er hält den Kopf gesenkt, als könne er sein Gewicht nicht mehr tragen. Und trotzdem hebt er die Hand.

Ein weiterer Schritt. Mit der freien Hand hält er sich am Geländer fest. Das Holz verwandelt sich unter seinen Fingern zu Asche. Seine Finger sind zu mir ausgestreckt. Wie eine stille Bitte, seine Hand zu ergreifen.

Ich weiß nicht, warum ich es tue. Aber etwas in mir schreit und weint. Ganz, als sei dies der Moment, auf den mein ganzes Leben hinausgelaufen wäre. Also überwinde ich die letzten Stufen zwischen uns und strecke meine Hand ebenfalls nach ihm aus.

Trotz allem habe ich nicht das Gefühl, er möchte mir etwas Böses.

Doch sobald unsere Hände sich berühren, durchdringt mich ein Schmerz, so brennend, dass er mich vom Scheitel bis zur Sohle beinahe zerreißt. Flammend, stechend, zerrend. Er drängt jeden Gedanken, jede Angst, jede Hoffnung, alles von mir fort, bis nichts mehr übrig ist. Ich kneife die Augen zusammen und verliere jedes Gefühl für Zeit und Ort.

Als der Schmerz endlich nachlässt, ist der Mann verschwunden.

Und das Lodern der Flammen um mich herum ist zu einem schwachen Zischen geworden.

KAPITEL 4: LICHT

Das zartrosafarbene Licht des Sonnenaufgangs hat sich über die Stadt gelegt. Winzige Schneeflocken landen auf dem Vordach des Polizeireviers, dem vollgestellten Parkplatz und der hölzernen Bank, auf der ich Platz genommen habe. Mein Herzschlag ist noch etwas beschleunigt, aber ... gerade fühle ich mich okay.

Es sollte nicht lange dauern, bis Fynn das Revier verlassen kann. Wenn ich sie nur noch einmal sehen kann, bin ich zufrieden. Egal, ob sie sich dazu entscheidet, wütend auf mich zu sein, mir zu verzeihen oder etwas ganz anderes. Es ist mir gleich. Hauptsache, es geht ihr gut.

Es ist nur noch Papierkram zu erledigen. Hätte das Feuer jemanden ums Leben gebracht, wären sowohl auf sie als auch auf mich schwerere Konsequenzen zugekommen. Aber Fynn hat geholfen, die Familie von dem brennenden Dach zu retten. Also ist wohl alles gut.

Es ist alles gut.

Eine Wolke bildet sich in der kalten Luft vor meinen Lippen, als ich ausatme und abermals versuche, die gestrige Nacht zu verarbeiten. Aber ich kann mir nicht helfen. Das alles fühlt sich noch zu sehr wie ein Traum an. Nur der Schmerz in der Hand, mit der ich den Feuergeist berührt habe, macht es irgendwie doch real.

Ich schaue auf meine verbundenen Finger hinab. Die Verwirrung, die Trauer und die Aufgebrachtheit in meinem Inneren haben sich in ein angenehmes Wohlgefühl des Nichtverstehens gewandelt. Als hätte ich einen Blick ins Universum geworfen und verstanden, dass es zu groß ist, um es zu begreifen. Zu seltsam. Ich weiß nicht, warum es mir so leichtfällt, das zu akzeptieren, aber vielleicht habe ich auch keine Energie mehr, es weiter zu hinterfragen.

In meinen Händen halte ich den Papierkram, den ich vor meiner Beurlaubung mitgenommen habe. Ich hätte nicht gedacht, dass Jason traurig über meinen spontanen Weggang sein würde. Aber er sah wirklich enttäuscht aus. Vielleicht hat er gar nicht bemerkt, wie ätzend sein Verhalten mir gegenüber war. Ich habe ein süßes Lächeln aufgesetzt und gesagt, dass er sicher jemand anderen findet, der ihm den Kaffee kochen kann. Die Erinnerung an seinen irritierten Blick macht mich nur noch fröhlicher.

Das FBI wird noch eine Weile hierbleiben. Sie wissen immerhin nicht, dass das vermutlich der letzte Brand war. Ich weiß es ja auch nicht genau. Es ist nur so ein Gefühl. Aber ich werde kein zweites Mal in meinem Leben den Fehler begehen, das mit anderen Menschen zu teilen.

Zumindest mit niemandem, dem ich nicht …

»Hast du die Beurlaubung bekommen?«

Ich hebe den Blick, als ich Fynns Stimme vernehme. Ich war so in Gedanken versunken, dass ich gar nicht bemerkt hatte, wann sie aus dem Revier gekommen war. Aber noch bevor ich mich erheben kann, lässt sie sich locker neben mir nieder.

In ihrem blonden Haar hängt noch die Asche. Die viel zu große Jacke hat sie von einem der Nachbarn am Tatort bekommen.

Ich verziehe den Mund ein wenig. »Ich glaube, die Beurlaubung hätte ich auch bekommen, wenn ich nicht darum gebeten hätte.« Entgegen den Anweisungen in ein brennendes Haus zu laufen, kommt nicht so gut bei den Chefs an.

Sie lächelt. Genauso wie früher.

Um mein Herz wird es trotz der Kälte ganz warm. Aber da sind auch noch andere Gefühle. So vieles, über das ich reden und gleichzeitig nicht reden will.

Sicher ist es die Müdigkeit und der abfallende Stress und die ganze Surrealität dieser Situation, aber ich spüre, dass Tränen hinter meinen Lidern kribbeln. Ich habe es mir damals nicht eingebildet. Das alles. Und sie ist die Einzige, die mir je geglaubt hat. Sie hat mir sogar geglaubt, als ich es selbst nicht getan habe.

Geschlagen lasse ich den Kopf sinken. Mein Blick verwischt, als eine Träne aus meinem Auge auf die Papiere fällt. »Ich hab dich zurückgelassen«, flüstere ich. »Ich weiß, dass wir uns versprochen hatten, immer zusammenzubleiben. Aber ich ... ich hatte das Gefühl, es einfach nicht mehr auszuhalten.«

»Du hättest mit mir darüber reden können.« Fynn klingt nicht verbittert oder traurig. Ihre Worte sind weniger ein Vorwurf als eine Versicherung.

»Das weiß ich jetzt auch«, murmele ich. »Ich wollte damals alles hinter mir lassen. Ausbrechen. Aber ... ich wusste noch nicht, dass ich damit auch das Beste in meinem Leben hinter mir lassen würde.« Ich blinzle die Tränen fort. »Es tut mir leid.«

Obwohl es ihr gutes Recht wäre, mir nicht zu verzeihen, legt sie eine Hand auf meine Schulter. Ganz sacht. Ich lehne mich nach vorn, und sie schließt mich in ihren Arm.

»Du musstest gehen. Es war das Beste für dich.«

Warum ist sie so nett zu mir? »Es tut mir so leid.«

Sie umarmt mich fester, dann nimmt sie mich an den Schultern, löst sich wieder von mir und schaut mich an. »Ich kann nicht glauben, dass sich meine Theorie wirklich bewahrheitet hat.«

Natürlich habe ich ihr alles erzählt, nachdem ich das Haus verlassen hatte. »Ich auch nicht.«

»Und trotzdem hast du mir vertraut.«

Das Lächeln auf meinen Zügen fühlt sich warm an. »Ja.« Wir werden einen Weg finden müssen, die Geschichte von Arthur unter die Menschen zu bringen. Vielleicht noch nicht die Geistersache, aber die fälschliche Verurteilung.

Ein unangenehm berührtes Lächeln tritt auf Fynns Züge. »Ich glaube, dass ich bei meiner Recherche auf mehrere solcher Phänomene im ganzen Land gestoßen bin.«

Ich ziehe meine Füße auf die Bank und wende mich ihr ganz zu. »Zeig mir alles.« Ich atme einige Male durch. »Nach ... einer kurzen Pause vielleicht.«

Eine kleine Falte bildet sich zwischen ihren Augenbrauen. »Gehst du zurück in die Stadt?«

»Hm. Keine Ahnung.« Ich habe das Kleinstadtleben immer geliebt. Trotz allem, was vorgefallen ist. Die meisten Menschen hier sind nett. Nur engstirnig, manchmal.

Die Großstadt hat sich immer wie eine Flucht angefühlt. Und obwohl ich nicht verstehe, was das alles zu bedeuten hat, denke ich nicht, dass ich noch vor etwas weglaufen muss. »Wenn du einen Platz auf deiner Couch frei hast, könnte ich ja ein wenig hierbleiben.« Unvermittelt schleicht sich ein Grinsen auf meine Züge. »Hotels kann ich mir so lange nicht leisten.«

Fynn strahlt so breit wie die ganze Zeit über nicht. Vielleicht sogar mehr, als ich es jemals gesehen habe. »Du kannst so lange bleiben, wie du willst.«

Lea Kaib, 1990 geboren, hatte schon früh immer ein Buch in der Hand. Während des Studiums nutzte sie die Zeit, ihre Selbstständigkeit aufzubauen. Heute arbeitet sie Vollzeit als Autorin und Content Creatorin. All das zeigt sie auf Social Media unter @liberiarium, wo sie sich für queere Themen und mentale Gesundheit einsetzt. Ihr Debüt *Love with Pride* erschien 2021 bei S. Fischer New Media. Lea liebt Pen & Paper und Musicals und hat vier Kater.

Lea Kaib

Love with Fire

»Verschwinde!«

Mit einer dramatischen Handgeste von Parker verstreut sich die Rebellengruppe auf der Bühne.

Die Szene sitzt.

»Das war's«, rufe ich und erkläre die Szenenprobe für beendet. Die Rebellen verlassen die Bühne, während sie sich darüber unterhalten, wie es heute lief. Parker, die Leitung der Rebellen im Theaterstück, geht ebenfalls ab. Ich kann erkennen, wie they an der rechten Seite in den Backstage-Bereich verschwindet. Aber etwas stimmt nicht. Weint Parker wirklich? Oder sind die Tränen nur gespielt?

Ich habe keine Zeit, das genauer zu hinterfragen, denn neben mir klatscht bereits die Souffleuse Chloe, und das ist mein Zeichen als Regisseurin, mich bemerkbar zu machen. Einige der Bühnendarstellenden, die mit uns auf den alten Klappsitzen im Universitätsauditorium bei der Probe dieser Szene zugeschaut haben, stimmen in den Applaus mit ein.

»Klasse!«, beglückwünsche ich alle euphorisch und hoffe, niemand hat mitbekommen, wie ich Parker beim Bühnenabgang hinterhergestarrt habe. Auch wenn ich so tue, als hätte ich gute Laune, spüre ich, wie sich mein Körper beim Gedanken an Parker anspannt und mein Puls in die Höhe schießt.

»Sollen wir die Szene noch mal spielen, Taylor?«

Wenn man vom Teufel spricht.

Parker steht plötzlich seitlich am Bühnenaufgang, in their Augen schimmert noch immer Tränenglanz.

»Nein, das reicht für heute«, gebe ich zurück, wobei ich mein Kinn senke und auf das Drehbuch schaue, damit ich mich nicht erneut in Parkers Gesichtszügen verlieren kann.

Die Zeit vor der Premiere ist immer stressig. Was mir aber die größten Sorgen bereitet, ist Parkers abweisendes Verhalten in letzter Zeit. They geht mir aus dem Weg, wenn ich auf them zugehe, antwortet in knappen Sätzen und nur, wenn es wirklich notwendig ist. Das macht es für mich in der Regie schwer, Parkers Hauptrolle vernünftig anzuleiten, vor allem versetzt es aber auch meinem Herzen einen Stich. Ich komme nicht an Parker heran, und das schon seit ein paar Wochen.

Das Gerede des Ensembles wird lauter, während ich fest den Kugelschreiber in meiner Hand umfasse. Aus Reflex klicke ich immer wieder auf den Druckknopf, bis sich meine Atmung und mein Puls beruhigen.

Es ist nur eine Szene, die aufgeführt wurde. Ich muss aufhören, jede Regung von Parker zu analysieren, und erst recht sollte ich keine Schlüsse daraus ziehen, wie es them geht. Aber egal, wie oft ich mir das sage, ich komme nicht drum herum, darüber nachzudenken, ob hinter Parkers Tränen mehr stecken könnte.

Seufzend erhebe ich mich, beobachte, wie die Menschen um mich herum ihre Sachen zusammenpacken oder miteinander tuscheln. Das Stück hat in zwei Tagen Premiere, genau dann, wenn auch das Semester endet. Ich will zwar, dass alles perfekt läuft, doch ich weiß, dass mein Team dafür auch Pausen benötigt. Es bringt nichts, wenn wir uns kaputtarbeiten. Mit Burn-outs kenne ich mich aus. Ich möchte nicht dafür verantwortlich sein, dass jemand meines Ensembles die eigene Gesundheit aufs Spiel setzt.

»Wir sehen uns morgen zur Generalprobe«, weise ich die Anwesenden an, lasse den Kugelschreiber in meiner Rocktasche verschwinden und drücke das Drehbuch an meine Brust. Die Geräuschkulisse wird kurz lauter, weil sich alle voneinander verabschieden, dann verebben die Stimmen, und ich bin allein in der Aula. Alles wirkt so ruhig. Ganz anders als noch vor zehn Minuten. Mein Blick streift die Bühne mit der halb fertigen Kulisse. Noch sieht nichts nach dem epischen Rockmusical aus, das wir aufführen. Klar, wir sind nur eine Uni-Theatergruppe. Da erwarten die Zuschauenden keine ausgebildeten Gesänge und auch keine Bühnenkonstruktion wie am Broadway. Dennoch will ich alles geben, um diesem Projekt die Aufmerksamkeit zu schenken, die es verdient hat. Wir haben ein Jahr lang daran gearbeitet. Und das neben unseren ganzen Kursen, Vorlesungen und Prüfungen. Nach dem Pauken an Freizeit zu denken war für mich, und vermutlich auch für mein Ensemble, kaum möglich. Proben über Proben, und insbesondere für mich als verantwortliche Regisseurin: Telefonate über Telefonate, da wir Sponsoren brauchten und ständig irgendwelchen Papierkram mit der Universität oder der Stadt regeln mussten. Wie lang darf die Aula am Premierenabend offen bleiben? Welche Getränke dürfen ausgeschenkt werden? All die Dinge, die ich gerne selbst in der Hand habe, damit bei meinem letzten Theaterprojekt an der Uni alles glattläuft. Aber das musste ich gar nicht. Parker hat mir geholfen, obwohl they gar nicht dafür verantwortlich war.

Ich konnte lernen, Verantwortung abzugeben. Jemandem vertrauen. Bis sich irgendetwas zwischen uns in den letzten Tagen verändert hat ...

Ein kurzes Lächeln umspielt meine Lippen, als ich das Motorrad auf der Bühne sehe. Ein altes, rostiges Teil, das wir von dem Onkel eines Castmitglieds leihen konnten. Unser Herzensstück, auch wenn wir es im Stück kaum bewegen. Immerhin sieht es gut aus und unterstützt den *grungy* Vibe der Kulisse. Ja, ich bin schon echt stolz, was wir bisher geschafft haben. Jetzt muss nur noch alles glattlaufen. Ich möchte mich ungern vor der gesamten Universität blamieren. Vielleicht kommen auch Mitglieder von Theater- oder Schauspielagenturen, wer weiß?

»Du bist ja noch da«, höre ich aus dem Nichts eine vertraute Stimme an mein Ohr dringen. Sofort bin ich aus meinen Gedanken gerissen, blinzle und schaue, woher sie kommt.

Parker steht nur ein paar Meter hinter mir. They schultert lässig die Sporttasche, fährt sich mit der anderen Hand durch die schwarzen Locken. Their Blick ist kühl, irgendwie undurchdringlich, und ich frage mich, ob ich etwas falsch gemacht habe. Mein Magen zieht sich unangenehm zusammen. Habe ich irgendein Detail in den vergangenen Wochen übersehen?

»Irgendwer muss ja noch abschließen«, gebe ich unsicher zurück. Ich habe keine Ahnung, wie ich mich gerade verhalten soll.

Einen Atemzug lang ist da die Stille zwischen uns. Ich meide Parkers Blick, weil ich sonst nur wieder in their Augen schaue und mich erneut frage, ob die Tränen in der Szene echt waren. Dabei würde ich nichts lieber tun, als Parkers Wange zu streicheln oder them an mich zu ziehen. Zu küssen.

»War eine gute Probe heute.«

Jetzt schaue ich doch auf, denn ich will gegenüber Parker eigentlich gar nicht so reserviert wirken.

»Danke, finde ich auch«, antworte ich schüchtern. Warum ist they noch hier? Ich könnte Parker einfach fragen, mache es aber nicht. Aus Angst, etwas Falsches zu sagen.

»Wir sehen uns dann morgen«, sagt they nach einem tiefen Atemzug, und ich kann spüren, dass etwas nicht stimmt, aber ich gehe nicht darauf ein. Ich weiß einfach nicht, wie. Mein Körper ist wie gelähmt, und ich schaffe es nicht, den Mund aufzumachen. Dabei ist mein Mundwerk sonst meine größte Stärke.

»Bis morgen.«

Parker schenkt mir einen letzten Blick und verlässt dann den Saal.

Als ich nach der Probe geduscht habe und in dem Wohnheimzimmer sitze, das ich mir mit meiner Mitbewohnerin Madison teile, bin ich froh über die Ruhe, die dort herrscht. Madison ist noch nicht von ihrer Chorprobe zurück, was mir eine Verschnaufpause verschafft. So habe ich Zeit, mich kurz frisch zu machen und meinen schweren Rucksack mit den Unibüchern und Theaterunterlagen auszupacken. Es fällt mir schwer, vom Tag abzuschalten. Ich schreibe in unsere Theater-Chatgruppe, wie gut heute alles lief, woraufhin ein paar der Mitglieder mit Herzchen-Emojis antworten. Erleichterung kommt auf. Ich habe ständig das Gefühl, nicht alles gegeben zu haben, auch wenn mein Umfeld mich vom Gegenteil überzeugen will.

Das war schon bei den Zeta Kappa Sigmas so. Die Studierendenverbindung, die ich letztes Jahr verlassen habe. Nie hätte ich gedacht, freiwillig mein Amt als Vorsitzende an den Nagel zu hängen, doch die vergangene Zeit hat mir bewiesen, dass diese Veränderung notwendig war. Ellie, die neue Vorsitzende, regelt das jetzt allein. Und allein ist sie ja gar nicht mit all den wunderbaren Menschen, die bei den Zetas dazugekommen sind.

Als hätte ich Ellie wie einen Dämon beschworen, ploppt eine Nachricht von ihr auf.

Ellie: »*WO ZUM TEUFEL BLEIBST DU?*«

Da fällt es mir wieder ein. In dem ganzen Durcheinander habe ich das Zeta-Lagerfeuer am Strand völlig vergessen! Dabei hatte ich Ellie hoch und heilig versprochen, vorbeizuschauen.

Vor anderthalb Jahren hätte ich nie gedacht, dass Ellie und ich mal Freundinnen werden könnten. Wir hatten so unterschiedliche Meinungen über die Verbindung, dass wir uns ständig gestritten haben. Sogar vor den anderen. Ich habe eingesehen, dass unsere anfängliche Feindschaft den Zetas nicht gutgetan hat, und bin gegangen. Das Theaterstück war mein neues Projekt, und das läuft deutlich besser. Was auch daran liegt, dass ich durch Ellie einiges gelernt habe – aber das würde ich ihr niemals ins Gesicht sagen.

Gerade schnappe ich mir meine Jacke, die über meinem Schreibtischstuhl hängt, da öffnet sich die Tür, und Madison kommt laut singend herein.

Ich zucke zusammen.

»O sorry, habe ich dich erschreckt?«

»Nein, schon okay«, antworte ich aus Höflichkeit, lächele und atme durch.

Madison zieht eine Augenbraue hoch und kratzt sich hinter ihrem Afro-Top-Knot. Sie merkt, dass ich angespannt bin.

»Wolltest du wieder zur Aula wegen nächtlicher Proben?«,

fragt sie und legt ihre Sachen auf dem Stuhl an ihrem Holzschreibtisch ab.

»Tatsächlich wollte ich zum Zeta-Lagerfeuer«, erkläre ich, und Madisons braune Augen weiten sich.

»Shit, das habe ich total vergessen!«

»Ich auch.« Wir müssen beide lachen.

»Wollen wir zusammen los? Ich muss nur schnell meinen Pullover suchen«, sagt sie. Kaum nicke ich, wirbelt Madison durch das Zimmer, und als sie sich etwas übergezogen hat, machen wir uns auf den Weg.

»Dass du mal eine Veranstaltung der Verbindung verpeilst, hätte ich nie gedacht«, sagt Madison neben mir, während wir den Campus in Richtung Strand verlassen.

»Ich auch nicht«, seufze ich und lasse dabei die Schultern hängen. Ich bemerke, wie Madisons Blick auf mir ruht. Sie ist in den letzten beiden Semestern zu meinem Rettungsanker geworden.

»Du nimmst dir immer viel zu viel vor.« Ihre Stimme ist ganz ruhig. Sie erinnert mich ein bisschen an meine Großmutter, die mich zu Bett gebracht hat, wenn Mum arbeiten war.

»Ein klassisches Taylor-Problem«, entgegne ich.

»Ein Taylor-Problem, das zwar besser geworden ist, aber dem es noch an Feinarbeit mangelt. Du darfst dir Pausen erlauben und um Hilfe fragen. Erinnerst du dich daran, wieso du bei den Zetas ausgestiegen bist?« Sie legt den Kopf schief.

»Damit ich mir nicht mehr so viel auflade«, antworte ich genervt von mir selbst, weil Madison recht hat.

»Und was machst du jetzt?«

»Mir zu viel aufladen.«

Den Rest des Weges schweigen wir, und ohne, dass ich etwas dagegen tun kann, denke ich wieder an Parker.

Vielleicht sollte ich mit Ellie über their distanziertes Verhalten sprechen. Die beiden sind befreundet. Möglicherweise hat sie einen Rat für mich.

Und dann stehen wir bereits am Strand, ich sehe das Lagerfeuer in der Ferne.

»Auf ins Getümmel!« Madison geht vor, ich ihr hinterher. Die Stimmen am Feuer werden lauter, und im Hintergrund höre ich die Musik, die jemand über einen Lautsprecher abspielt. Chillige Gitarrenklänge, die die entspannte Stimmung untermalen. Ich lasse meinen Blick über die Menschenmenge schweifen und frage mich, ob Parker unter all den Leuten ist.

»Schaut mal, wer es noch geschafft hat!«, ruft Madison, und jetzt, wo plötzlich so viele Blicke auf mir liegen, fühle ich mich schlecht, dass ich erst so spät hier angekommen bin. Dabei ist das Lagerfeuer warm und angenehm, und am liebsten würde ich mir auch sofort ein Marshmallow auf einem Stock braten, wie es einige der anderen tun.

»Na endlich!« Ellie springt von einer Picknickdecke unmittelbar an der Feuerstelle auf, stürmt auf mich zu, und als sie mich umarmt, drückt sie mir fast die Luft ab.

»Sorry, dass ich erst jetzt komme«, entschuldige ich mich, als wir uns voneinander lösen.

»Eigentlich sollte ich dich gut genug kennen, um mir bereits gedacht zu haben, dass du bei deinem vollen Terminplan nicht pünktlich hier bist.« Sie fischt sich eine blaue Haarsträhne aus dem Gesicht und lächelt. Ich bin froh, dass sie mir nicht böse ist.

»Komm, setz dich zu uns.« Ellie nimmt mich an die Hand und führt mich zu der Picknickdecke. Ich winke im Vorbeigehen den anderen Verbindungsmitgliedern und bemerke nebenbei, dass auch Madison schon in ein Gespräch verwickelt ist.

»Hey, Stella.« Ich setze mich zu Ellies Freundin, umarme sie, und in dem Moment wird mir bewusst, dass ich all das hier seit letztem Jahr vermisst habe. Die Wärme der Verbindung. Die Liebe, die ich jetzt wieder spüre.

»Du hast Ellies Gesangseinlage verpasst«, grinst Stella und wirft einen schüchternen Blick zu ihrer Freundin, die sich im Schneidersitz neben sie setzt.

»Ich war großartig«, brüstet sich Ellie, und wir müssen alle lachen.

»Schade, dass du damals nicht zum Theatercasting kommen wolltest, wir hätten deine Stimme sicher gebrauchen können«, scherze ich.

»Wie läuft es denn?«, will Stella wissen, und ich erzähle meinen Freundinnen von der Situation. Während Stella ruhig zuhört, kommentiert Ellie jeden dritten Satz von mir. Die beiden sind so unterschiedlich wie Tag und Nacht, und trotzdem passen sie zusammen wie zwei Puzzlestücke.

»Da fällt mir ein, wo ist eigentlich Parker?« Ellie zieht die Augenbrauen zusammen und schaut mich an, als wüsste ich die Antwort. »Ich dachte, ihr kommt von den Proben zusammen her. So als Theatergruppe, meine ich.«

Das überrascht mich, denn das war definitiv nicht geplant.

»Nein, they ist direkt nach der Probe gegangen«, entgegne ich. Unsere Blicke treffen sich, und ich spüre, dass Ellie genauso verwirrt ist wie ich.

»Parker ist in letzter Zeit komisch drauf«, sagt sie, und mir fällt ein Stein vom Herzen, weil ihre Worte bestätigen, dass ich mir das nicht nur einbilde.

»Ich wollte dich auch fragen, ob du weißt, ob they überhaupt kommt.« Leicht lege ich den Kopf schief und spiele nervös mit meinen Händen.

»Nope.« Im Licht des Lagerfeuers erkenne ich, dass Ellie

271

besorgt wirkt. »Aber das lässt sich klären.« Bevor ich etwas erwidern kann, zückt sie ihr Mobiltelefon, und mit geöffnetem Mund sehe ich zu, wie sie jemanden anruft. Nein, nicht *jemanden*. Parker. Ellie macht wirklich keine halben Sachen!

»Hast du mich etwa auch vergessen?«, ist das Erste, was sie vorwurfsvoll in den Hörer sagt. Beschwichtigend legt Stella ihr eine Hand auf die Schulter. Ich kann nicht hören, was Parker antwortet, sondern bekomme nur Ellies Gesprächsfetzen mit.

»Du bist in einer Viertelstunde hier, sonst nehme ich dir all deine Shakespeare-Bücher weg!« Ellie kann verdammt eindringlich sein, aber man ist ihr dabei nie böse. »Außerdem ist Taylor hier«, fügt sie mit einem vielsagenden Blick hinzu und legt auf.

»Schauen wir mal, ob Parker sich blicken lässt«, sagt sie zu Stella und mir.

Wir wechseln das Thema, und ich höre zu, wie Stella mir stolz von ihrem Outing gegenüber ihrer Familie berichtet. Ich weiß, dass die Angst vor Ablehnung sie lange gequält hat, aber ihre Eltern haben cool reagiert und waren sogar ein paarmal zu Besuch, um Ellie kennenzulernen. Mir wird klar, wie wenig Zeit ich für die Menschen in meinem Umfeld habe, denn all das liegt bereits ein halbes Jahr zurück.

»Ich bin gleich zurück«, sage ich nach einer Weile und löse mich von der Gruppe am Lagerfeuer. Meine Schuhe versinken im Sand, also ziehe ich sie auf dem Weg zum Wasser aus und lasse sie an Ort und Stelle stehen. Der Wind pfeift mir um die Ohren, die Sterne und der Mond strahlen hell, und hinter mir höre ich das Knistern des Feuers, Gemurmel und Gelächter. Ich versuche, nicht an die Proben zu denken, sondern meine Gedanken einfach schweifen zu lassen, doch es gelingt mir nicht.

»Langer Tag?«, höre ich eine Stimme hinter mir, und als ich mich umdrehe, steht da Parker. Ich suche nach Worten und schlucke den riesigen Kloß, der sich in meinem Hals gebildet hat, hinunter.

»Du bist hier«, kommt es über meine Lippen, und mein Herz macht einen Satz.

»Ellie hat gedroht, mir Shakespeare zu nehmen, das kann ich wohl kaum erdulden.« Parker lächelt das erste Mal seit Tagen, und ich frage mich, ob they wirklich wegen Ellies Drohung gekommen ist oder ... wegen mir?

»Dabei dachte ich immer, ich bin die Furchteinflößende von uns beiden.« Ich verschränke meine Arme vor der Brust, weil mir langsam kalt wird.

»Keine Sorge, du bist weiterhin Chefin Nummer eins, wenn es ums Herumkommandieren geht.« Wir müssen beide lachen, und als ich kurz den Blick senke, tritt Parker auf mich zu. Ich recke das Kinn, wir schauen uns an. Die blauen Augen sind mit schwarzem Kajal umrandet und bilden einen Kontrast zu dem dunklen Haar.

Fuck, ich bin hin und weg!

Seit wann lasse ich mich vom Äußeren einer Person so leicht beeinflussen? Aber wenn ich Parker ansehe, dann ist da nicht nur der heiße Lederlook. Da ist so viel mehr, was man an der Oberfläche nicht sieht: Wie Parker immer mit einem Buch in den Pausen im Saal auf den Publikumsstühlen sitzt. Wie they mit der rauen Tenorstimme Anrufe auf dem Handy entgegennimmt und dabei so niedlich die Augenbrauen hochzieht. Wie gut ich mich mit them über Theater und Kultur unterhalten kann, und wie viel wir zusammen im vergangenen Jahr gelacht haben ...

Kleinigkeiten, die mein Herz zum Seufzen bringen.

Erde an Taylor!

»Dir ist kalt.« Es ist keine Frage, die Parker mir stellt, denn they bemerkt, dass sich eine Gänsehaut auf meinen Armen gebildet hat. Parker ist so aufmerksam, obwohl es them derzeit nicht gut geht.

»Passt schon«, weiche ich aus, doch es dauert keine Sekunde, da zieht Parker schon die Lederjacke aus und legt sie mir sachte um die Schultern. All das, was hier gerade passiert, ist fast wie früher. Diese Anziehung, dieses Feuer in Parkers Augen. Es fühlt sich an, als wären die letzten Wochen nicht passiert. Als wäre Parker mir nicht aus dem Weg gegangen.

»Danke«, gebe ich leise zurück und hoffe, dass Parker nicht sieht, wie sich meine Wangen röten.

»Ich übe schon mal für die Generalprobe morgen, wenn ich mir zum gefühlt hundertsten Mal auf der Bühne meine Jacke vom Leib reiße.« Allein bei der Erinnerung an Parkers nackte Brust kribbeln meine Fingerspitzen.

»Ich glaube nicht, dass du das noch üben musst«, höre ich mich sagen und möchte meinen unüberlegten Satz am liebsten sofort zurücknehmen. Doch Parker erwidert nichts und zwinkert mir nur zu. Noch eine Weile stehen wir schweigend nebeneinander, die Geräusche vom Lagerfeuer und das Rauschen der Wellen dringen an unsere Ohren. Ich will them so viel sagen, und trotzdem bleibt mein Mund geschlossen. Und als Parker einen Arm um meine Schulter legt, will ich einfach nur den Moment genießen.

Am nächsten Tag bei der Generalprobe fällt es mir schwer, mich zu konzentrieren. Ständig frage ich mich, ob ich vielleicht den Augenblick verpasst habe, them zu gestehen, was ich fühle. Aber ergibt das alles Sinn, wenn wir nach dem Semester sowieso alle unterschiedliche Richtungen einschlagen?

Gedankenverloren stolpere ich backstage in unsere andere Hauptdarstellerin Eden hinein und entschuldige mich sofort.

»Hast du dir wehgetan?«, frage ich besorgt. Ich will nicht schuld sein, dass sich jemand aus dem Ensemble noch vor der Premiere verletzt.

»Alles okay, hab mich nur erschrocken«, sagt Eden und zieht die Schultern hoch, wobei die Schulterpailletten an ihrem schwarzen Top rasseln.

Wir lächeln einander an, dann geht sie an mir vorbei, und ich finde endlich meinen gewohnten Platz vor der Bühne. Alle, die heute nicht hinter oder auf der Bühne arbeiten, verteilen sich im Saal. Sie warten nur auf mein Zeichen.

»Wenn alle bereit sind, dann können wir starten!«, rufe ich mit lauter Stimme. Es dauert einen Moment, bis die Lichter ausgerichtet sind, der Vorhang geschlossen und schließlich alles düster wird. Im Dunkeln erkenne ich Eden, die auf die Bühne kommt und sich in Position bringt.

Die Musik beginnt vom Band zu laufen. Ganz leise, mehr wie ein Hintergrundrauschen zur Untermalung. Ich räuspere mich, lege das Drehbuch in den Schoß und sehe zu, wie der Scheinwerfer auf Eden fällt und sie mit dem Monolog beginnt, ehe wenige Augenblicke später die Lichter stroboskopisch blinken, der Vorhang aufgezogen wird und die Kulisse mit einem lauten Knall zum Vorschein kommt. Ich freue mich jetzt schon auf diesen Wow-Effekt vor Publikum!

Die Rebellen stürmen mit dem Beginn des Songs in ihren wilden Rockoutfits von allen Seiten die Bühne, und als Parker durch den nachgebildeten Pappmaschee-Tunnel rennt, brennt die Luft. Alles knistert. They fängt an zu singen, und meine ganze Aufmerksamkeit liegt auf dem Stück. Auch wenn ich es schon so oft gesehen habe, zieht es mich immer wieder in den Bann. Ich liebe diese erste Szene nach dem Prolog, weil man die Dynamik der Darstellenden richtig greifen kann. Ich sehe, wie viel Spaß sie haben, diese Rockshow auf die Beine zu stellen. Fast, als würden sie wirklich gegen den Bürgermeister und sein diktatorisches Verhalten aufbegehren. Parker macht in their Rolle als Leitung der Rebellen Eden, der reichen Tochter des Bürgermeisters, schöne Augen. Ein Funken Neid kommt in mir auf, wenn ich die Blicke beobachte, die Parker ihr zuwirft. Aber es ist eine Show, sage ich mir immer wieder. Außerdem bin ich in wenigen Tagen mit dem Studium fertig und ziehe nach New York.

Kurz stelle ich mir vor, wie ich nicht Leiterin einer Uni-Theatergruppe bin, sondern als Bühnenmanagerin bei *Hamilton* am Broadway arbeite. Ein Traum, den ich unbedingt wahr werden lassen will. In New York werde ich erst einmal an einem Off-Broadway-Theater arbeiten, aber wer weiß … vielleicht bin ich schon nächstes Jahr bei den großen Shows dabei.

Und dann schrecke ich auf, als Parker während der Schlägerei mit den Wachen des Bürgermeisters, die die Rebellen davonjagen, hinfällt. Sofort wird die Musik gestoppt, ich springe vom Stuhl. Das Licht wird heller, und da sind bereits einige der Castmitglieder bei them, um Parker aufzuhelfen. Als ich sehe, wie Parker aus der Nase blutet, wird mein Mund ganz trocken.

»Wir stoppen hier mit der ersten Szene. Bitte macht schon mal mit der nächsten weiter«, lege ich das Kommando fest und vertraue darauf, dass Chloe mich vertreten kann. Dann flitze ich rechts die Treppen zur Bühne hoch.

Parker schaut mich nicht an und hält die Hände vors Gesicht.

»Ich kümmere mich um Parker«, sage ich, ehe ich them

vorsichtig von der Bühne hinter den Vorhang schiebe. Das besorgte Gemurmel von vorne kann ich auch dort noch hören.

»Tut es sehr weh?«, frage ich Parker, aber they löst sich bereits von mir, und ich spüre nichts mehr von der gestrigen Wärme am Lagerfeuer. Zurück ist die Distanz zwischen uns.

»Badezimmer!«, wirft Parker mit einem Wort ein, und genau dorthin machen wir uns auf. Ich befeuchte Papiertücher aus dem Automaten mit Wasser und halte Parker den improvisierten Lappen hin.

»Hier«, sage ich mit Nachdruck, und their Augen mustern mich ausdruckslos. Immerhin nimmt they wortlos das Tuch und tupft es über die Stupsnase.

Die Musik wird wieder aufgenommen, und ich höre dumpf, wie die Proben ohne uns fortgesetzt werden. Und wieder ignoriert mich Parker wie schon seit Wochen.

Wie wäre es mit einem »Danke«? Warum spricht they nicht mit mir? Was habe ich verpasst?

Ich kann Undankbarkeit nicht leiden, doch als ich Parker ansehe, merke ich, dass es nicht das ist.

Und auf einmal ist alles zu viel. Ich kann nicht länger zusehen, wie das zwischen uns immer mehr stirbt.

»Habe ich dir etwas getan?«

They hebt den Kopf nur ganz leicht, guckt mich endlich an, und ich sehe die Veränderung in their Gesicht. Die Augen sind nicht mehr wütend, sondern traurig.

»Tut mir leid«, erwidert Parker und schüttelt den Kopf.

»Was tut dir leid? Deine Undankbarkeit oder der Unfall? Oder dass du mich seit Wochen ignorierst und so abweisend bist, obwohl wir doch vorher einen so guten Draht zueinander hatten?«

Parker erstarrt. Their Lippen öffnen sich, doch kein Ton

kommt heraus, und als ich die Arme vor der Brust verschränke, bemerke ich, dass ich in alte Muster falle. Ich will nicht mehr so herrisch sein. Das war die alte Taylor.

»Sorry.« Jetzt bin ich es, die sich entschuldigt. Dabei sollte sich eigentlich Parker bei mir entschuldigen.

Da sind nur die leisen Geräusche auf der Bühne zwischen uns.

»Was ist los?« Meine Stimme zittert. Nicht nur, weil ich Parker nicht als Hauptact verlieren will.

»Ich bin unkonzentriert«, beginnt Parker nach einem viel zu lang andauernden Atemzug. Normalerweise würde ich jetzt tausend Gegenfragen stellen, doch ich schaffe es, mir auf die Innenseite meiner Wange zu beißen und einfach zuzuhören.

»Ist gerade ungünstig, ich weiß.«

They tupft ein letztes Mal die Nase ab, die aufgehört hat, zu bluten. Unsere Blicke kreuzen sich nur kurz.

»Schon irgendwie«, gebe ich ironisch zurück, und dieses kleine Zucken von Parkers Mundwinkeln gibt mir Hoffnung. Wir necken einander wieder. Wie früher. Wie gestern Abend.

»Die meisten von uns feiern in den nächsten Tagen ihren Abschluss, und diese Atmosphäre macht mich einfach fertig.«

Das Lächeln verschwindet, und ich kann die Leere in Parker förmlich spüren.

»Aber ist doch klasse, wenn wir mit der Uni durch sind«, versuche ich them aufzumuntern. »Keine Klausuren mehr, keine nervigen Dozierenden …« Nicht, dass mich irgendetwas davon je aus der Bahn geworfen hätte, ich gebe nur Worte wieder, die ich bei anderen aufgeschnappt habe. Ich liebe fast alles am Universitätsleben – aber noch mehr freue ich mich auf meine Zukunft.

»Wenn du bereits einen Job in der Hand hast oder weißt,

was du mit deinem Leben anfangen willst, dann ja.« Parker wirft den blutigen Lappen in den Mülleimer neben dem Waschbecken, ehe they die Hände in die Hosentaschen der eng anliegenden Jeans steckt. In dem Neonröhrenlicht des Badezimmers kann ich erkennen, wie stark sich die Adern auf Parkers Hals abzeichnen. They sieht mich direkt an, und unsere Blicke verhaken sich. In meinen Augen liegt bestimmt nicht die Antwort auf die ungewisse Frage nach der Zukunft, doch ich verstehe Parker plötzlich. They hat sich nicht wegen mir so seltsam benommen. Ich begreife endlich, was los ist, und spüre eine Woge der Erleichterung. Gleichzeitig macht es mich traurig, dass es Parker so schlecht geht, aber immerhin hat they sich mir anvertraut. Vielleicht finden wir gemeinsam eine Lösung?

»Was ist mit deinen Bewerbungen?«, frage ich ins Blaue hinein und kassiere ein freudloses Lachen, gefolgt von einem Kopfschütteln.

»Wenn ich nicht weiß, wo ich mich bewerben soll, kann ich schlecht E-Mails verschicken, oder?«

»Was ist mit Vorsprechen an Theatern?«

»Hier in Haydensburgh?« Der Ausdruck auf Parkers Gesicht zeigt mir deutlich, dass they nicht vorhat hierzubleiben. »Um vorzusprechen, sollte ich vermutlich andere Städte besuchen, aber dafür ist es jetzt wahrscheinlich zu spät.«

»Aber das kannst du doch immer noch machen«, versuche ich die Wogen zu glätten, doch Parkers Haltung zeigt mir, dass they nicht daran glaubt.

»Ich werde einfach in einem Burgerladen anfangen und in diesem Kaff verrecken.« So ehrlich war they bisher noch nie zu mir, und es macht mir verdammt große Angst. Ich spüre, wie sich langsam meine Kehle zuschnürt, und ich wünsche mir einfach nur, Parker helfen zu können. Die Art und Weise, wie all die Hoffnung in them stirbt, während wir miteinander reden, bringt meine Gedanken zum Rasen. Es muss doch etwas geben, womit ich Parker helfen kann!

Parker senkt das Kinn und faltet die Hände vor sich zusammen. Es ist fast schon absurd, wie wir hier stehen, während auf der Bühne ein Lied darüber gesungen wird, wie schnell die Zeit vergeht und man älter wird, während Parker das Gefühl hat, festzustecken.

»Und nach dem Studium umziehen, kommt das für dich infrage? Ich habe dir ja erzählt, dass ich nach New York ans Theater gehe. Ich glaube, Eden macht eine Ausbildung in Chicago.«

Meine Haltung hat sich in diesen wenigen Minuten kaum geändert, doch jetzt mache ich einen Schritt auf Parker zu und beuge mich ein bisschen vor, damit ich leise zu them reden kann.

Kurz fürchte ich, Parker wird mir nicht antworten. They lehnt am Waschbecken und starrt einfach nur angestrengt an die Wand gegenüber. Doch dann höre ich, wie they seufzt. Langsam dreht Parker den Kopf zu mir, und eine Gänsehaut breitet sich auf meinen Armen unter der Bluse aus, als sich unsere Blicke erneut begegnen.

»Wohin?«

Es ist nur ein Wort, doch es lässt ganze Universen erzittern. So viel Verzweiflung, so viel Ratlosigkeit liegt in diesen zwei Silben.

»Wohin du willst«, antworte ich und schenke Parker ein sanftes Lächeln. Zuversicht. »Niemand muss nach der Uni schon wissen, was man mit dem Leben anfängt. Die wenigsten von uns haben etwas Festes in der Hand. Ich glaube, Eden und ich sind da eine große Ausnahme.«

»Aber ich habe gar nichts«, quittiert Parker mit einem Schulterzucken, in their Augen schimmern Tränen.

»Aber du kannst aus dem Nichts etwas machen. Was auch immer du möchtest. Du kannst erst mal kleine Nebenjobs annehmen, verreisen oder sogar ein neues Studium beginnen. Selbst in Haydensburgh gibt es genug Möglichkeiten, die du nur ergreifen musst! Fang doch am Stadttheater an, oder mach etwas mit Büchern. Sieh mal, du kannst alles ausprobieren. Dafür ist die Zeit nach dem Studium doch da. Alle Türen der Welt stehen dir offen, du musst nur durch sie hindurchgehen. Selbst wenn diese Welt verdammt groß erscheint und dich die ganzen Möglichkeiten überfordern, solltest du nicht das Handtuch werfen, sondern deine Chancen nutzen.«

In dem Moment stürmt Eden in das Badezimmer und unterbricht meinen Monolog, weshalb ich Parkers Reaktion darauf nicht wahrnehme.

»Wie sieht's aus?«, fragt sie besorgt, geht zu Parker und legt them eine Hand auf die Schulter. Die beiden sind ein Bühnenpaar. Nicht mehr. Manchmal wünsche ich mir, ich hätte Edens Rolle gespielt. Nur um zu wissen, wie es sich anfühlt, in jeder Show aufs Neue Parkers Blicke auf mir zu spüren. Auf einem alten Motorrad gemeinsam durchzubrennen und alles hinter uns zu lassen.

»Geht schon«, erwidert Parker, erhebt sich und streicht das Kostüm glatt. »Können wir weitermachen?«, fragt they mich, als wäre nie etwas gewesen.

Ich schlucke, verdränge all das Gesagte und unsere plötzliche Vertrautheit. »Klar. *The show must go on.*«

»Du musst aufstehen«, rüttelt mich Madison mit energischer Stimme am Morgen aus dem Schlaf.

»Wie? Was?«

Verdammt, ich habe noch nie verschlafen! Der Blick auf den Wecker genügt, damit ich Panik bekomme. Nach einer schnellen Katzenwäsche sprinte ich los, denn der Tag ist bereits seit Wochen akribisch geplant.

Ich mache mir auf dem Weg zur Aula einen Zopf und bin froh darüber, dass die Wege auf dem Campus kurz sind. Das Set-Team steht bereits am Eingang und wartet auf mich.

»Sorry«, entschuldige ich mich, atme durch, weil meine Lunge vom vielen Rennen brennt, und öffne ihnen die Tür, damit sie das restliche Set aufbauen können. Es sind noch einige Stunden bis zur Vorstellung heute Abend, aber mein Zeitplan muss exakt eingehalten werden, weil sonst nichts rechtzeitig fertig wird. Ich renne den ganzen Vormittag von A nach B, mache letzte Besorgungen und beruhige ein Ensemblemitglied am Telefon, das mit einer Erkältung aufgewacht ist. Dafür haben wir zwei Swings, also Ersatzpersonen, die einspringen können. Ich bin auf alles gefasst. Trotz des Trubels kriege ich alles gepackt und schaffe es, pünktlich zwei Stunden vor Showbeginn wieder backstage zu sein.

Bei jedem Einzelnen steigen die Aufregung und das Lampenfieber, als ich durch die Garderoben gehe und dabei prüfe, ob alle anwesend sind.

Parker teilt sich mit vier anderen Castmitgliedern die Umkleide, und kaum stehe ich am Türrahmen, starren mich alle an.

»Wie sieht's bei euch aus?«, frage ich in die Runde.

»Ich brauche noch fünf Minuten«, lässt mich Eden wissen, während sie ihre Perücke aufzieht und feststeckt. Die beiden anderen geben mir ein Zeichen, dass sie bereits fertig sind, stehen von den Stühlen auf und gehen an mir vorbei, um ihre Plätze im Backstagebereich einzunehmen.

Auch Parker erhebt sich vom Stuhl, wirft einen letzten Blick in den Spiegel und richtet dabei ganz lässig die verwegene Lockenfrisur.

»Bin so weit«, sagt they und geht, ohne mich eines Blickes auch nur zu würdigen, aus dem Raum. Es fällt mir schwer, nicht hinterherzuschauen und verletzt zu sein.

Dass es Eden allerdings bemerkt, wollte ich damit nicht provozieren. Irgendwie habe ich vergessen, dass sie auch noch da ist.

»Parker ist nicht so gut drauf«, sagt sie.

»Habe ich bereits gemerkt.«

»Da arbeitet gerade etwas in dem hübschen Köpfchen«, seufzt Eden. Sie schnürt ihre schwarzen Stiefel zu, und ich wage es, einen Schritt in die Umkleide zu machen und die Tür zu schließen, weil ich nicht möchte, dass uns jemand belauscht. Erst recht nicht Parker ...

»Und zwar?«, frage ich sie und senke dabei meine Stimme.

»Naja ... vorhin hab ich mitbekommen, wie Parker einen Anruf bekommen hat. Es ging um irgendetwas in New York, aber so richtig habe ich nicht gehört, was they da genau treibt. Und seitdem sind wir auch nicht dazu gekommen, darüber zu reden.«

Nervös beiße ich auf meiner Unterlippe herum und merke, wie meine Hände zu schwitzen beginnen. Was hat Eden eben gesagt? New York? Warum ausgerechnet New York?

»Wollen wir los?«, fragt Eden mich schließlich, nachdem sie ihr Spiegelbild ein letztes Mal überprüft und sich dann auf dem Stuhl zu mir umgedreht hat.

»Ja, lass uns starten.« Das Räuspern bleibt mir fast im Hals stecken.

Ich muss mit Parker sprechen. Allein!

Wir verlassen die Umkleide, unsere Wege trennen sich,

weil Eden doch noch mal ihre Perücke an einer Stelle mit dem Spezialkleber fixieren möchte, und im Flur steht Parker. »Geht's dir besser?«, frage ich them. Mir fällt erst jetzt auf, wie wenig sich Parkers normale Straßenklamotten von dem Kostüm unterscheiden. Enge Jeans und ein dunkles Shirt. Die Füße in Converse-Chucks.

»Lass uns später reden. Es geht gleich los«, sagt Parker, und ich sehe ein Glänzen in their Augen. Ist es die Vorfreude?

»Und du wirst das rocken!« Zuversichtlich lächle ich, doch mein Lächeln kann Parker nicht erwidern. They steckt das Handy in die Hosentasche, schaut zu Boden, und in mir kommt das Gefühl auf, als würde they gleich etwas sagen wollen. Da ist dieser Ausdruck in Parkers Gesicht, der mich an früher erinnert.

»Mein Rock ist gerissen!«, schreit in dieser Sekunde jemand durch den Flur. Wir schauen uns an. Begreifen, dass wir reden wollen, aber die Show jetzt wichtiger ist, und ich verlasse schweren Herzens den Flur, um mir das Problem anzusehen. Hektik bricht hinter der Bühne aus. Jemand ruft nach einem Eyeliner, jemand anderes stürmt an mir vorbei, und die Souffleuse trägt einen Stapel Requisiten zur Bühne. Die Anspannung ist greifbar.

»Wir haben so lange darauf hingearbeitet«, sage ich, als wir uns fünfzehn Minuten vor der Show mit allen backstage treffen. Wir stehen in einem Kreis, halten uns an den Händen. »Und jetzt werden wir diese Show rocken! Zeigt mir euer Feuer. Lasst es brennen!« Mit den letzten Worten legen wir in der Kreismitte die Hände aufeinander und heben sie zu einem Jubelschrei in die Luft. Ich werde die Show am Bühnenrand mitverfolgen. Mit meinem feuerroten Seidenkleid, das fast bis zum Boden reicht, komme ich mir neben den Kostümen der Castmitglieder viel zu schick vor. Alle gehen auf ihre

Plätze. Immer wieder linse ich durch die Vorhänge in den Publikumssaal. Ich sehe Ellie mit Stella, die sich den Programmzettel ansehen. Daneben sitzt Madison in einem grünen Jumpsuit. Meine Eltern haben sich ganz vorne Plätze ergattert. Es ist ganz schön viel los, aber wir haben auch viel Werbung für unsere Inszenierung gemacht. Besonders gefällt mir der Lichteffekt im Saal. Es sieht von hier aus so aus, als würde der Theatersaal in Flammen stehen. Ganz passend zu dem Rock-'n'-Roll-Stück, das wir gleich dem Publikum präsentieren.

Und dann geht es los. Applaus. Eden startet ihren Monolog, bis der Vorhang schließlich zur Seite gezogen wird und die Szenerie erstmals sichtbar ist: der Tunnel in den Untergrund, das Motorrad und die Gebäudefassade des Bürgermeisterhauses. Ich kann von hier hören, wie das Publikum ausflippt. Es lacht an den richtigen Stellen, klatscht laut, und nach manchen Szenen gibt es sogar Jubelrufe.

Besonders nach Parkers Sterbeszene am Schluss vom ersten Akt. Ohne Shirt liegt they schwitzend und voller Kunstblut auf dem Boden. Das Gejubel ebbt nicht einmal ab, als die Rebellen Parker von der Bühne tragen, und endlich schaffe ich es, entspannter zu atmen. Die Hälfte ist geschafft.

In der Pause stehen mehrere Kostümwechsel an, und auch Parker braucht etwas Zeit, um das Kunstblut vom Körper zu waschen.

Als Parker am Bühneneingang von den anderen losgelassen wird, wirft they mir einen intensiven Blick zu. Ich weiß nicht, was es ist, doch Parkers Energie ist jetzt ganz anders. Sofort stellen sich meine Nackenhärchen auf, und bevor ich mich bewegen kann, steht they mit einem kleinen Handtuch neben mir und wischt sich über die Brust, um das Kunstblut zu entfernen. Ich kann die Narben direkt unter their Brust sehen. Sie sind wunderschön. Wie alles an Parker.

Die Pause geht schneller vorbei als gedacht, der zweite Akt beginnt. Hier erfährt das Publikum nach wenigen Augenblicken, dass Parkers Rolle nicht tot ist, wie man es nach dem ersten Teil vermutet hätte. Es folgt eine gefakte Hochzeit bei den Rebellen, nachdem Parker Eden aus den Fängen ihres diktatorischen Vaters gerettet hat. Ich liebe diese Szene, weil sie so lebendig ist und die Musiknummer einfach im Ohr bleibt.

Als der letzte Song beginnt und die ganze Cast eine Gruppennummer aufführt, platze ich fast vor Stolz. Sie alle werden danach mit Applaus und Jubelrufen überschüttet. Jede Person, die am Stück mitgearbeitet hat, kommt auf die Bühne, um sich zu verbeugen, und auch ich stehe ganz zum Schluss im Rampenlicht.

»Das hier ist für alle, die Theater lieben«, sage ich in das Mikrofon, das man mir gereicht hat. »Ohne diese Menschen würden wir niemals heute hier stehen. Ich danke euch von ganzem Herzen, dass ihr hergekommen seid!« Das Publikum johlt und klatscht, vor allem mein Vater kann sich kaum im Zaum halten. Er hat sogar ein Schild mit meinem Namen darauf gebastelt. Dann merke ich, dass Eden nicht mehr auf der Bühne ist. Gerade beuge ich mich zu Parker hinüber, will them nach Eden fragen, da sehe ich, wie sie mit einem Blumenstrauß auf die Bühne kommt. Direkt auf mich zu.

»Die sind für dich«, sagt sie, und dann umarmt sie mich so herzlich, dass mir die Tränen in den Augen stehen. Ich kann mich nicht lösen, und innerhalb weniger Sekunden sind wir ein großer Ball aus Menschen, die einander alle umarmen. Und in dem Moment weiß ich, dass wir es geschafft haben. Mit einem Mal fühle ich mich so erleichtert, und ich grinse so breit, dass mir beinahe die Wangen schmerzen.

Die After-Show-Party im Foyer der Uni ist in vollem Gange. Alle sind erleichtert, glücklich und ausgelassen. Es wird getanzt, getrunken, und ich frage mich, wie schnell die Zeit vorübergegangen ist. Manchmal kommt es mir so vor, als hätten wir erst gestern mit dem Vorsprechen gestartet. Ich sehe aus dem Augenwinkel, wie Parker an mir vorbeigeht. They trägt einen tief ausgeschnittenen Overall, der mein Herz zum Klopfen bringt.

»Entschuldigt mich kurz«, löse ich mich von Ellie und Stella, mit denen ich mich unterhalten habe, und folge Parker nach draußen vor die Tür.

»Lief doch super, oder?«, frage ich ohne Umschweife und weil ich nicht weiß, was ich sonst sagen soll.

»Hätte nicht besser sein können«, gibt Parker zurück und dreht sich zu mir um, sodass ich mehr sehe als nur their Rückseite.

Dann ist da wieder dieser Moment. Wir verstummen, tauschen verstohlene Blicke aus und ringen nach Worten. Doch dieses Mal schafft es Parker, die Worte auch über die Lippen zu bringen.

»Du hast mich auf eine Idee gebracht, weißt du?« Auf einmal funkelt etwas in their Augen. Ein Leuchten. Eine Flamme.

»Habe ich das?«, frage ich und will lässig wirken, obwohl ich innerlich einen Jubelschrei loslasse.

»Loslegen«, sagt Parker und grinst. Was will Parker mir sagen?

»Womit?«, frage ich, und meine Stimme klingt vor Aufregung ganz hoch.

»Ich dachte, ich packe nach dem Studium meine Sachen und gehe zu Vorsprechen im ganzen Land. Du hast mich inspiriert. Ihr alle habt das. Eden, die Crew ... aber vor allem du.«

Ich kann es gar nicht fassen, was ich da höre. Mir wird ganz schwindelig vor lauter Freude.

»Wirst du auch nach New York kommen?« Fast platze ich vor Aufregung.

»Tatsächlich ist New York die erste Station. Ich habe mit einem Freund gesprochen, der dort wohnt, und kann für eine Zeit lang bei ihm unterkommen. Ganz ehrlich, Taylor, ich habe keinen Schimmer, was mich da erwartet. Und eigentlich ist es mir auch egal. Das klingt einfach nach etwas, das sich richtig anfühlt. Selbst wenn nichts daraus wird, du hast mir klargemacht, dass ich genug Zeit habe, mich auszuprobieren. Und wieso nicht dort anfangen, wo das Theater pulsiert?«

Parker sieht mich an. Ein Blick, der all die Worte deutlich macht, die they mir nicht sagen konnte.

»Ich suche mir einen Nebenjob und eine Schauspielagentur. Das Theater ist das Einzige, das mich gerade davon abhält, durchzudrehen. Vielleicht ist es totaler Quatsch, und ich gehe nach einem Jahr wieder nach Haydensburgh. Aber vielleicht klappt es auch.« Parker zieht die Schultern hoch, und their Hände kommen aus den Hosentaschen hervor. Die Distanz zwischen uns schwindet.

Parker ist glücklich. Hat ein Ziel vor Augen.

Aber nicht nur das.

Zusammen mit them in New York sein. Zumindest für eine Weile. Verdammt, das klingt noch besser, als ich es mir vorgestellt hatte!

»Und eigentlich fände ich es schön, dich dort wiederzusehen.«

Ich schaue Parker an, wir sind einen Augenblick lang regungslos. Unsere Blicke fragen nach Einverständnis, suchen einander und finden sich.

Dann, endlich, überbrücken wir jegliche Distanz und küssen uns. Voller Leidenschaft, voller Verlangen. Unsere Körper drängen sich aneinander, so wie sie es schon lange tun wollten. Parker beißt mir sanft in die Unterlippe, und als sich unsere Zungen berühren, explodiert das Feuerwerk in meinem Kopf. Ich weiß, dass all das hier erst der Anfang ist. Unser erster Kuss – und nicht der letzte.

Hinter dem Pseudonym »*Rose Snow*« stecken Ulrike Mayr-hofer und Carmen Schmit. Zusammen sind sie über 80 Jahre alt, haben zwei Männer, viel mehr Kinder und auch noch ein paar Katzen. Die beiden Österreicherinnen lieben Zahlen, Magie und verrückte Ideen und teilen nicht nur den gleichen Humor, sondern auch die Faszination fürs Geschichtenerfin-den, die sich trotz der Distanz Wien–Hamburg in unzähligen Büchern verwirklicht. Die vorliegende Kurzgeschichte ist Teil der Fantasysaga *Acht Sinne*.

Rose Snow

Nichts als heiße Luft

Der Mondschein tanzte über die gläsernen Spitzen des Grollenden Gebirges und tauchte die zerklüftete Landschaft des Wutlandes in ein rotes Licht. Ich presste mich auf dem Bauch liegend in den Schatten eines Lavakirschbaumes und lauschte atemlos in den von hohen Mauern umgebenen Garten. Das dreistöckige Haus des erfinderischen Magiebegabten ragte in sattem Dunkelrot vor mir in die Höhe; ein Monolith aus glattem Vulkangestein mit der stillen Mahnung, es erst gar nicht zu probieren. Schon viele hatten versucht, den Magiebegabten Simeon zu bestehlen, doch ich kannte keinen, dem es gelungen war. *Zumindest bis heute.*

Natürlich gab es unzählige Gerüchte über die magischen Abwehrmechanismen, die den Weg zu Simeons Schatzkammer pflastern sollten und von denen eine angeblich tödlicher war als die andere. Doch ich war es Ezephiel schuldig, es wenigstens zu versuchen. Schließlich hatte ich ihm mein Leben zu verdanken. Hätte er mich damals nicht aufgenommen und meine Verletzungen versorgt, als der Rest der Sinnlichen Welt hinter der jungen Diebin her war, die ein kostbares magisches Artefakt aus dem Sternensaal geklaut hatte, wäre ich gestorben. Für Ezephiel wäre es ein Leichtes gewesen, mich den Wächtern zu übergeben und das Kopfgeld für mich einzustreichen. Stattdessen hatte er mich wie eine Tochter behandelt und mit dem Risiko gelebt, selbst geschnappt zu werden. Heute würde ich meine Schuld ihm gegenüber endlich begleichen.

Lautlos veränderte ich meine Position, um den weitläufigen Garten besser im Blick zu haben, den ich bereits in den letzten Nächten ausspioniert hatte. Ein schwacher Wind fuhr über den roten Rasen und trieb mir die Gerüche nach Rosenthymian und Zornapfel in die Nase.

Wo steckte er bloß?

Einen Herzschlag später öffnete der weißhaarige Dienstbote mit dem pfeifenden Atem das von Schlingpflanzen überwachsene Fenster im ersten Stock des Hauses. Sofort glühten die filigranen Wachsamkeitslinien auf meinen Wangen stärker auf, und ich war froh um die schwarze Paste, die ich mir auf meine Gesichtszeichnung geschmiert hatte. Ansonsten hätte mich mein gelbes Wachsamkeitslicht sofort verraten.

Angespannt drückte ich mich noch etwas tiefer ins Gras, während der ältere Wutträger seiner bekannten Routine nachging.

Wie jeden Abend hackte er auf die unterarmdicken Triebe des Rotefeus ein, die jeden verdammten Tag nachwuchsen, obwohl er sie regelmäßig zurechtstutzte. Als sich die Gesichtszeichnung des Mannes vor Zorn entfachte, konnte ich mir ein Lächeln nicht verkneifen. Jeder Sinnträger wusste natürlich, dass man Rotefeu nicht aufgebracht gegenübertreten durfte, da die Pflanze darunter kolossal und hässlich wucherte. An den beiden Abenden davor hatte sich der Dienstbote bei der Fassadenpflege auch im Griff gehabt, aber der

Trank, den ich ihm heute in der Taverne in sein Essen gekippt hatte, machte ihm nun einen Strich durch die Rechnung.

Der alte Mann stolperte zurück und ließ erzürnt seine Efeuhacke fallen, als die Schlingpflanze begierig durch das offene Fenster ins Innere des Hauses drängte. Dann verließ er fluchend den Raum und schlug eine Tür hinter sich zu.

Gut. Nun hatte ich mindestens neunzig Herzschläge, bis er sich wieder beruhigte.

Blitzschnell sprang ich auf die Füße und lief geduckt durch den Garten. Das aufkeimende Gefühl des Triumphes versperrte ich tief in mir, jetzt war nicht der Zeitpunkt, übermütig zu werden. *Hineinzukommen* war bei dem Erstaunensträger Simeon nicht das Problem. Die Schatzkammer mit dem unbezahlbaren Elixier zu finden und alle Fallen dorthin zu überwinden, dafür umso mehr.

Konzentriert erreichte ich die Fassade und kletterte an den fleischigen Trieben des Rotefeus nach oben. Exakt sieben Herzschläge später schwang ich mich in den dunklen Raum des ersten Stockes und huschte an einem langen Tisch vorbei zur Tür am gegenüberliegenden Ende des Zimmers. Dort drückte ich mich flach atmend in die Schatten und versuchte, nicht darüber nachzudenken, auf wie viele Arten mich der Wohnsitz des magischen Erfinders umbringen könnte. Simeon war für seine Exzentrik bekannt, und obwohl er reich genug war, um mehrere Häuser in der Sinnlichen Welt zu besitzen, hätte es mich nicht gewundert, wenn er den Weg zu seiner Schatzkammer mit einer Falle für jeden der acht Sinne gepflastert hätte.

Noch während ein Teil meines Verstandes darüber nachsann, ob ich lieber den Tod durch Vertrauen, Wut, Wachsamkeit, Erstaunen, Freude, Angst, Ekel oder Trauer erleiden würde, lauschte der Rest von mir in das stille Gemäuer.

Simeon verbrachte diese Woche mit dem Bau neuer Illusionsirrgärten im Land der paranoiden Angstträger, weshalb nur sein treuer Dienstbote im Haus geblieben war. Ich hatte also erwartet, dass es still sein würde.

Aber es war nicht nur still.

Es war *zu* still.

Kein Mucks war zu hören, und für einen Moment spürte ich, wie sich unter meinen Sinn der Wachsamkeit ein Anflug von Angst mischte. War ich etwa bereits in eine Falle getappt?

Du wolltest schon vor vier Sonnenläufen mit den Diebstählen aufhören, Erin, flüsterte eine lästige Stimme in mir, die ich kontrolliert zur Seite schob. Ezephiel starb, wenn ich das Elixier nicht besorgte. Die ersten Symptome seiner mysteriösen Krankheit waren nach einer Reise durch die Sümpfe des Ekellandes aufgetreten – und seitdem hatte sich sein Zustand rapide verschlechtert. Laut Ezephiels Heiler war das Elixier der Glückseligkeit seine einzige Hoffnung, weil es nicht nur ewige Jugend schenkte, sondern auch jede Krankheit und jedes Gift heilen konnte. Das allein machte es schon unsagbar kostbar. Die Tatsache, dass es in der ganzen Sinnlichen Welt nur noch zwei Phiolen gab, die aus dem inzwischen ausgetrockneten Quell der ewigen Fröhlichkeit stammten, katapultierte seinen Wert jedoch ins Unermessliche. Ich würde Ezephiel nicht sterben lassen, auf keinen Fall.

Ohne mich weiter dem fremden Sinn hinzugeben, streckte ich die Hand nach dem Türknauf aus und schlüpfte aus dem Speisesaal in einen düsteren Korridor, der von exakt dreizehn roten Lichtsteinen erhellt wurde. Meine Gesichtszeichnung pulsierte vor Hitze unter der schwarzen Tarnpaste, als ich mich nach links wandte und langsam den Flur hinunterschlich.

Irgendetwas stimmte hier nicht.

Ich hatte für den Grundriss des Hauses einen stolzen Preis auf dem Schwarzmarkt bezahlt, aber die Baupläne passten nicht zu der Realität, die ich vorfand. Hektisch sah ich mich um, meine Muskeln so angespannt, dass es schon beinahe wehtat. Der Korridor sollte an einer Tür mit einer Treppe enden, stattdessen zweigten drei Räume nach rechts ab. Mit klopfendem Herzen schlich ich weiter. Mein Sinn war aufs Äußerste geschärft, und plötzlich verstand ich, wo der Fehler lag. Die Baupläne waren spiegelverkehrt gewesen. Oder hatte Simeon das Haus im Nachhinein mit seiner verrückten Magie gespiegelt? Noch während sich die Gedanken in meinem Kopf überschlugen, drang aus einem der Zimmer ein pfeifendes Schnarchen an mein Ohr, das eindeutig von dem alten Wutträger stammte. Irritiert blieb ich stehen. Der Dienstbote musste über einen gesegneten Schlummer verfügen, wenn er so schnell eingenickt war. Plötzlich hörte ich Schritte in dem Raum, aus dem auch das Schnarchen kam. Hastig wich ich zurück und huschte in die Richtung, aus der ich gekommen war, während die Tür hinter mir aufging.

»Halt«, erklang eine tiefe männliche Stimme im nächsten Moment. Blitzschnell warf ich einen Blick über die Schulter. Der dunkelhaarige Typ, der aus dem Zimmer mit den Schnarchgeräuschen getreten war, war groß und breitschultrig, bewegte sich aber so geschmeidig wie eine Katze. Seine flammenartige Gesichtszeichnung glühte in einem tiefen Purpurrot, die leicht schräg stehenden Augen wirkten bei meinem Anblick beinahe überrascht. Er trug die eng anliegende Uniform von Simeons Wachdienst, trotzdem war da etwas an ihm, was nicht ganz ins Bild passte.

Da ich keine Zeit für tiefgreifende Überlegungen hatte, griff ich in den goldbestickten Beutel an meiner Hüfte, schloss meine Finger um eine Handvoll Sand aus meiner Heimat und warf sie in Richtung des Kerls. Dazu flüsterte ich den Verwirrungszauber, den mir Ezephiel beigebracht hatte. Sofort bäumte sich der Sand trichterförmig vor dem Typen auf und fuhr ihm brausend in Augen, Nase und Ohren.

Gut. Das sollte ihn eine Weile beschäftigen.

Ohne mich noch einmal umzudrehen, raste ich den gespiegelten Flur entlang, diesmal in die tatsächliche Richtung der Schatzkammer. Aufgeben war keine Option. Hinter mir hörte ich den Typen mit der flammenden Wutzeichnung unterdrückt fluchen, ehe er hustend gegen eine Wand lief. Das verschaffte mir immerhin etwas Zeit. Ich musste die Schatzkammer lediglich vor ihm erreichen und mich darin verbarrikadieren, für den Rückweg hatte ich vorgesorgt. Und um alles andere würde ich mich kümmern, wenn es so weit war.

Vier Herzschläge später erreichte ich die Tür mit der Treppe und rannte die Stufen ins Erdgeschoss hinunter. Dort hielt ich kurz inne, um mich zu orientieren.

Das ganze Haus war ein einziges Labyrinth voller düsterer Korridore aus geschliffenem Vulkanglasgestein. Den spiegelverkehrten Plan im Kopf bog ich bei der nächsten Gelegenheit rechts ab, dann links und wieder links. Der Typ mit der roten Gesichtzeichnung stolperte hustend hinter mir her. Seine Bewegungen waren unkoordiniert, und er donnerte immer wieder gegen irgendwelche Wände, aber er verlor nicht den Anschluss. Verdammt, wieso wirkte der Zauber nicht stärker? Er musste ein Magiebegabter sein, aber das würde ihm auch nichts nützen. In einer Situation wie dieser war mein Sinn seinem haushoch überlegen, selbst wenn ich die Hartnäckigkeit von blinder Wut nicht unterschätzen durfte.

»Stehen bleiben«, presste der Dunkelhaarige in dem Moment hinter mir hervor und schoss einen zischenden Feuerball in meine Richtung.

Er zielte nicht besonders gut, denn das Ding verfehlte mich um mehr als eine Armlänge und setzte einen Wandteppich am Ende des Korridors in Brand. Der dicke Stoff mit dem Konterfei des Hauseigentümers fing kurz Feuer, ehe die Flammen erloschen und Simeons Gesicht auf dem Teppich missbilligend die Stirn runzelte.

Egal. Ich war fast da.

Hastig stieß ich die Tür neben mir auf und schlitterte in den nächsten Raum, der von bunten Dämpfen erfüllt war. Hinter mir hörte ich, wie der Wächter fluchend in meine Richtung torkelte und nun deutlich weniger Wände streifte.

Schwer atmend rannte ich zum Ende der dunstigen Kammer, die wie der feuchte Traum eines Alchemisten aussah. Auf langen Tischen standen rauchende Phiolen und funkelnde Kristalle, dazwischen fanden sich pudrige Substanzen in gläsernen Behältern. Ein grün leuchtender Pfeil an der Wand wies zu einer steinernen Treppe mit der Aufschrift: *Zur erstaunlich begehrten Schatzkammer.*

Wow. Dieser Simeon schien wirklich so durchgeknallt zu sein, wie man sich erzählte. Konnte auch gut eine Falle sein, in die ich geradewegs hineinrannte. Nun, das würde ich wohl nur auf die harte Tour herausfinden. Ohne in meinem Tempo nachzulassen, eilte ich die Stufen hinunter, wissend, dass mich jeder Schritt das Leben kosten konnte. Aber Ezephiel war auf mich angewiesen, und er würde sterben, wenn ich mich jetzt einfangen ließ.

»Hey! Ich sagte, stehen bleiben!«, verlangte der lästige Flammenwerfer hinter mir erneut, und mir fiel zum ersten Mal auf, was mich an dem Typen irritierte.

Er versuchte, leise zu sein.

Immer zwei Stufen auf einmal nehmend, hetzte ich die dunkle Steintreppe hinunter und wischte mir die schwarze Paste von den Wangen, damit mir mein Wachsamkeitslicht den Weg erhellte. Mein Instinkt brüllte, dass ich irgendwas übersah, aber ich hatte jetzt keine Zeit dafür. Keuchend erreichte ich das untere Ende der Treppe und stolperte in ein längliches Kellergeschoss, das wie eine vollgestopfte Rumpelkammer aussah. Unter dem steinernen Gewölbe lagerten allerhand Kisten und Fässer mit fluoreszierend grüner Beschriftung. Eine schwarz-goldene Statue in der Mitte des Raumes zeigte die beiden Weltenretter Lee und Ben, wie sie einander verliebt in die Augen sahen. Rechts und links davon leuchteten insgesamt acht Türen in den Sinnesfarben an den Wänden, vier auf jeder Seite. Und über jeder einzelnen Tür blinkte ein grüner Pfeil mit der Aufschrift: *Zur erstaunlich begehrten Schatzkammer.*

Mist. Diese acht Wahlmöglichkeiten waren auf den Bauplänen nicht eingezeichnet gewesen. Und ich konnte mir acht schmerzhafte Tode vorstellen, wenn ich weiterhin blindlings vorwärtsstürmte.

Da ich Zeit zum Nachdenken brauchte, atmete ich kontrolliert durch und wandte mich dem schnaufenden Kerl zu, der gerade die Stufen heruntergepoltert kam.

Er sah eigentlich ganz gut aus. Das war zwar nicht von Relevanz, trotzdem kam ich gegen die Flut von Eindrücken nicht an, die mir mein Wachsamkeitssinn präsentierte. Von meinem Sand hatte er zwar noch ein wenig rote Augen, aber die passten zu seiner glühenden Gesichtszeichnung. Die rot leuchtenden Linien erinnerten mich an schlanke Flammen, die sich von den Wangen bis zu seinem markanten Kiefer hinunter erstreckten und im Kragen seiner Wächteruniform verschwanden. Die Augenbrauen hatte er skeptisch zusammengezogen, und sein breiter Brustkorb hob und senkte sich rasch, als er am Fuße der Treppe stehen blieb und mich misstrauisch taxierte. In seiner rechten Handfläche loderte ein knisternder Feuerball, mit dem er mich auf diese Entfernung wahrscheinlich nicht verfehlen würde, und sein Blick huschte einmal schnell durch die Kammer, bevor er sich wieder auf mich richtete.

»Wie heißt du?«, fragte er ruppig und schüttelte sich etwas Sand aus den rabenschwarzen Haaren.

Ohne eine Antwort zu geben, tastete ich in meinem Beutel nach etwas, das mir gegen ihn helfen konnte.

»Lass das«, knurrte er und kam einen Schritt näher. »Nimm die Finger aus dem Ding, oder ich verbrenne es.«

Seine Halsschlagader zuckte gefährlich, und ich zog langsam meine Hand zurück. Wutträger waren unberechenbar, und dieser hier kam mir ganz besonders seltsam vor. Sein Blick vorhin hatte gewirkt, als wäre er zum ersten Mal hier, und der eng anliegende Anzug passte ihm nicht so richtig. Vor allem am Oberkörper spannte der dunkelrote Stoff an den Schultern, als wäre er für jemanden mit deutlich weniger Muskeln gemacht.

Kühl packte er mich am Arm. »Du wurdest auf frischer Tat beim Einbruch in Gestalter Simeons Haus ertappt. Du hast Glück, dass ich heute einen guten Tag habe. Da du noch nichts gestohlen hast, lasse ich dich laufen. Ausnahmsweise. Und jetzt verschwinde.« Mit diesen Worten schob er mich zur Treppe.

Mein Wachsamkeitslicht brannte wie gelbes Feuer, als ich mich zu ihm umdrehte.

»Du hast zehn Sekunden«, erklärte er mir dunkel. »Eins, zwei ...«

»Oder was?«

»Oder ich verhafte dich und sperre dich für den Rest deines Lebens in einen Kerker.«

»Das glaube ich nicht«, sagte ich bestimmt, als mir auch noch die silbrig schimmernden Spuren auf seinen Fingern auffielen. Seine Lügen konnte er sich sonst wohin stecken. »Du trägst eine Uniform, die dir zwei Nummern zu klein ist, und hättest als Wächter schon längst Alarm geschlagen. Außerdem hast du Traumstaub an den Fingern. Deshalb ist der Dienstbote so schnell eingeschlafen. Du bist kein Wächter. Du bist ein verdammter Dieb.«

»Sagt die Frau, die hier gerade stümperhaft versucht, einzubrechen?«, erwiderte er kühl, ohne die Flamme in seiner rechten Hand auszumachen. »Eine Amateurin wie du wird mich nicht daran hindern, meinen Auftrag zu erledigen.«

Seine Arroganz überschwemmte mich mit brennender Wut, und ich sah ihn grinsen, weil er es geschafft hatte, seinen Heimatsinn bei mir auszulösen.

»Nur zu. Erledige deinen Auftrag«, entgegnete ich herausfordernd. »Du weißt sicher auch, welche dieser Türen *nicht* in den sicheren Tod führt, richtig?«

Erneut schweiften seine Augen durch die vollgestopfte Rumpelkammer mit den acht steinernen Durchgängen. Links fand sich grünes Erstaunen, rote Wut, orange Freude und weißes Vertrauen. Auf der rechten Seite gegenüber glomm gelbe Wachsamkeit, violette Angst, blaue Trauer und schwarzer Ekel.

»Du hast doch nichts dagegen, wenn ich so lange hier warte?«, fuhr ich süffisant fort und ließ mich auf der untersten Treppenstufe nieder. »Der Traumstaub wirkt sicher noch ein Weilchen, oder?«

Er schnaubte fast schon verärgert. »Die ganze Nacht. Ich bin schließlich kein Anfänger.«

»Natürlich nicht. Trotzdem ist es eine ganz schön schwere Entscheidung, nicht wahr?«, erwiderte ich gedehnt und hoffte, dass mir genug Zeit blieb, den Feuertypen zu demoralisieren, die richtige Tür zu finden, in keiner Falle des verrückten Magiebegabten draufzugehen, das Elixier aus der Schatzkammer zu holen und in mein Notfallportal zu springen, bevor der Dienstbote wieder aufwachte und Alarm schlug.

Okay. Das klang nicht unbedingt Erfolg versprechend, aber ich hatte schon Schlimmeres überlebt.

Der Typ machte ein paar Schritte zu den Türen und besah sich eine nach der anderen. Nach exakt zweiundzwanzig Herzschlägen drehte er sich mit einem breiten Lächeln auf dem Gesicht zu mir um und ließ zum ersten Mal die Flamme in seiner Handfläche erlöschen.

»Fangen wir noch einmal von vorne an«, schlug er dann mit seidiger Stimme vor. »Mein Name ist Fierce, und es wäre doch gelacht, wenn die Schatzkammer nicht genug Schätze für uns beide enthielte.«

Ohne eine Antwort zu geben, hob ich eine Braue.

Geschmeidig kam er näher und ging neben mir in die Knie. »Dir ist hoffentlich bewusst, dass ich dich vorhin im Korridor mit Absicht verfehlt habe?«

»Tatsächlich?«, erwiderte ich mit einem zuckersüßen Lächeln. »Und dir ist hoffentlich bewusst, dass ich in dir lesen kann wie in einem offenen Buch.« Dabei griff ich nach dem Halsausschnitt seiner Uniform und zog ihn noch etwas zu mir, bis meine Lippen ganz nah an seinem Ohr waren. »Du hast nicht kapiert, dass die Pläne den spiegelverkehrten Grundriss zeigen, und hattest keine Ahnung, wie du zur Schatzkammer kommst. Da kam dir eine Wachsamkeitsträgerin mit etwas mehr Orientierungssinn nur allzu recht. *Deshalb* hast du mich nicht gegrillt, und nicht, weil du so ein herzensguter Wutträger bist.«

Er lächelte schief, und für einen Moment versorgte mich mein Sinn mit mehr Details, als mir guttat. Mein Blick blieb an seinen weißen Zähnen hängen, glitt dann zu den funkelnden rauchgrauen Augen und verlor sich für einen Herzschlag in deren Tiefen.

»Interessante Schlussfolgerung«, brummte er tief aus der Kehle und löste meine Hand behutsam aus seiner Uniform, ohne sie sofort loszulassen. Obwohl die Berührung nicht lange dauerte, durchlief mich bei dem sanften Druck seiner Finger ein leichtes Kribbeln.

»Allerdings hast du eine Sache vergessen.«

»Ach ja? Und welche?«, erwiderte ich so nüchtern wie nur möglich, obwohl der Klang seiner Stimme an meinen Nervenenden zupfte.

»Ich mag ein Dieb und Einbrecher sein, aber ich röste nicht einfach irgendwelche fremden Sinnträgerinnen. Schon gar nicht, wenn sie eine so hübsche Rückenansicht bieten wie du.« Bezeichnend glitt sein Blick in Richtung meines Hinterns, und die kurze romantische Verwirrung meinerseits war wie weggeblasen.

»Idiot«, erwiderte ich, stand auf und überlegte blitzschnell, ob sich eine Zusammenarbeit mit dem Feuertypen lohnte. Wenn Simeon den Weg zu seiner Schatzkammer mit Fallen gespickt hatte, würde dieser Fierce vielleicht in eine hineinlaufen und sich in roten Staub auflösen. Oder von einem gigantischen Kaninchen mit messerscharfen Zähnen gefressen werden, was wusste man schon. Auf alle Fälle konnte es nicht schaden, lebendes Kanonenfutter dabeizuhaben.

»Okay. Wir helfen uns gegenseitig bis zur Schatzkammer. Danach ist jeder auf sich allein gestellt. Deal?«

Er lächelte dunkel, und obwohl ich mich nicht von solchen Oberflächlichkeiten wie einem attraktiven Gesicht ablenken lassen wollte, fiel mir doch auf, dass sich die Anzahl meiner Herzschläge pro Minute um fünfzehn Prozent erhöhte.

»Deal«, erwiderte Fierce und schlug ein.

Weniger als zwei Minuten später hatte ich die einzige Tür identifiziert, auf deren Klinke sich verschmierte Fingerabdrücke befanden, auch wenn es so aussah, als ob sie jemand abzuwischen versucht hatte.

»Und du bist sicher, dass das hier der richtige Weg ist?«, fragte Fierce zweifelnd und beugte seine breiten Schultern über den schlichten Türgriff.

Ich nickte entschieden. »Hab ein wenig Vertrauen.«

Er stieß ein humorloses Lachen aus und betrachtete noch einmal die weiße Tür, die für den Sinn stand, mit dem ich selbst auch nicht allzu viel anfangen konnte. Manche Vertrauensträger mochten voller Weisheit in sich ruhen, aber die meisten, die ich kannte, waren naive Idioten, die man vor sich selbst beschützen musste.

»Okay«, murmelte Fierce, atmete tief durch und drückte die Klinke hinunter. Zu unserer Verblüffung schwang die Tür einfach so auf. Er hob eine Braue. »Scheint, als ob der Hausherr seinem Sicherheitssystem außerordentlich *vertraut*, wenn er nicht mal die Tür zur Schatzkammer abschließt.«

»Vielleicht liegt es auch nur an seinem Sinn«, erwiderte ich flüsternd und schielte in die tiefgreifende Dunkelheit hinter der Türschwelle, die nichts erkennen ließ. »Simeon ist ein Träger des Erstaunens. Die sind doch immer für eine Überraschung gut.«

»Nach dir«, bemerkte Fierce und machte eine einladende Handbewegung.

Stur blieb ich stehen. »Ich hab die richtige Tür gefunden, du gehst hindurch.«

»Dir ist schon klar, dass das eine Falle sein …«

Ohne ihn ausreden zu lassen, versetzte ich ihm einen Schubs, der ihn über die Schwelle stolpern ließ, und grinste, als er wütend herumfuhr. Seine flammenartigen Linien glühten dunkelrot auf.

»Du hättest mich gerade umbringen können!«

»Und doch lebst du noch und kannst dich darüber beschweren«, erwiderte ich und betrat nach ihm das höhlenartige Gewölbe, das so wirkte, als würden wir in eine komplett neue Welt eintauchen. Die gesamte Decke war von durchscheinenden quallenähnlichen Blumen bedeckt, die bei unserem Eintreten rötlich zu glühen begannen. Der Raum war etwa siebeneinhalb Meter breit und mindestens dreimal so lang. Am anderen Ende der Grotte funkelte ein riesiger silberner Spiegel, der mich mit einem leisen Unbehagen erfüllte. Dazwischen spannte sich ein schwarzer Abgrund quer durch den Raum. Drei marode Holzbrücken führten darüber. Bei ihrem Anblick beschleunigte sich mein Puls. Bisher hatte ich unverschämt viel Glück gehabt, aber diese Brücken schrien geradezu danach, dass sie unerwünschte Eindringlinge umbringen wollten.

In diesem Augenblick schlug die Tür hinter uns mit einem so lauten Knall ins Schloss, dass ich zusammenzuckte.

»Shit«, murmelte Fierce und machte einen Schritt zur Tür, um daran zu rütteln. »Wir sind eingeschlossen.«

»Scheint, als müssten wir einen anderen Weg nach draußen finden«, erwiderte ich unbeeindruckt, da mir mein Notfallportal zumindest einen sicheren Fluchtweg bot. Der Rest bereitete mir allerdings größere Sorgen. Konzentriert trat ich an den Rand der bodenlosen Schlucht, aus der mir ein modriger Geruch in die Nase stieg. Da ich keine Lust hatte, da hinunterzustürzen, nahm ich die baufälligen Brücken genauer in Augenschein und entdeckte direkt vor den Übergängen drei unscheinbare, in den Felsboden eingelassene Granitplatten.

Weg der Sicherheit stand ganz links, *Weg des Schmerzes* in der Mitte und *Weg des Glücks* auf der rechten Seite.

Fierce trat ebenfalls an den Abgrund heran und starrte in die undurchdringliche Schwärze. Mir fiel auf, dass er sich außerhalb meiner Reichweite hielt, als könnte ich auf die Idee kommen, ihn noch mal zu schubsen.

»Und jetzt, Wachsamkeitsträgerin?« Er warf einen Blick zur Höhlendecke mit den blassroten Quallenblumen, die wie wabernde umgedrehte Lampenschirme aussahen. »Ach, verdammt.«

»Was?«

»Das sind Feuerquallenblumen – und sie scheinen von unserer Anwesenheit nicht allzu begeistert zu sein. Wir müssen uns beeilen, sonst fackeln sie noch die Brücken ab.« Er deutete auf die zarten, durchscheinenden Gewächse, in deren Innerem glutrote Feuerbälle heranwuchsen. »Schon eine Idee, welche von den dreien die richtige ist?«

»Ich weiß es nicht!«, stieß ich gestresst hervor, als die ersten Blumen anfingen, ihre Flammenkugeln wie in einem brennenden Regenschauer fallen zu lassen und ich höllisch aufpassen musste, nicht getroffen zu werden.

»*Weg der Sicherheit* klingt doch gut!«, rief Fierce und zog mich im Zickzackkurs hinter sich her zur linken Brücke, während ringsum Feuerkugeln wie Hagelkörner niedergingen und Löcher in den Felsboden brannten. Mit eingezogenem Kopf hastete ich hinter ihm her und schnappte nach Luft, als wir der Brücke näher kamen. Meine gelben Wachsamkeitslinien glühten beinahe schmerzhaft auf, und alles in mir schrie, nur keinen Fuß auf das Holz zu setzen.

Im selben Moment stolperte Fierce keuchend zurück. »Ich habe bei der Brücke doch kein gutes Gefühl.«

»Ich auch nicht!«, schrie ich und zerrte ihn im Reflex zur Seite, als ein rauchender Feuerball haarscharf an seinem Gesicht vorbeiflog.

Er wirkte kurz überrascht, als hätte er mir so viel Nettigkeit nicht zugetraut, dann fing er mit der bloßen Hand ein weiteres Geschoss und schleuderte es zu der Blume zurück, die auf ihn gezielt hatte, woraufhin sie beleidigt ihre Blütenblätter zusammenklappte.

»Du bist feuerfest?«, stieß ich hervor und kam mir im nächsten Moment unglaublich dämlich vor. Natürlich war er feuerfest. Der Typ ließ schließlich Flammen auf seinen Handflächen tanzen.

»Welche Brücke, Wachsamkeitsträgerin?«

Mein Herz stockte für einen Moment. »Ich glaube, es ist die mittlere.«

»Die des Schmerzes?« Fierce verzog skeptisch das Gesicht. »Bist du dir sicher?«

»Natürlich nicht«, entgegnete ich knapp. »Aber Sicherheit und Glück? Komm schon. Das klingt zu gut, um wahr zu sein.«

Damit wandte ich mich der hölzernen Brücke zu und lief vorsichtig darüber. Die Feuerbälle fielen jetzt nur noch vereinzelt aus der sanft wallenden Blumendecke, offenbar hatten die meisten Quallengewächse ihre Munition verschossen. Ein kurzer Blick über die Schulter zeigte mir, dass Fierce die Brücke des Glücks versuchte. Er hatte den Handlauf kaum berührt, da verzogen sich seine Lippen zu einem seligen Lächeln. Und während Fierce mit jedem Schritt auf der Brücke immer glücklicher aussah, zog sich mein ganzer Brustkorb vor

Entsetzen zusammen, weil ich plötzlich verstand, welch elementaren Fehler wir begangen hatten.

Im nächsten Augenblick spürte ich auch schon, wie das Holz unter meinen Füßen wegklappte und mich ein kalter Luftzug streifte, als ich schreiend in die bodenlose Dunkelheit fiel.

»Wachsamkeitsmädchen? Hey, kannst du mich hören?«

Verwirrt schlug ich die Augen auf. Ich lag rücklings auf einem weichen, etwas modrig riechenden Untergrund aus verwelkten Quallenblumenblättern. Fierce hatte sich über mich gebeugt und betrachtete mich besorgt. Die dunkelrote Uniform war an seiner Schulter gerissen und hing ihm in Fetzen über den muskulösen Oberarm. Für einen Moment starrte ich auf die glatte, gebräunte Haut, die irgendwie total sexy war. Shit. Die Überraschung, noch am Leben zu sein, hatte mich wohl völlig durcheinandergebracht. Nur einen Herzschlag später strahlte mein gelbes Wachsamkeitslicht so hell auf, dass Fierce geblendet den Kopf wegdrehte.

Bei allen Sinnen. Hoffentlich brachte er mein aufflammendes Interesse an unserer Umgebung nicht mit sich in Verbindung.

Schmunzelnd half er mir, mich aufzusetzen. »Sag bloß, du hast etwas gesehen, was dir gefällt?«

Genervt kniff ich die Augen zusammen und schüttelte den Kopf. »Überschätz dich nicht. Ich versuche nur, uns hier lebend rauszuholen. Und dabei ist mein Sinn nun mal nützlicher als deiner, der die meiste Zeit nichts als heiße Luft produziert.«

»Klar«, erwiderte Fierce und rutschte ein Stück zurück. »Schade nur, dass uns dein Sinn nicht davor gewarnt hat, dass unsere beiden Brücken einstürzen würden.«

»Das war Magie«, erwiderte ich abwesend. Auf seinen verständnislosen Blick hin seufzte ich. »Ich habe doch den *Weg des Schmerzes* gewählt. Der Schmerz war jedoch nicht körperlich, sondern bestand aus einer quälenden Erkenntnis: Durch die Magie meiner Brücke wurde mir schlagartig klar, dass der *Weg der Sicherheit* der richtige gewesen war. Nur hätte man den mit vollkommenem Vertrauen betreten müssen, und das hatten wir beide nicht. Deshalb haben wir beim Näherkommen diese heftige innere Warnung verspürt und uns für die anderen Brücken entschieden.«

»Macht auf eine verrückte Art Sinn. Und jetzt?«, fragte Fierce und blickte an den schwarzen Wänden der Schlucht in Richtung Höhlendecke. Obwohl wir durch Simeons Magie unverletzt geblieben waren, saßen wir in der Falle. Etwa zwanzig Meter trennten uns vom oberen Ende des Abgrunds, und die Wände waren so spiegelglatt, dass wir unmöglich daran hochklettern konnten.

»Keine Ahnung«, flüsterte ich und wandte das Gesicht ab. Ich wollte nicht, dass er meine Verzweiflung sah. Ezephiel war auf mich angewiesen; das Elixier war seine einzige Chance, zu überleben. Und ich hatte versagt.

»Hey. Weinst du etwa?«, fragte Fierce und berührte mich sanft am Kinn.

Rasch schüttelte ich den Kopf. »Es geht mir gut.«

»Also nicht nur eine Diebin, sondern auch eine Lügnerin«, erwiderte er trocken und fuhr mir mit dem Daumen über die Wange. Die Berührung bescherte mir einen kribbelnden Schauer, und ich atmete hörbar aus, obwohl diese Gefühle gerade das Letzte waren, woran ich denken sollte.

»Wie heißt du eigentlich?«, fragte Fierce im nächsten Moment und sah mir so tief in die Augen, dass ich mich daran erinnern musste, zu blinzeln. »Da man uns demnächst wahrscheinlich schnappt und in den kargen Kerker der Donnertürme wirft, kannst du mir das doch verraten, oder?«

»Erin«, erwiderte ich leise.

»Erin«, wiederholte er dunkel. Ich mochte die Art, wie er die Silben betonte.

»Du bist überraschend entspannt«, erwiderte ich und zog die Knie an meine Brust. »Ich meine, dafür, dass man uns sicher bald schnappt und in den kargen Kerker der Donnertürme wirft.«

Achselzuckend riss Fierce sich den herunterhängenden Ärmel von seiner Uniform und schleuderte ihn achtlos zur Seite. »Ich nehme das Leben, wie es kommt. Und ein Gefühl sagt mir, dass es nicht das Schlechteste ist, mit einer Wachsamkeitsträgerin festzusitzen. Euer Sinn entwickelt oft erstaunliche Widerstandskräfte, wenn es darum geht, den Kopf aus der Schlinge zu ziehen.«

Seine rauchgrauen Augen glitzerten im rötlichen Schein der Quallenblumen, die nun deutlich friedlicher wirkten. Und während ich den feuerfesten Pflanzenteppich über unseren Köpfen so betrachtete, kam mir eine Idee.

»Fierce«, flüsterte ich und stand auf. »Du kannst doch Feuer machen, richtig?«

»Äh, ja ...«

»Und kommt es nur aus deinen Händen?«, fragte ich konzentriert und betrachtete den glühenden Blütenteppich, der an der Höhlendecke sanft hin und her wogte.

»Bisher jedenfalls«, erwiderte Fierce schmunzelnd. »Wir können natürlich experimentieren, ob das die einzigen Körperstellen sind, die ich in Brand setzen ...«

Ungeduldig schüttelte ich den Kopf und deutete nach oben. »Denkst du, dass du ein Stück des Pflanzenteppichs mit deinem Feuerstrahl abschneiden kannst?«

Er blickte zur Decke und nickte. »Ist ein Klacks.«

»Großartig«, flüsterte ich.

»Und warum?«

Ich lächelte, denn zum ersten Mal in meinem Leben war mir Ezephiels Vernarrtheit in die Erfindungen der Menschen aus der anderen Welt eine Hilfe. »Hast du schon mal was von einem Heißluftballon gehört?«

Siebenhundertvierundsechzig Herzschläge später hatte Fierce ein Stück der Quallenblumenflechten von der Decke gebrannt, während ich eine Art Drahtgestell aus meinem magisch verstärkten Endlosseil herstellte. Am Schluss fixierte ich die feuerfesten Flechten am unteren Rand. Jetzt mussten wir den provisorischen Ballon nur noch zum Fliegen bringen.

»Ich weiß nicht, wie das funktionieren soll«, knurrte Fierce, als auch der dritte Versuch gescheitert war und wir erneut schwitzend unter der gewölbten Hülle aus Feuerquallenblumen aufeinander gelandet waren.

»Physik«, keuchte ich zurück und schob seinen durchtrainierten Körper von mir runter, der sich auf meinem viel zu gut angefühlt hatte. Jede seiner Berührungen war mir überdeutlich bewusst, und ein Teil von mir wünschte, wir wären woanders und würden andere Dinge tun. Der Nachhall seines Gewichts erzeugte ein derart heftiges Prickeln, dass ich mir vorstellte, wie Fierce tatsächlich andere Körperstellen in Brand setzte, auf die beste Art und Weise.

Stopp.

Ich räusperte mich. »Heiße Luft steigt nach oben«, stieß ich hervor, weil meine Gedanken völlig fehl am Platz waren. »Wenn es in der verdammten anderen Welt funktioniert, in der sie keine Magie haben, dann muss es auch hier funktionieren!«

»Vielleicht funktioniert *Physik* hier einfach nicht so gut wie dort«, brummte Fierce und richtete sich schwerfällig wieder auf.

»Hitze steigt auch hier auf«, erwiderte ich verärgert und zog die feuerfesten Flechten wieder glatt. »Ich glaube, der Schwerpunkt war bisher falsch. Du musst deine Flamme genau in der Mitte lodern lassen.«

»Dann solltest du vielleicht auch in der Mitte bei mir sein und nicht am Rand herumkaspern«, erwiderte Fierce trocken. Nervös leckte ich mir über die Lippen, dann sah ich nach oben. Er hatte recht. Der verrußte Quallenblumenballon würde nicht mehr ewig halten, das war wahrscheinlich unser letzter Versuch. Wortlos trat ich an Fierce heran und legte zögernd einen Arm um seinen Nacken. Seine rauchgrauen Augen schienen von innen zu glühen, und ich registrierte, dass sich seine Pulsfrequenz um gut dreißig Prozent beschleunigte.

»Das wird nicht reichen, Erin. Du musst schon deine Beine um mich schlingen.«

Da ich meiner Stimme nicht traute, nickte ich nur. Dann legte ich beide Arme um seinen Nacken und sprang so kontrolliert wie möglich in die Höhe, um meine Beine fest um seine Hüften zu schlingen. Fierce atmete tief ein. Mich durchlief ein aufregender Schauer, als mein verdammter Sinn wieder ansprang und mich erneut jeden Quadratzentimeter spüren ließ, an dem wir einander berührten. Goldgelbe Hitze pulsierte durch meine Wachsamkeitslinien, und ich versuchte, mich weder auf meine Brüste noch auf meinen Bauch oder die darunter liegenden Regionen zu konzentrieren. Fierce spannte ebenfalls seine Muskeln an, schlang einen Arm um meine Taille und richtete den anderen auf den provisorischen Ballon. Dann raste ein Hitzestrahl an meiner

Wange vorbei, und ich spürte, wie wir vom Boden gehoben wurden.

»Es funktioniert!«, flüsterte ich und klammerte mich an ihm fest, während uns der Ballon langsam nach oben trug.

Er grinste. »Jetzt bist du froh über meine heiße Luft, nicht wahr?«

Schmunzelnd schüttelte ich den Kopf, wobei ich darauf achtete, den Körper ganz ruhig zu halten. Mein Herz hämmerte in meiner Brust, als wir uns schwankend der oberen Kante der Schlucht näherten und Fierce immer schwerer atmete. Kurz vor dem Ende begann sein Feuerstrahl schwächer zu werden, und ich fürchtete schon, wieder abzustürzen, doch da ließ er stöhnend eine hellrote Stichflamme in die Höhe lodern. Sie beförderte uns mit einem Ruck über den Rand, wo wir unter einem Gewirr aus verstärkten Seilen und verkohlten Flechten zu Boden stürzten. Keuchend hielt Fierce mich fest umschlungen. Ein paar Herzschläge lang gestattete ich mir dieses unverhoffte Vergnügen, dann kämpfte ich mich in die Höhe und starrte auf den Eingang zu Simeons Schatzkammer.

Kühl und glänzend versperrte der silbrige Spiegel den weiteren Weg. Seine glatte Oberfläche schien vor Magie zu funkeln, und die Worte *Überrasch-mich-Spiegel* waren in den oberen Teil des kristallenen Rahmens eingraviert.

»Irgendeine Ahnung, wie wir da durchkommen?«, flüsterte ich mit hell leuchtender Gesichtszeichnung. Im nächsten Moment fuhr ich heftig zusammen, als uns eine vergnügte Stimme aus dem Spiegel entgegenschallte:

Bist du hier, so rat ich dir:
Spiel mit mir, mit Pläsier!
Willst du gar das Elixier?
Dann präsentier' – ganz spontan –
was du niemals hast getan.

»Wow«, murmelte Fierce und zog die Brauen zusammen. »Die Geschichten über Simeon stimmen offenbar. Der Typ hat wirklich einen Knall.«

»Vor allem hat er ein Händchen für starke Magie. Offenbar kommen wir hier nur weiter, wenn wir etwas tun, was wir noch nie zuvor gemacht haben.«

»Nur zu«, murmelte Fierce und grinste mich auffordernd von der Seite an. »Lass sehen, ich kann es kaum erwarten.«

Ich verdrehte die Augen und machte einen Schritt auf die spiegelnde Fläche zu. Dann machte ich probehalber einen Hampelmann und streckte die Zunge raus.

Fierces leises Lachen sandte einen warmen Schauer über meine Wirbelsäule. »Scheint, als wäre das nicht das erste Mal, dass du so was machst.«

»Hast du eine bessere Idee?«

Langsam blickte Fierce von der spiegelnden silbernen Fläche zu mir. Dann schlich sich ein eigentümlicher Ausdruck in sein Gesicht. »Es gibt nur wenig, was ich noch nie getan habe. Aber vielleicht …« Er stockte. »Vielleicht ist das hier etwas, das wir *zusammen* machen müssen.«

Die Art, wie er mich dabei ansah, führte dazu, dass mein Magen seltsam kribbelte.

»Was meinst du?«, flüsterte ich, als Fierce nach meiner Hand griff und mich zu sich zog, bis meine Finger auf seiner festen Brust landeten. Atemlos sah ich zu ihm auf. Behutsam strich er mir eine Haarsträhne zurück und fuhr dann mit dem

Daumen über meine hell glühende Gesichtszeichnung. Die Berührung jagte mir einen heißen Schauer über die Haut, und ich atmete zitternd ein, als er seinen Kopf zu mir herabsenkte. Dann küsste er mich.

Seufzend öffnete ich meine Lippen und ließ mich darauf ein. Ein elektrisierendes Prickeln durchlief meinen Körper, als Fierce seine Hand in meinen Nacken legte und mich enger an sich zog, bis ich jeden Muskel seines durchtrainierten Oberkörpers an mir spüren konnte. Erschauernd kam ich ihm entgegen. Unsere Atemzüge wurden tiefer, genau wie unser Kuss, der mir den Boden unter den Füßen wegzog. Hitze sammelte sich in meinem Bauch, pochte bis in die darunter liegenden Regionen und machte mir die Knie weich. Keuchend presste ich mich an Fierce und vergrub meine Finger in seinem dichten Haar, als ein leichter Luftzug über meine Wange strich. Ich achtete nicht darauf.

Alles, was ich spürte, war dieser feurige Kuss und Fierces geschickte Finger, die über meinen Körper tanzten, während ich das Gefühl hatte, in seinen kräftigen Armen dahinzuschmelzen.

»Willkommen in meiner erstaunlich begehrten Schatzkammer«, schallte in diesem Augenblick die Stimme des Magiebegabten durch die Höhle, gefolgt von einem nervenzerfetzenden Alarm. »Gratulation! Ihr habt überraschenderweise alle Hürden überwunden, seid aber leider nicht befugt, meine Schätze zu entwenden. Deshalb wurde eine Gruppe Wächter alarmiert, die in Kürze eintreffen werden. Habt noch einen schönen Tag!«

»Shit!«, flüsterte ich und starrte gemeinsam mit Fierce durch den zur Seite geschwungenen Spiegel ins Innere der Schatzkammer. Sie musste sich während unseres Kusses geöffnet haben. Und dort, zwischen all den Juwelen und Schriftrollen, auf einem Kissen aus grünem Samt, lag das kostbare Elixier – das einzige Mittel, das Ezephiel retten konnte.

Hastig stürmte ich in die leuchtende Kammer, schnappte mir die Phiole mit der glitzernden blaugrünen Flüssigkeit und spürte im nächsten Moment, wie Fierce sie mir aus der Hand riss.

»Sorry, aber deswegen bin ich hergekommen«, erklärte er ruhig.

Ich spürte, wie mir ein Stein in den Magen donnerte. Natürlich. Das Elixier war so ziemlich das Einzige, für das es sich zu sterben lohnte.

»Das kannst du nicht haben«, erwiderte ich atemlos, während der sirenenhafte Alarm unbarmherzig weiterkreischte. »Ich brauche es. Mein Freund stirbt sonst!«

Fierce presste die Lippen aufeinander. »Und mein Auftraggeber wird verdammt wütend, wenn ich ihm die gewünschte Ware nicht liefere. Und mit *verdammt* meine ich so richtig wütend, Erin. Sein Zorn ist buchstäblich lebensgefährlich.«

Noch während ich innerlich nach einer Antwort rang, hörte ich bereits die trampelnden Schritte der alarmierten Wächter auf der Holzbrücke draußen.

Shit. Mir lief die Zeit davon.

»Fierce, ich *brauche* diese Phiole!«, schrie ich ihn an, und dann waren sie schon im Raum. Es waren sechs, drei Männer und drei Frauen in dunkelroten Uniformen, die uns erzürnt fixierten.

»Alle Wertgegenstände fallen lassen!«, brüllte einer der Typen gereizt und richtete seinen glühenden Wächterstab auf mich, woraufhin sich Fierce instinktiv vor mich schob und die Hände hob, in denen keine Phiole mehr steckte.

»Das muss sich um ein Missverständnis handeln, Leute«,

hörte ich ihn sagen, während rings um ihn dichter roter Rauch aufwallte.

»Er will fliehen!«, rief der Wächter und erschuf blitzschnell eine knisternde Energiekugel um Fierce, die sich eng um seinen Körper schloss, um ihn an Ort und Stelle zu halten. Hastig wich ich vor dem summenden Kraftfeld zurück, dessen Nähe sich wie tausend Nadelstiche auf der Haut anfühlte. »Sie sind festgenommen und werden sich in den kargen Kerkern der Donnertürme für Ihre Taten verantworten müssen!«

Verzweifelt sah ich Fierce in seiner Wolke aus rotem Rauch gegen das magische Gefängnis ankämpfen, während die restlichen Wächter bereits in meine Richtung stürmten.

Verdammt! Ich musste abhauen, und zwar jetzt.

Mit Tränen in den Augen berührte ich die hauchzarte Tätowierung des achteckigen Kristalls auf meinem Handgelenk, spürte den Strom der Magie und sprang in den weißen Dunst meines Notfallportals.

Der Nebel riss mich fort, fort aus Simeons Schatzkammer, fort von den wütenden Wächtern, fort von Fierce mitsamt dem lebensrettenden Elixier.

Todunglücklich fiel ich im Vertrauensland auf die Knie und krallte meine Finger in die knochenweiße Erde. Ich hatte versagt. Ezephiel würde sterben. Meine Kehle schnürte sich zusammen, und ein Schluchzer stieg aus meiner Brust nach oben. Ich hatte das Elixier bereits in den Fingern gehabt, und dieser Mistkerl hatte es mir wieder weggenommen! Wütend auf ihn und mich selbst und die ganze Sinnliche Welt ließ ich mich zurücksinken und spürte plötzlich etwas Hartes an der Hüfte. Verwirrt tastete ich zu meinem Beutel und berührte einen glatten Gegenstand.

Eine Phiole, noch warm von Magie.

Ungläubig hob ich sie in die Höhe, betrachtete das blaugrüne Farbenspiel des Elixiers. Fierce hatte es mir offenbar zugesteckt, als die Wächter kamen. Fassungslos starrte ich auf diesen Schatz, während mein Herz in einen Freudentaumel verfiel. Ich würde Ezephiel retten können!

Und danach ... ein vertrauensvolles Lächeln legte sich auf mein Gesicht.

Ach, ich wollte schon immer mal in die kargen Kerker der Donnertürme einbrechen.

Marie Weis

Elements of Love

POETRY

Marie Weis wurde 1999 geboren, ist ausgebildete Buchhändlerin und lebt aktuell in Bonn. Auf Instagram bloggt sie unter dem Namen @mariesliteratur über Bücher, Mental Health und andere Herzensthemen. Neben dem Lesen und Schreiben liebt sie Filme, Serien, Taylor Swift, Marvel und verregnete Herbsttage. *Gewitterwolken und Sommernächte* erschien 2022 und ist der erste Gedichtband der Autorin. Ihr Debüt *To My Sunflower* im New Adult erschien im März 2024 bei LAGO.

Element Erde

Ich weiß noch, wie ich dich zum ersten Mal sah,
dein verschmitztes Lachen und deine Hände
voller Blumenerde.
Wie ich seitdem jeden Tag im Garten war und
meine Eltern sich gefragt haben, ob ich doch noch
ein Naturkind werde.
Wie sie nicht gemerkt haben, dass du nicht nur
das grüne Chaos vor unserem Haus gezähmt hast,
sondern auch mich.
Wie nicht nur langsam bunte Blumen in den
Beeten aufblühten, sondern auch meine Gefühle
für dich.
Ich erinnere mich noch genau, an die gestohlenen
Küsse im Gewächshaus und daran, wie du die
Vergissmeinnicht für mich gepflanzt hast, weil du
wusstest, dass es meine liebsten Blumen waren.
Daran, wie wir im Mondschein auf der Wiese
lagen und du plötzlich den Ring aus der Tasche
geholt hast, ich dir um den Hals gefallen bin, und
meine Freudentränen verschwanden in deinen
pechschwarzen Haaren.

Daran, wie unsere Eltern uns belächelt haben und sich sicher waren, dass wir das bereuen würden, weil wir doch noch viel zu jung seien und gar nicht verstanden haben, was Liebe überhaupt ist.

Daran, wie wir im Garten gefeiert haben, du in deinem dunkelblauen Anzug, ich mit dem fliederfarbenen Kleid und dem Blumenkranz im Haar, während du mir ungläubig ins Ohr flüsterst, dass du jetzt mein Mann bist.

Nun blicke ich auf das Beet mit den Sonnenblumen, während du mich fragst, ob ich mal wieder in Erinnerungen versunken sei. Du legst mir eine Decke über die Beine, drückst mir einen Kuss auf den Kopf und murmelst, dass es ganz schön kalt ist für Mai.

Dein Haar nicht mehr pechschwarz, sondern grau, du kannst wegen deiner Knie nicht mehr ganz so lang im Blumenbeet hocken, aber dein verschmitztes Lächeln ist geblieben.

Und genau wie die Vergissmeinnicht jeden Frühling erneut erblühen, haben auch wir über all die Jahre nicht verlernt, uns jeden Tag aufs Neue ineinander zu verlieben.

Element Luft

Unsere Liebe war wie ein Sturm an der Küste,
laut und tosend, intensiv und kraftvoll, alles
erschütternd – und schnell vorbei.
So wie das Wetter am Meer nie beständig ist,
war von Anfang an klar, dass das mit uns nicht
für die Ewigkeit sei.
Wie eine Wolke, die vom Wind über den Himmel
gejagt wird – ehe man sich versieht, ist sie fort –,
konnten dich weder Leidenschaft noch Gefühle
länger als ein paar atemlose Nächte bei mir
halten, du wolltest weiter, an einen neuen Ort.
Ich weiß nicht, wo du jetzt bist, ob wir
uns je wiedersehen und ob einer von
uns in ein paar Jahren noch mal einen Gedanken
an unsere gemeinsame Zeit verliert.
Doch ich weiß ganz genau –
ein paar Tage lang hätte ich für
diesen Sturm zwischen uns
einfach alles riskiert.

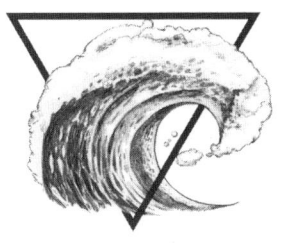

Element Wasser

Mitternachtsfunkeln, Mondscheinküsse, Wellenflüstern und jedes Gespräch wie eine wärmende
Umarmung.
Rot schimmernde Salzgeschmacklippen, smaragdgrünes Haar, und der Wind heult leise, dann lauter,
doch wir ignorieren seine flehende Warnung.
Über Romeo und Julia habe ich früher nur gelacht,
jetzt fühle ich ihren Schmerz und weiß, dass diese
verbotene Liebe existiert, sie ist nicht ausgedacht.
Dachte, wir finden einen Weg, unsere Welten zu
vereinen,
dachte, die Steine, die uns in den Weg gelegt werden,
sind nicht so groß und unüberwindbar, wie sie
scheinen.
Doch zwischen Meer und Land herrscht längst ein
Krieg,
alles ist außer Kontrolle geraten, und wir haben es
nur schlimmer gemacht.
Alles nur, weil wir darum gebeten haben, zusammen
sein

zu dürfen und unseren Herzen zu folgen, was haben
wir uns nur gedacht?

Unsere letzte Chance ist es, gemeinsam zu fliehen,
alles hinter uns zurückzulassen, dein Lächeln hoff-
nungs- und farblos, traurig und matt.

Der Sturm heult lauter und lauter, sehe nur dich und
nicht die dunkle Gestalt, die sich hinter dir aus dem
tiefschwarzen Wasser erhoben hat.

Bevor ich mich wehren kann, packen sie mich und
ziehen mich unter die Oberfläche – schwere Hände,
groß und rau.

Das Letzte, was ich sehe, sind deine Augen,
vor Angst geweitet und
aquamarinblau.

Element Feuer

In deinen haselnussbraunen Augen tanzt
eine Flamme, die mich um den Verstand bringt.
Sie sorgt dafür, dass alles in mir glüht,
prickelnd heiß, während mein Herz unser
ganz persönliches Liebeslied singt.
In all den Jahren unserer Freundschaft
blieb mir diese Flamme stets verborgen.
Doch alles änderte sich an diesem
einen Sommertagsmorgen.
Aus gemeinsamen Erinnerungen entstand
eine Liebe,
die über Freundschaft hinausging und
die wir zum Glück beide verspürten.
Bis schließlich nicht nur deine Worte mein Herz,
sondern auch deine Lippen sanft meine Haut
berührten.
Seitdem ist die Flamme hell und klar,
leuchtend und nicht zu übersehen.
Und ich hoffe, dieses Feuer zwischen
uns bleibt auch in Zukunft,
dem Alltag trotzend bestehen.

Die Illustratorin

Stefanie »Tiffi« Jung wurde in den Neunzigern im grünen Hunsrück geboren und wuchs abseits der Zivilisation in einem Forsthaus im Wald auf. Seitdem fühlt sie eine tiefe Verbundenheit zur Natur und zu Tieren. Schon als kleines Kind wollte sie Illustratorin werden, inspiriert durch ihren Großvater, der ebenfalls Künstler und Illustrator war. Tiffi hat nun ihre Leidenschaft zum Beruf gemacht und tritt stolz in Opas Fußspuren. Ihre Liebe zum Kreativen kann man unter @what_the_fox_illustration auf Instagram verfolgen.

Wenn dein perfektes Leben plötzlich zerbricht

Stefanie Santer

I want you to Stay

Roman

everlove, 352 Seiten
ISBN 978-3-492-06446-0

Infolge einer scheinbar harmlosen Verletzung verliert Birdie ihr Bein. Nun lebt sie wieder bei ihrem reichen Politikervater, der mit der Situation überfordert ist. Nach einem Galaabend, zu dem sie ihren Vater widerwillig begleitet, flüchtet Birdie in eine schummrige Bar, wo sie auf den geheimnisvollen Musiker Nave trifft, der nichts von ihrer Geschichte ahnt. Sofort spüren beide, dass sie füreinander bestimmt sind. Doch Nave hütet sein eigenes Geheimnis, das ihre Beziehung und ihr Glück auf die Probe stellen wird …

Leseproben, E-Books und mehr unter **www.everlove-verlag.de**

Eine Braut und der Prinz, den sie töten will

Nina MacKay

The Darkest Queen

Kuss der Dämonen

Piper, 320 Seiten
ISBN 978-3-492-70861-6

Halbdämonin Skylar muss um jeden Preis an der Brautschau des Prinzen teilnehmen. Und das nicht, weil sie ihn für sich gewinnen will. Im Gegenteil, sie muss ihn töten und seine Schwester heiraten. Nur so kann sie die Macht über das Land erlangen. Denn genau das verlangt Dämon Andras, dem sie drei Jahre lang dienen muss, von ihr. Sollte sie scheitern, droht das Große Sünderfressen, und die Welt wird im Chaos versinken. Doch mächtige Feinde kommen Skylar in die Quere genau wie ihre wachsenden Gefühle für Prinz Read, der ihr Herz und ihre Absichten ins Wanken bringt.

PIPER

Leseproben, E-Books und mehr unter **www.piper.de**

everlove

Die Liebe ist wunderbar und
unendlich vielseitig!
Deshalb finden bei everlove auch alle
Facetten der Liebe einen Platz.

WERDE TEIL UNSERER COMMUNITY

#allyouneediseverlove

⚭ everlove.verlag   ♪ everloveverlag

⊙ everloveverlag   ⊕ everlove-verlag.de

VERPASSE KEINE NEUIGKEITEN MEHR

Melde dich jetzt für unseren Romance-Newsletter an!

✉ piper.de/newsletter

DU HAST WÜNSCHE, ANMERKUNGEN
ODER FEEDBACK?

Schreib uns gerne!

✆ everlove@piper.de